台灣作家全集

2 珍貴的圖片

台灣文學作家的精彩寫眞，首次全面展現，讓我們不但欣賞小說，也可以一睹作家眞跡。

1 豐富的內容

涵蓋1920年到1990年代的台灣重要文學作家的短篇小說以作家個人爲單位，一人以一冊爲原則。縫合戰前與戰後的歷史斷層，有系統地呈現台灣文學的風貌。

榮譽出版發行／
前衛出版社

張彥勳集

台灣作家全集

短篇小說卷

台灣作家全集

短篇小說卷

一九四一年學生時代的張彥勳（中立者）

一九四三年台中一中五年級的張彥勳（中立者）
與同學攝於潭子國小操場

一九五四年張彥勳伉儷與長女長子合影

一九六三年張彥勳指導學生舞蹈時留影

一九六四年與笠詩刊同仁於后里毘盧禪寺合影，前排右起張彥勳、詹冰、杜國清、桓夫（陳千武）；後排右起錦連、趙天儀、林亨泰、古貝

一九七〇年張彥勳遊阿里山，高歌時留影

一九七三年張彥勳伉儷全家合影

一九七九年張彥勳（左一）於梨山與文友合影

張彥勳抱孫

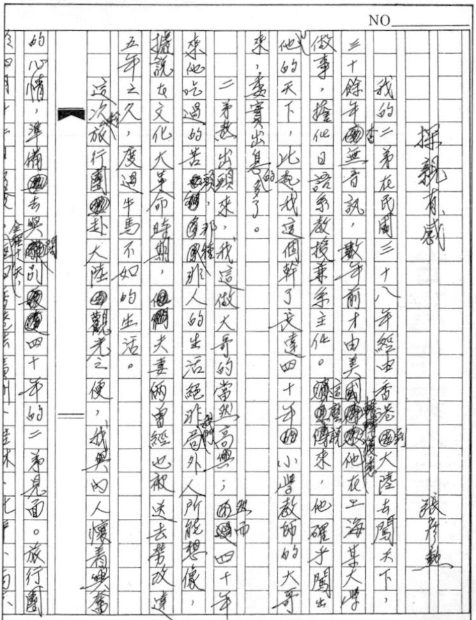

NO

探親有感　張彥勳

我的二弟在民國三十八年經由香港到大陸去闖天下，三十餘年杳無音訊，數年前才由美國友人傳來，他在上海某大學做事，擔任日語系教授兼系主任。據說他確乎闖出他的天下，比起我這個幹了長達四十年的小學教師的大哥來，委實出息的多了。

二弟熬出頭來，我這做大哥的當然高興；可是四十年來他吃過的苦頭，那種非人的生活絕非局外人所能想像，據說在文化大革命時期，他們夫妻倆曾經也被送去勞改達五年之久，度過牛馬不如的生活。

這次旅行團赴大陸觀光之便，我與內人懷著興奮的心情，準備去與闊別四十年的二弟見面。旅行團

張彥勳手跡

張彥勳

出版說明

《臺灣作家全集》是臺灣新文學運動以來最有意義的選輯，也是臺灣文學出版上最具示範的創舉。全集係以短篇小說爲主體，以作家個人爲單位，涵蓋一九二〇年至九〇年代的重要作家，縫合戰前與戰後的歷史斷層，有系統地呈現了現代文學史上臺灣作家的精神面貌。

在內容上，包括日據時代，由張恆豪編選；戰後第一代，由彭瑞金編選；戰後第二代，由林瑞明、陳萬益編選；戰後第三代，由施淑、高天生編選。全集計劃出版五十冊，後每隔三年或五年，續有增編，一人以一冊爲原則，戰前部分則因篇幅不足，有二人或三人合爲一集。

在體例上，每冊前由召集人鍾肇政撰述總序（文長兩萬字，首冊爲全文，其它則爲濃縮），精扼鉤畫出臺灣新文學發展的歷程、脈絡與精神，並由各集編選人執筆序言，簡要介紹作家生平及作品特色；正文之後，則附有研析性質的作家論，及作家生平寫作年表、小說評論引得，期能提供讀者參考。臺灣面臨歷史的轉捩點，瞻前顧往之際，本社誠摯希望能對臺灣文學的出版、推廣、教育及研究上有所貢獻。

台灣作家全集

短篇小說卷

緒言

鍾肇政

時代的巨輪轟然輾過了八十年代，迎來了嶄新的另一個年代——九十年代。發軔於二十年代的台灣文學，至此也在時代潮流的沖激下，進入了一個極可能不同於以往的文學年代。

然則這九十年代的台灣文學，究竟會是怎樣的一種文學？在試圖回答這個問題之前，我們似乎更應該先問問：台灣文學又是怎樣一種文學？曰：台灣文學是台灣本土的文學、台灣人的文學。曰：台灣文學是世界文學的一支。

倘就歷史層面予以考察，則台灣文學是「後進」的文學：比諸先進國的文學，即使是近鄰如日本，她的萌芽時期亦屬瞠乎其後，比諸中國五四後之有新文學，亦略遲數年。只因是後進的，故而自然而然承襲了先進的餘緒，歐美諸國文學的影響固毋論矣，即日本文學、中國文學等也給她帶來了諸多影響。易言之，先天上她就具備了多種特色集於一身，因而可能成爲人類文學裏新穎而富特色的一支——當然這種說法恐難免落入過分單純化機械化的發展論，未必完全接近實際情形。事實上，一種藝術的發芽與成長，土地本身的人文條件與夫時代社經政治等的變易更動，在在可能促進或阻礙她的發展。證諸七十年來台灣文學的成長過程，堪稱充滿血淚，一路在荊棘與險阻的路途上踽踽而行，備嘗艱辛。

職是之故，若就其內涵以言，台灣文學是血淚的文學，是民族掙扎的文學。四百年台灣史，是台灣居民被迫虐的歷史。隨著不同的統治者不同的統治，歷史上每一個不同階段雖然也都有過不同的社會樣相與居民的不同生活情形，而統治者之剝削欺凌則始終如一。七十年台灣文學發展軌跡，時間上雖然不算多麼長，展現出來的自然也不外是被迫虐被欺凌者的心靈呼喊之連續。

台灣文學創建伊始之際，我們看到台灣文學之父賴和以文學做爲抗爭手段之一的筆跡。他反抗日閥強權，他也向台灣人民的落伍、封建、愚昧宣戰。他身體力行，諸凡當時的抗日社團如文化協會、民衆黨和其後的新文協等，以及它們的種種活動，他幾乎是每役必與，並驅其如椽之筆發而爲〈一桿稱子〉、〈不如意的過年〉、〈善訟的人的故事〉等小說與〈覺悟下的犧牲〉、〈南國哀歌〉等詩篇，爲台灣文學開創了一片天空，樹立了不朽典範。

中期，我們又有幸目睹了台灣文學巨人吳濁流之出現。第二次世界大戰進入最慘烈階段之際，在日本憲警虎視眈眈下，吳氏冒死寫下《亞細亞的孤兒》，戰後更在外來政權戒嚴體制的獨裁統治下，他復以《無花果》、《台灣連翹》等長篇突破了統治者最大的禁忌。他不但爲台灣文學建構了巍峨高峰，還創辦《台灣文藝》雜誌，創設台灣第一個文學獎「吳濁流文學獎」，培養、獎掖後進，傾注了其後半生心血，成爲台灣文學的中流砥柱。

七十星霜的台灣文學史上，傑出作家爲數不少，尤其在時代的轉折點上，每見引領風騷的人物出現，各各留下可觀作品。此處暫不擬再列舉大名，但我們都知道，在統治者鐵蹄下，其中尙不乏以筆賈禍而身繫囹圄，備嘗鐵窗之苦者，甚或在二二八悲劇裏飲恨以終者。以所驅用的文學工具言，有台灣話文、白話文、日文、中文等等不一而足，蔚爲世界文壇上罕見奇觀，此殆亦爲台灣文學之一特色。日據時，曾有「外地文學」之稱，晚近亦有人以「邊疆文學」視之，唯她既立足本土，不論使用工具爲何，其爲台灣文學則無庸否定，且始終如一。

不錯，七十年來她的轉折多矣。其中還甚至有兩度陷入完全斷絕的眞空期，其一爲戰爭末期所謂「決戰下的台灣文學」乃至「皇民文學」的年代，以及戰後二二八之後迄國府遷台實施恐怖統治、必需俟「戰後第一代」作家掙扎著試圖以「中文」驅筆創作、接續斷層爲止的年代。一言以蔽之，台灣文學本身的步履一直都是顚躓的、蹣跚的。到了七十年代，鄉土之呼聲漸起，雖有鄉土文學論戰的壓抑，反倒造成台灣文學的欣欣向榮，入了八十年代，鄉土文學不僅成爲文壇主流，益以美麗島軍法大審之激盪，衝破文學禁忌成了不可遏止之勢，於是有覺醒後之政治文學大批出籠，使台灣文學的風貌又有了一變。

八十年代已矣。在年代與年代接續更替之際，正如若干年來每屆歲尾年始，報章上總會出現不少檢討與前瞻的論評文學，也一如往例悲觀與樂觀並陳，絕望與期許互見。有一明顯的跡象是嚴肅的台灣文學，讀者一直都極少極少，在八十年代末期的消費社會、資訊多元化社會以及功利主義社會裏，文學的商品化及大衆化傾向已是莫之能禦的趨勢，於是當市場裏正如某些論者所指摘，充斥著通俗文學、輕薄文學一類作品，純正的文學乃又一次陷入危殆裏。

然而我們也欣幸地看到，八十年代末尾的一九八九年裏民主潮流驟起，舉世爲之震動。繼六四天安門事件被血腥彈壓之後，卻有東歐的改革之風席捲諸多社會主義共產國家，連蘇聯竟也大地撼動，專制統治漸見趨於鬆動的跡象。(草此文之際，世人均看到蘇俄首任總統終告產生。) 這該也是樂觀論者之所以樂觀之憑藉吧。

不錯，新的人類世界確已隨九十年代以俱來。即令不是樂觀者，不免也會睜大眼睛看著世局之演變並對它有所期待才是。而九十年代台灣文學，自然也已是呼之欲出！君不見繼八九年年尾大選、國民黨挫敗之後，台灣的民主又向前跨了一步，即令有第八任總統選舉的權力鬥爭以及國大代表之挾選票以自重、肆意敲詐勒索等醜劇相繼上演於國人眼睜睜的視野裏，但其爲獨大而專權了數十年之久的國民黨眞正改革前的垂死掙扎，彰彰在吾人耳目。

在九十年代台灣文學即將展現於二千萬國人眼前之際，《台灣作家全集》（以下稱「本全集」）的問世是有其重大意義的。過去我們已看到幾種類似的集體展示，計有《日據下台灣新文學》（明集，共五卷，明潭出版社，一九七九年三月）、《光復前台灣文學全集》（八卷，後再追加四卷，遠景出版社，一九七九年七月）、《本省籍作家作品選集》（十卷，文壇社，一九六五年十月）、《台灣省青年文學叢書》（十卷，幼獅書店，一九六五年十月）等四種。無獨有偶，前兩者均爲戰前台灣文學，後兩者則爲清一色戰後台灣作家作品。而其中，除最後一種爲個人結集之外，餘皆爲多人合集。値得一提的是後兩者出版時，白色恐怖仍在餘燼未熄之際，前兩者則是鄉土文學論戰戰火甫戢、鄉土文學普遍受到肯定之後，因此可以說各各盡了其時代使命。

本全集可以說是集以上四種叢書之大成者。其一，是時間上貫穿台灣新文學發軔到輓近的全局；其二，是選有代表性作家，每家一卷，因而總數達數十卷之鉅，堪稱自有台灣新文學以來之創舉。是對血漬斑斑的台灣文學之路途上，披荊斬棘，蹣跚走過的前輩們，以及現今仍在孜孜矻矻舉其沉重步伐奮勇前進的當代作家們之獻禮，也是對關心本土文學發展的廣大海內外讀者們的最大禮物。

（註：本文爲《台灣作家全集》〈總序〉的緒言，全文請看《賴和集》和《別冊》。）

目錄

一步一屐痕的執著

——張彥勳集序

彭瑞金

張彥勳曾經是日據時代臺灣新詩運動的熱心推動者之一，在中學就讀時，即與文友創辦「銀鈴會」——一研究文學創作之團體，發行詩刊《緣草》，由張氏担任主編。戰後，「銀鈴會」雖因語言的問題停頓，《緣草》也一度改名《潮流》，終至停刊，但正如絕大部分跨越時代的臺灣作家一樣，張彥勳也在沉潛一段時日之後，便由日文跨越到中文創作。一九五八年，以中文再出發的張彥勳，出人意表的是，搖身一變爲小說家。

五〇年代，出生中部政治世家的張彥勳，曾經捲入臺灣的政治風暴中，數度進出牢獄，但並未影響他做爲作家的決心和步調，從克服語言障礙再出發的一九五八年，迄一九七一年的十數年間，是張彥勳小說創作的豐收期，大約發表了九十篇左右的中短篇小說，分別集結在《他不會再來》、《芒果樹下》等六本小說集裏。一九七一年，因青光眼入院，而〈瞎了一隻眼睛〉。病後，在視力極差的情況下，致力於兒童文學之創作與迻譯，出版有《阿民的雨鞋》等兒童小說集，小說創作則暫時畫下了休止符。直到一九八二年，張彥勳又興緻勃勃地陸續發表一些風格嶄新的作品，展現他另一個層面的創作生涯。

與鍾肇政、葉石濤、鄭煥同年的張彥勳，和葉石濤有極相似的創作和人生經歷，張氏在日據時期即出版過新詩集《幻》，應徵當過短暫的日本兵，戰後坐過政治牢，教書、寫作則是最主要的經歷，寫作則包括創作與翻譯。不過，在文學作品的內涵上卻表現了迥異的風格。張彥勳的小說反映了相當穩定而統一的古典文學性格，他也是載道文學的忠實執行者。雖然他的作品取材相當遼闊，也都是具有寫實性質的題材，舉凡從軍的見聞、坐牢、教書的經驗，教師、作家、士兵、囚犯、農民、民意代表、鄉紳，甚至女工、乞丐、民俗藝人都曾經是他的文學之眼關注的對象，不過在本質上，他那典型的市鎮知識分子、中間階級的思維，仍然是控制他的作品方向的主舵手，反映在中間階級人物的現實問題不是臨界點上的生存條件的掙扎，反而是形而上的價值判斷。因此，張彥勳筆下的小人物雖然也面臨生存的困境和苦楚，但鮮少是爲生存的衣食奮鬪、掙扎，他把人生的困難提昇在友誼、親情、愛情、義利、是非糾葛……的層面上來；不忠實的朋友，被金錢蒙蔽的親情，背叛的愛情，似乎是張彥勳偏愛的著墨點，當然，更多的時候，他對正面的人間情愛、美德的頌揚，也是不遺餘力。

無論從題材的選取，取材的內容，人生層面的關注，表達形式的求新求變，張彥勳的作品都展現了蘊藉寬廣、創作力驚人的大家風範。不過，或許出自不同的文學認知，張氏的作品，濃厚的載道文學觀，成爲他對自己文學的無法逾越的自我侷限，一種不爲已甚的寫作態度，使得他的小說放棄往人性更深更複雜處探索的可能。或許可以這麼說，張彥勳小說的定位在於他做爲人間福音宣教師的熱切遠遠超過人類靈魂的探索者，因此，他的作品表現了一種沒有疑慮的坦白。

〈捕蛙父子〉記錄了一段溫馨的父子情；〈葬列〉寫兄弟妯娌因爭產反目；〈夜霧，歸來〉則是寫歷劫歸來的戰士發現自己被家人誤認爲已經陣亡、新婚的妻子改適自己的弟弟；〈海怒〉寫生死關頭見眞章的友情……，張彥勳的作品總是具備一條腸子通到底的直率單純主題。六〇年代的張彥勳小說幾乎沒有例外地在護衛人生美善的基調上反覆吟唱，〈斷崖〉、〈賭賽〉、〈鐘聲〉、〈荔枝園〉、〈秋之歌〉無一不是建立在肯定正面人性的善意和苦心之上，不可否認地，張彥勳從中建立了自己的風格，也爲自己的創作畫了界限。

〈鑼鼓陣〉、〈命運〉、〈阿K和他兩個兒子〉則是八〇年代的張彥勳，另一種嶄新面貌的出發，這些作品裏，時代的感覺變得強烈了，環境的色彩也鮮明了，最重要的是傳達了時代巨輪輾壓下小人物的哀鳴，「鑼鼓陣」的成員、土財主阿K、〈命運〉裏固守田產的水旺，都是面臨大時代遽變下倉惶受挫的角色，都是新時代的畸零人，不同的是這些人物不再具備精神貴族的身段，壓力、困難來自活生生的生活事物，如果再進一步觀察，張彥勳在這些作品中間，刻意「鄉土化」的語彙，便不難洞悉作者內心在八〇年代受到的一些衝擊和決定，在這些作品裏，我們可以看到張彥勳文學逐漸收攏他那騰懸的雙翼，放下他的雙脚，接觸地面的誠意。

浮沉文壇近半個世紀的張彥勳，從狂熱的文學青年出發，以沉穩內斂、不再衝鋒陷陣做結，不可否認的，作家的心路歷程有著濃重的時代傷痕烙印；然而，仔細尋思，一步一履的邁著艱辛寫作步伐前進的作家，黯默裏也自有其堅毅與執著，張彥勳鴨子划水式的寫作生涯，讀者所需要的只是加倍的耐心和尋思，八〇年代的奮力一擊，或許是作者對寂寞不耐的抗議，更或許是年輕時代寫作火種的再噴發。

捕蛙父子

這是第一次出草。他感到愉快，也覺得興奮；提著網子的掌心有著緊張的汗濕。外面闇黑得伸手不見五指；要不是瓦斯燈的火光強，這條曲曲彎彎的小路，很是不好走。烏藍的天空星晨稀稀落落，惺忪地眨著疲憊的睡眼，顯然，夜是深沉了。

「爹，」他叫了聲，抬頭望望前面的影子：「夜氣很冷，您還是不來的好。」

「啊，」父親答著：「這是你第一次出草，我該出來陪陪你。」

「不，我跟您來過好多次了呢。」他立刻訂正著說。

「我知道，」父親沒有回頭，仍然走得很快：「那是玩玩兒，這回可不是囉！」

那是玩玩兒——聽了父親這麼說，他心中霍然湧上一陣尷尬。不錯，每次出草，他都來湊湊熱鬧；父親捉蛙，他提絡子，那豈不過是玩玩兒的嗎？哪一次他眞正幫過父親？身爲長子，他只是成了父親的絆脚，而沒能爲家做過一次事情。他慚愧得眞想大哭一場。

萬籟俱寂，夜路茫茫。

晚春的微風有些涼意，夜幕像一塊無垠的黑布，把大地給蓋上了。在這黑夜裏行走，彷彿要走入那蒼茫浩渺的原始時代，他深深地這樣感覺到。

兩盞火光一晃一晃的搖曳著，把兩條影子搖得也一晃一晃的。

就這麼樣的，父親把自己的影子搖過幾十個年頭了。他就是這麼樣的戇直，一生只學了這個玩藝兒；在如此黑夜中，他熬過了三十多個寒暑，從沒有一句怨言，儘管默默地苦幹著，跟蹌的度過他坎坷的大半生。作爲一家之主，爹已盡了責任了呀，想到這，他肅然起敬，不由得佩服父親的毅力。

沉默了片刻，他的嗓門又響起來了。

「爹。」

「嗯。」

「爹！」他叫得很響，把多日盤結在心中的疑慮提了出來：「您，能原諒媽嗎？」

「哼——？」忽然，前面的影子歪斜了：「你是說，你的媽？」

「嗯！她已經三天沒有回來呀。爹，您……您生氣嗎？」

「我不生氣，」這回，前面的影子完全扭轉過來了，終於佇立不動：「她的苦也夠受了，我委屈了她哩。」

咀嚼著父親的話語，他感慨萬千。爹就是這麼一個心地闊達的人，對於別人的過錯有著寬恕的工夫；前天爭吵明明是媽的無理，爹卻一言不發的讓她嚷，結果還不是媽自己出走了？我委屈了她哩——對媽，爹始終是忠實的，由於捉蛙的日子，飽暖不了她以及我們，以致在父親的心中，老是對媽有著一份愧歉。

父子倆默默地走著，行走在坑窪的小路上，似乎各有心事。

「嘎——」偶而鳥聲劃破了黑夜的死寂，但馬上又是一片寂然。

赤脚踏著小石子，他的記憶湧上來了：記得第一次跟父親來，那時他是抖動著雙脚一步步來的，怯虛虛的走著，彷彿在深夜中，自個兒走向黑幽幽的坟場似地。如今歲月過去了不少，他卻仍然那麼樣的走著，沒有絲毫長進。「還是，爹有辦法！」望見前面的影子那股有勁兒的擺動，他暗自嘀咕著。

小學畢業那年，父親要他繼續升學，他不幹；並不是他不上進，而實在是經濟不許可的緣故。他明白，爲了柴米油鹽，媽時常頂著父親吵架，他哪有心再求學？怎能忍心再添加父親的負擔？於是他自動放棄了這份享福，去自食其力了；可是，他畢竟做了些什麼事？究竟幫過了家幾許？米店的小差，勉強的當了半年誓死不幹了；公所的工友工作倘能勝任，但那也僅僅幹了一年多，便憤然而辭。流動在他體內的血氣，沒能讓他無條件的去接受世俗的一切屈辱。

「沒出息！不夠耐心！」

由於這，父親氣得整整三天沒說話。

「我要捉蛙去！爹，我會做得好！」他把話咬得極響亮，似乎打從骨子裏就註定與這樁工作結了緣似地。

「阿祥！」一聲有力的嗓音，打斷了他的思路，眼看著離開父親好遠了，這才使他加快了步伐。

「爹——什麼事？」他趕上去，和父親並排的走起來。

「我教你些許有關捉蛙子的常識，」父親側身瞪著他說：「也許你未曾注意到這些。」

「請說吧，爹！我聽著。」他懇切地回話。

「記住！捉蛙子，最好在闇黑的夜裏，尤其要南風悶熱的時候。」

「啊——我知道。並且要在晚間十二點過後，是不是？」

「嗯，」父親連忙點點頭：「經常人少去的地方，蛙子可多啦。譬如：墳場四周的水田裏。」

「但要當心蛇，田埂上，雨傘節不是最多嗎？」

「嗯，嗯，」父親睜眼詫異地看他：「你說得倒好！那麼我問你，哪一個季節蛙子最旺？嗯？什麼時候？」

「是在七月裏呀，稻子收割的時候。」

父親咧開嘴笑了。

「那麼，秋季呢？」

「要是秋季嘛，得到溝裏去捉，是不是？但蛙子小，不夠味道！」

「嗯，嗯，嗯，」這回，父親接連嗯了幾聲，笑得相當開心，在闇黑中，他可清晰地看出父親的一排牙床。

「你懂得這麼多！阿祥！」父親的眼珠睜得更大了，伸出喜悅的手，去握住他的兒子。

「我不是跟您來過好多次了嗎？爹！我自個兒體會出來的呀。」

「哦，嗯，你眞不含糊，我這塊廢料可得退休了。阿祥！老實說，爹可不願意再讓你走上這條苦路來，也擔心你不能勝任；但，現在我可放心了。阿祥！替爹爭口氣。」

父親的口吻，雖然說得若無其事，可是聽在阿祥的心中卻有扭絞的疼痛。捉蛙子生活是苦的，他知道；然而光靠這苦差過活的這個家，打自今年三月節過後，生活更加慘透了。父親患了一場大病，爲了爲突的拖上幾個月，病癒財破了，人也老得多；並且還不時的鬧著不舒服呢。倘不是爹有能耐的工夫，這個家早給拆散了，媽，那永遠唸不完的「經」，其實他也受不了；爲了不讓媽再唸下去，哦不，該說生活迫使父親得抱病再走夜路吧。可是不行了，人一老，什麼都倒霉，帶回來的蛙子，往往換不到半斗米。要不是這次他誓死嚷著要代父親出去，爹永遠不認老，也不認輸，更不會死了這個念頭。

「到了。」說著，父親停住脚步，把瓦斯燈朝向田裏射過去。

順著父親的燈光，他也把燈火照進田裏望望，只見一片白茫茫的水田展現在眼前。稻子收割了，田裏光白白的只是一片渺茫的田水；映在燈光下，銀光粼粼，微微起著小小漣漪。眺望過去，彷彿一碧萬頃的潭湖。

「啊！那是墳墓！」把火光的焦點對準著一塊墓碑，他不由得驚叫起來。

「嗯，這附近是一塊墳地，」父親斬釘截鐵的說：「這兒，蛙子可多咧。你聽！那聲音。」

你聽！那聲音——父親的指點，倒使他有些畏懼了。一塊塊的墓碑，幽靈似地殭立著，四周雜草長得很高，疏疏落落的幾棵樹叢，搖擺在闇夜裏，有如怪物在舞動。閣，閣，閣，閣……那分明是蛙叫聲，在這樣陰森森的環境中聽在耳裏，宛如鬼嘯。

他忙把光線收回來。

「怎麼？膽怯了？哈，哈，」父親突然呵呵大笑揶揄著說：「當心！鬼就要出現！」

「不，我不怕！爹。」他有點兒靦腆。

「眞的不怕？」

「世界上，根本就沒有鬼！」

「嗯，嗯，有骨氣！其實，只有怕鬼的人才有鬼。來，咱們開始吧。」父親說：「你先叫幾聲。」

學蛙子叫，是他的拿手玩藝兒，記得頭一次來的時候，他叫得像猪吼，父親笑他沒出息，連蛙叫都學不會。幾經磨鍊，現在可不同了：不但叫得好，而且能比他父親叫的更響。

這確是有趣的玩藝兒：閣，閣的一叫，群蛙便聞聲趕來：而你叫得越像，牠就越跳近來你身畔。

「閣閣！閣閣！」他張口叫起聲音來了，縮緊口腔，把嘴唇一翹，他「閣閣」的把聲響灌進田裏去。「閣！閣！閣！閣！」果眞，一陣蛙叫霍然而起：「閣閣」的把周遭叫成一片騷然：乍聽宛如管樂的狂奏。

「你看著，我來，」父親卸下手上的瓦斯燈和網子，哈腰捲起褲管說：「我先做給你看看。」

「爹，田水很冷，損了身子可不好。」一個箭步，他躍身而出，抓住父親的袖筒加以勸阻。

「哈，三十年囉。還用擔心。」

「不，爹，您的身子不好！」

父親沒加理睬，把燈光對向田裏，遠遠的照過去。

「阿祥，你瞧！那兒有一隻，下巴頦兒有點白的就是。諾，直照著牠的眼睛，可別把燈光移開。好嗎，起先慢慢兒地挨過去，逐漸加緊你的脚步，當你將要逼近時，得用跑啊，越快越好！但必需留意的一點：千萬不能把燈光搖盪，且要低著身子。」

父親說罷話，一聲不響的下進田裏，哈腰躡手躡脚的挨著走，就像一隻野貓在捕捉老鼠。他禁不住一笑。

父親毫不愧爲一位捉蛙子的老手了，人雖老，卻一點也不含糊，做得有聲有色。除了捉蛙子，爹是再也沒有第二條路可走的……他暗自思忖著，不覺喟歎一聲。

突然！父親邁步跑起來了！抓緊網子，他雄赳赳的勇往直進，有著衝鋒戰的激昂。強烈的瓦斯燈下，他望見父親的周遭濺泥四起，水煙瀰漫；父親好似一位沙場的老將軍，揮舞軍刀在叱咤著千軍萬馬。

眼見父親掌上的網子，就要落下去了。

「嗨！還是爹有辦法！」

正想其間，不知何故，只聽「撲通」一聲，父親的四肢朝天，連翻帶滾的摔了下去。飛揚的水沫閃閃亮亮，映在燈光下，像花炮。

「爹！」他奔過去，忙把父親扶起來：「爹，不打緊吧？有沒有跌傷？」

「唔——」尷尬的搖了搖頭，父親扔掉掌上的泥塊，長歎：「老了，不中用！」

老，確是事實的，打自阿祥懂事，他就曉得無論颳風降雨，酷暑嚴冬，父親都背負起一家的重擔，天天出外工作；一日復一日，一年復一年，未曾有過間歇。現在，他十七歲了，十數年歲月，在父親頭上加添了更多的白髮。

「爹，您是勇敢的。負責、耐心，」他安慰著說：「只是身子欠佳，不夠靈活。」

「是嗎？那就好哇！」父親苦笑著，無奈地搖搖頭，似乎對於剛才的一場醜態，深感慚愧。

「啊，爹！夜氣很冷，濕透了身子會害病。」他這時才發覺父親的衣褲全濕了。

「嗯，」父親感喟地說：「不過，空著絡子回去多丟臉。阿祥！你快捉幾隻來壓壓絡子。」

走進田裏，他的心緒有些忐忑；不是害怕，而是興奮。儘管以往曾經跟父親來過不少次，下田捉蛙子，這是頭一遭。他禁不住心跳。

田水茫茫，而且有些涼意。微風拂面而吹，把水面吹得陣陣波動；一股冰涼之感打自心底往上湧，他覺得好像踏在一片汪洋的大海上，飄飄忽忽，任水漂流似地。

雙脚使勁兒的站穩著，他猛抽了幾陣涼風，在蓄養著銳氣；就像隻老虎把獵物擱在面前，磨著牙兒一樣。

獵物就在眼前了。他的燈光向前一掃，正照準了蛙子的頭部。「別急，慢慢兒的挨近去，低下身子，把燈光拿穩……」心中複習著父親的吩咐，他把雙脚往前推動。彎著腰他向前走去，一步步的加快了。好緊張啊！他在想。

「嗯，對啦！加快速度……再快！……哦，跑！」背後突然起了一陣吶喊，是父親的吹號；宛如突擊戰的號角聲，嘹喨的響著，震響他的耳際，令他奮發。

他拔腿朝前奔去！篤、篤、篤、篤……好快呀！雙眼鼓得活像兩顆星光在發亮。哦，哦，那就是了！渾圓的胴體，好大！瞬間，他的網子迅速地往下一落，一隻肥大的蛙子，如同一塊黑團，隨即滾進網子底下。

捉到了！一股無比的快感擠上心頭，他深深地舒了口氣。是的，一點也沒錯，黑黑大大的一隻蛙子，確確實實的落在他的網子裏。多歡欣！他的希冀畢竟沒有落空，總算可向父親交代了。精神一鬆，氣兒也開始喘起來。

當他回頭往後瞧，父親正朝向他踱過來了。

「爹！您看！」他把網子舉高，在父親的鼻頭擺了擺，得意的說：「好大！」

「嗯，五、六兩，不會少吧。」父親拍拍兒子的肩頭，臉上綻出微笑：「好本領！

我輸你了。」

「可真的？爹！」瞧瞧眼前那副和藹的面龐，他樂不可支，整個心房暖融融的……。

葬列

一

帶著悲戚，我踱出病房，心中沮喪得異常難過。一股難以名狀的恐懼感好似浪潮，打自胸口湧上，卜卜跳盪的心臟，連呼吸也感到急促。

唉！祖父就要死啦！拋開俗世的一切煩惱即將離去。那樣慈愛的善良的祖父，一向和藹可親，可會眞的丟棄家人而撒手西歸嗎？那勤奮的健壯的他，一向孜孜不倦，未必眞會如此留下遺憾而闔眼閉目吧？

我簡直不能置信祖父可會如此的脆命，雖然他年逾七旬高齡，卻有一身勁兒，身體是頂健壯的。他素來勤儉自持，在我們張家莊人人管他喊「福壽伯」，「壽」當然是長壽之意，至於「福」呢？我敢打賭，那指的是子福。

不錯，祖父的「子福」確乎有了，他總共養下五個兒子，而我的父親就是最大的一個。設使連同那幾位出嫁的姑媽合算一起，可有一打之多哩！

二叔和三叔，在家鄉幫著父親操作一份田業，由於彼此的歲數相差不多，且爲了貪圖私利，往往鬧得天翻地覆，鷄犬不寧。唯獨四叔較爲恬淡，對於祖產沒有過分的留戀，打自農林學校畢業後，自個兒到臺北謀職去，壓根兒就沒有關心過這回事。至於五叔，年紀小尙在求學中，自然不會去斤斤計較。

「子福」是有了，祖父卻一輩子沒能好好兒享過福氣；爲了這個家，他確確實實吃盡了苦頭。一生只企望著添加幾分家產而刻苦自勵，祖父從沒有過太大的奢望；他的一雙手，好似專爲支撐這個家而長生的，每當看見他，我由不得就要偷看幾次他的一雙手，那雙旣粗又壯的胳臂，爲我們的家不知嚐過了多少苦楚，好大的巴掌！在我家祖父是個磐石般的存在。是的，祖父是個磐石般的存在，這個極其複雜的大家庭，就是全賴他一個人支持了的；要是失去了他，就是等於沒有支柱的房子，早該給坍塌。

繞過廂房，我的脚步依然有著萬斤的沉重，想及祖父死後，這一家不知會鬧成什麼樣兒，我就不能不擔心。父親是個長子，當然他會主張長子應有的權利，可是幾位叔叔可會干休嗎？他們只爲利己，連六親都不認，哪會饒恕父親之理？尤其是那位慾心勃勃的二叔。

在鄉里，父叔之間的糾葛已是人人皆曉的事兒，特別是與二叔的爭執；為了爭取更多的財產，他們鬧得相當不愉快，甚至險些鬧出人命來。

「松仔！可別仗著長子的權利霸佔！我是不會饒你的。」

有一次放學回來，一跨進門檻，我就看見二叔來勢洶洶的頂著父親抗衡。掌上握把鐵鍬。

「哼！你敢？」父親順手抓來一支木棍子，噹的一聲，碰到了對方的道具。

「我說敢，又會怎樣？」只見二叔揚起手上的鐵鍬，直往父親砍過去，正好落在父親肩膀。

父親光火了，褐色的臉頰變成朱紅，兩顆眼球鼓得幾乎就要拏出來，高舉棍子，他撲過去，落雨似地打起來。

「好——啊！打死你！」二叔哪會認輸，把鐵鍬的刄兒對準父親掃過去，兩個人就這樣一進一退的鬪毆起來。父親的面頰，二叔的胳臂，早已迸出鮮紅的血流。

我驚慌失措，望得目瞪口呆，舌頭兒像打了結，一時沒能呼救，更不敢上前去排解一下。

「幹麼！停手！」不知誰通的報，這時祖父打外頭趕回來，大喝一聲，罵道：「你們這不爭氣的野狗，又是你們幹的好事！」

祖父的叱責，立時遏止了這場死鬪，父叔們彼此握持著兇器，彼此瞧不上的釘住眼相對著。

「他先出手！」二叔指在父親的鼻頭，惡狠狠的吼叫一聲。

「哎呀！是你先來挑戰的！」父親也不甘示弱，氣憤得咆哮起來。

「呸！」祖父的一隻巴掌在空間飛動，「拍」「拍」的兩響：「我活著的一天，誰也休想做皇帝！」

祖父給了父親和二叔一個淒厲的眼光，然後漫不經意的走了出去。啊！他眞正是個外剛內柔的典型……目送著祖父那身結實的背影，我暗自佩服他的毅力。這個家，實在太需要他了。

男人間的糾葛，往往會影響到女人間的對立：母親與嬸母，當然沒例外。

「那個賤貨，眞沒意思，偷著暗藏私財呀！喂！我說呀，不早日分家，咱們可慘啦！」二嬸母火上添油，煽動地。

「哦，怪不得那副模樣，腰板脖硬的，哼！下賤的東西！」三嬸母跳起來了，咧咧嘴巴，恨不得一口把母親呑進肚裏去。

兩位嬸母的頂嘴是蠻厲害的，尤其三嬸母那張油嘴罵起話來，著實了不得，她不時串通二嬸母，故意鬪母親作著無端的胡鬧。

「妳這妖狐，我還怕妳！」三嬸母挽起袖子，擺出敵對的架勢。「嗨！敢就來嘛！」仗著三嬸母的架勢，二嬸母也在旁吼著示威。

也許母親的歲數比她們都大，或許是天生的溫柔性子，對於這般無理的挑戰，不但激不起她的興趣，遇到這種場面，母親至多頂了兩三句便溜開。幾次的經驗告訴她，跟著這批人相鬪是不值得的，而事實上也是無法鬪過她們。

踱出門樓，我走到了果子園，心中的傷感倍加深沉。蔚藍的天空，白雲縹渺；五月的太陽把荔枝的果子照得爍爍發亮。

祖父，一生刻苦自勵，憑著那雙厚大的胳臂立家置產，把一個衰落頹廢的家，整頓得井井有條。這一片果子園自然是他血汗的結晶；然而他可能再也無法看管它了呀，即使祖父果眞他界而去，這片園地，豈不是也成了他們所爭執的對象嗎？

二

打從祖父病倒後，這幢寬綽的房子，幾乎每天都有一批人進進出出，屋子裏鬧哄哄的，像是大年夜的團聚。先是大姑媽，她帶了幾個較小的兒女從岡山回來，一進門口便放聲大哭，幾乎驚動了昏迷中的祖父。她的丈夫死去了多年，經常住娘家，跟祖父的情感因而較爲深厚。

「阿爹！爹唷！我回來了，您看見嗎？」握住祖父那雙早已不動的手，她一直地搖撼著；嚎啕的聲響，給人們再度帶來一場悲傷。我的鼻腔也酸溜溜的。

「別這麼衝動！會吵壞他呀！」二叔挺身而出，勸她不要哭鬧。誰知二叔這兩句話，卻大大地觸怒了她。

「嘀？我不能哭？我不能叫？阿爹才是你們的？哼！你們這般孝子，竟然把阿爹逼成這個樣子！」

最後，總算父親把她拉開，才讓她息怒了。

遲了大姑媽大半天，三叔公也忙叨叨趕來了，他們幾個兄弟中，他與祖父的感情算是最和睦。三叔公沒有落淚，只呆坐在床沿，陪著祖父發愁。

其次是二姑媽，接著是臺北的四叔，還有三姑媽以及幾位親族，都接跟而踵地回來了，屋子裏嘈雜異常，比除夕夜的團圓可要熱鬧。我眞懷疑到底大家是不是眞爲祖父的病危而歸來？或是只爲湊湊熱鬧？

祖父終於給抬出大廳來了，聽說活的希望很少；父親說過的，在鄉里從沒有一個得了腦出血而能救活的。大姑媽哭著哭著給祖父換上殮衣，戴上毛織圓帽，穿上絨布鞋。大姑媽的一雙靈活的手忽上忽下，手巧地在活動；大家凝視著她的手臂出神，竟沒有一個人肯上前幫忙，彷彿這件工作就是應該落在她身上似地，最後還是靠母親的協助，才算告一段落。

經過幾天的昏迷狀態，祖父終於撒手西歸了。發病以來，僅不過是短暫的五天工夫。唉，多脆的生命啊！幾乎不能令人置信一向強壯如鐵的他，竟會如此簡易的斷氣。這五天，他一直昏昏迷迷，未曾醒過一次，也未能說過一句半語，任憑誰去搖撼，卻無法使他甦醒過來。由於他得了急症的緣故，根本就沒能留給我們半句遺言，這又是一樁多不妙的悲劇呀！這個家是由他來支撐的，他是個柱石的存在，如今柱石倒了，這個家不也要崩潰了嗎？

我曉得祖父做夢也沒有想到他自己竟會如此匆促地離開人間；而實際上，鄉里的人也都認爲他最健壯，壽命最長。這是我的猜想：設使祖父能曉得自己的死，他必是一千萬個不會情願的。生前既沒有一紙遺書，逝後又沒有半句遺言，祖父就這樣匆匆離去，他心中多難堪啊？尤其是一宗不算太少的遺產——田園以及家財，是不是將會成爲敗家的根源？我暗自思忖著。

祖父的身子殭定不動了，手指也硬直起來；靜躺在床上，臉面沒有半點血氣。不知爲什麼，凝望著他那副慈祥而輕閉著雙眼的面龐，我流不出眼淚；也許祖父死得太突然，或許死得太平靜的緣故，使得我這曾經是他最疼過的大孫子，卻沒能爲他的死即刻上前去慟哭。他的死帶給我以茫然、空虛和恐懼！啊，難道我是個不孝的孫子嗎？我是頂愛祖父的呀!爲什麼我偏偏擠不出淚來?我是很悲傷的呀!

天色已晚，夜幕逐漸下降，世界上的萬物都在晚煙中模糊下去。在曚曚亮兒中，劉大夫收拾了醫具，把頭搖搖默然退出，留下屋裏一片混亂。

不知誰先哭的，啊喲的一聲，頃刻間哀號佔據了房子，幾乎要震破屋瓦。大姑媽雙膝曲彎，軲轆地跪了下去，抱住屍體，頓足捶胸的痛不欲生。人們大多有「輸人不輸陣」的好勝脾氣，誰敢怠慢?一瞧見大姑媽下跪，個個兒爭先恐後的搶跪下去，除了三叔公之外。

三叔公木坐著，一直沒有換過姿勢;打從來到我家那天起，他每天緊鎖著雙眉，傍在祖父身邊發呆。現在祖父斷氣了，他仍然那樣的姿勢，那樣的表情——只是眉宇間的皺紋加深。

父親跟二叔，立刻不見了，可能忙於後事吧，祖父既已身故，今後的日子，他們倆肩上所挑的擔子可要重哩。可是他們合得來嗎?祖父的死，會帶給他們就此息止爭鬪嗎?我眞替這兩位曾經鬪得相當不愉快的長輩們擔心。眞的，我很擔心。

三叔沒有哭，臉上也尋不出悲哀的表情。或說男子不該輕易讓別人看出心中的懦弱，但這是祖父的逝世啊!他是他的兒子，親生的骨肉!難道他眞的沒有一份兒感情?沒有一絲兒悲戚?沒有一滴兒淚水?是不是太突然的緣故，使令他來不及掉淚?抑或是對他父親一種無言的反抗？要是眞的如此，三叔實在太不該，即使在生前祖父待他再怎樣的苛酷。

同樣是男人，四叔可就不同；祖父臨終時，他是唯一掉淚的男性，這倒使我大大地感到意外。四叔一向居留外鄉，極少回來省親，跟同家人的情感本應較爲淸淡；然而事實上恰恰相反，他的悲歎比任何人都深刻，而最感人肺腑。

我悄悄地把視線移到母親身上去：生長在富家，聽說我的外祖父是位頗有名氣的秀才，也是個典型的好老人，他急公好義，一生與世無爭，生前且做過不少慈善事業，爲此在母親的故鄉，只要提起他的名字，家喻戶曉，人人都至爲恭敬的；可惜第二次大戰後，隨著世相的變遷竟而沒落了。生長在這麼一個環境裏，母親從小就有寬大爲懷的美德，息事寧人的本能；不是我自誇，母親的容忍確確實實做得太夠哩，雖然兩位嬸母不時給予她非理的爲難。

這時，母親咬著手絹兒在哽咽，抽抽啼啼的一副萎落之貌，眞令人有難於啓口的哀憐。

至於二嬸母和三嬸母不用說：枯澀著臉龐，她們倆只是茫然地下跪著，臉上沒有絲毫悲悼的成分，就像兩塊豎立的木偶；或者她們心中想陪哭一場的吧，但擠不出的眼淚，反把面部扳得歪曲變型。

三

大殮時，大姑媽主張在棺木裏多放些銀子、珠寶什麼的；爲了這，她和二叔又爭得天翻地滾，險些兒就打起來。

「橫豎人死了，銀子珠寶對他有什麼用處！」二叔瞧著大姑媽發出冷笑。

「哼！你懂得什麼，要是送給你，可就高興了是不是？你是他的兒子，你不期望阿爹在陰府過得舒舒服服嗎？眞是個沒有血淚的東西！莫怪人家要喊你冷血動物啦！」大姑媽眼睛裏滿含淚水，狠狠地頂他辯嘴。

「住嘴！女人沒有權利主張！」二叔被說得有點兒不好意思，竟然咆哮起來。

「我是他的女兒！」大姑媽不甘示弱：「我有權利主張！」

經過三叔公從中勸和，採取折衷辦法，只許她放進祖父生前最喜愛的東西和衣物，以及他的一些金器等物品。

「好哇！阿爹不稀罕你們這批人的東西，算我給他好啦。」大姑媽喃喃的嘀咕著，打從衣袋裏掏出一疊十元鈔票；「就算阿爹是我一個人的。」她邊說邊把鈔票儘管往棺木裏塞；末了兒，連項鏈，戒指兒都給解下來。

接連幾天的慟哭，她淘乾了水滴，只是眼圈兒紅紅的，沒有再哭。她撫摸著祖父最心愛的一隻象牙製煙斗，難捨難分地向我說：「阿星，你的阿公最愛吸煙，你快去買十包長壽回來。」

大姑媽的一片孝心使得大家瞪著眼睛相對，也感動了不少人。可憐的祖父，好在還有這麼一位孝女服侍，不然他的死太不值得了。實在的，大姑媽對祖父這般的孝敬，的的確確值得我們效法和欽佩。爲了她父親的來生，她不惜任何代價，盡她力所能及的一切來設法安排，大姑媽多可佩啊！比起那幾位見利忘義的叔父們，多偉大！

祖父的喪儀，整整做了兩晝夜，聲勢之大，在我們張家莊是少見的，一時成了村民的話題。咚鏘咚鏘的鑼鼓聲和著尖銳的嗩吶聲，組成一支喧嘩的交響曲響遍村落，成天哄哄鬧鬧，簡直像在做著莊脚戲（鄉下戲）。傍晚，太陽剛下過山，庭院裏便擠滿了看熱鬧的莊稼男女；許多婦女爲了一睹爲快，顧不得涮碗筷和洗手脚，穿過田畦小路紛紛趕來參觀。

法事在道士的引導下慢吞吞地進行著：「打砂盆」「繳庫」「挑經」「過橋」等一連串的節目，接二連三的展開，把幾天來已經困極不堪的遺族們，拖磨得精疲力盡，打哈息，大家的動作沒一點勁兒。

儘管遺族席上的人們怎樣乏倦，動作怎樣懶散，觀衆的興頭仍是濃厚的。那夜最賺人眼淚的，算是富有戲劇性的「打砂盆」的節目了：院子裏築了座小砂山，而小山周圍鋪著稻草，我們一家人披上孝衣在那上面盤著腿坐著。砂山上擺放兩顆鷄蛋作眼睛，並且燭火在搖曳；兩位道士各戴牛頭和馬頭面具，隔一小座小砂山相互咒罵著，然後東跑西顛地追逐起來。

其次，踱出一位把條長白布披在胸前的道士，站在前頭引導我們環繞砂山，哭出悽愴的腔調，走一步停一回，停一回哭一聲，不斷地用白布揩淚。也許爲道士那連哭帶唱的經文，或許被遺族們的號啕所感染，觀衆們的眼圈兒紅腫腫的；尤其是婦女們，還幾乎潛然陪哭了一陣子。

在傷悲的雰圍中，關心著遺族們的一舉一動，算是較爲年老的一輩；他們瞪眼觀察著每一位遺族的擧止，看個淸楚究竟誰哭得最慘。依據習慣，權衡一個「孝男」或「孝女」，就在這「打砂盆」的時候兒呢。

「孝男」，大家公認的，當然首推四叔了。我說「當然」，由於他是唯獨掉淚嚎啕的男人。確乎，比起任何人，四叔的悲歎最爲深刻；打自回來，不知淌下多少眼淚。他的感情似乎特別脆弱，永遠掉不盡淚兒似地。

父親時出時進的忙個不停，一定又是忙喪事去的吧，他是長子，家裏有太多的事兒需要他去處理，哪有什麼工夫讓他閒著呢。

至於二叔和三叔，還用我說嗎？他們壓根兒就不落淚，在他們臉上，幾幾乎尋不出一絲兒的憂色，只盲目地履行著他們的職分，跟著大家作著無謂的應付而已。

出乎衆人意料的，便是二嬸母了；在「孝女」行列中，以她的號啕爲最兇。可是三嬸母好勝的脾氣，那會叫她認輸？哭一回停一回，簡直的跟二嬸母作著一場哭鬧比賽。這與母親的哽咽相較，多麼明顯的對比啊！我眞要懷疑當初祖父在世，毫無一絲兒情感的這兩位嬸母，憑什麼哭得如此逼眞呢？縱然是爲爭取「孝女」的尊號，也不應該如此的哭法呀，我想。

過了夜半，法事僅剩道士的誦經，好奇的觀衆曉得再沒有好戲可看，早已回到窩裏溫暖去了。

倦怠的經文和著鬆弛的木魚聲，幽微地響在靜寂的夜空中，越加顯出晚春夜的蕭條。三叔流黏涎子在打盹兒；幾幾乎所有的家人，都打著呼魯睡著了。守在稻草上，我和四叔就是隨道士做完法事的，僅有的兩個人。

四

出殯的早晨，是個暖烘烘的，沒有風而異常憂悶的大熱天：五月的晨光像一團火球，烘烤著大地，向地上的萬物逞威風；烈日不分皀白地射過來，透進麻衫底下的肌肉，好似騰沸的開水冒上熱氣兒。

「封釘」時，三叔公手掌握持著一把鐵鎚，把棺木封下釘子。叮、叮的金屬聲，在五月的空中響亮著，帶著尖銳刺耳的音律。我們立刻跪了下去，儘有嗓子的號哭起來——昨天，一位親戚的老翁，事先這樣子指點了我們的。

不知經過了多久，當我起身，已是鑼鼓喧天，人群開始左右搖撓起來，隊伍向前開拔：好長好長的葬列啊！以樂社的鑼鼓陣作領先，素幛花圈接著，再後，便是紅色袈裟道士夥伴。

龍長的葬列進行著。沿著曲曲彎彎的莊稼道路，指向墓地以牛步進發；距離墓場，還有一段頗長的路程。祖父的靈柩，用八個人抬著，父親摟抱著米斗，俯首跟在後面。米斗裏面滿裝白米，上面奉按著祖父的靈位；線香冒煙飄揚，燻得睜不開雙眼，或許爲的是這緣故吧，叔姑們都閉上眼睛，暈暈糊糊地走著，蠻沒勁兒的。

「咚鏘」「咚鏘」「噠嘀」「噠嘀」——鑼鼓和著嗩吶聲，吹吹打打，緊密地響起來了；葬列的前端已沒入了街頭。這時，我才發覺到街樓的窗帷給掀開了，窗檻上擠滿了人頭，黑壓壓的好多人；有的呆望，有的發笑……那樣子簡直的像在觀覽化裝遊行。

事實上，這與化裝遊行有什麼兩樣？可不是？父叔們麻衫草履，頭頂纏了一捆草繩圈兒。女的是同樣的打扮，不過頭上戴著的是角尖的三角白布，再加上姑媽手上的紅色燈籠——那不怪異才怪呢！多有趣的行列啊！爲什麼非要這樣的打扮不可？難道不這樣做，眞的不可能担當「孝男」「孝女」嗎？哦，我想起來了，銀幕裏的那日本武士——穿著禮服，佩起了武士刀——那一身古里古怪的裝束，不也是這樣的嗎？其實這樣的打扮跟日本武士的怪裝，畢竟沒差幾許；可是我怎麼會忽然想到這樣的事呢？在這個緊要的關頭，我爲什麼……。嗬，多滑稽的人生！果眞人生是一場戲，那麼這齣戲該輪到我們去扮演了；我們是臨時演員，今天竟然扮起了小丑的角色兒。

穿過街頭，一排長龍正當開進街心時，突然飄來一陣刺耳的狂叫，一緩一急的打自我背後發出。

「是誰發了瘋？」我連忙扭轉頭，一眼便瞧出那正是出自於二嬸母和三嬸母的口腔；搖撼著身子，她們倆哭得聲淚俱下，儼如蜂擁而來的兩股潮流，陣陣發響。

我不曉得她們是眞哭還是假哭？是眞是假，我不用去質疑，反正我已不是一個不懂事的孩子；我不會相信一向把祖父不放在眼中的她們倆，眞會一下子變得如此傷心。唉，多奇妙的世態！誰是孝男，誰是孝女，橫豎大家心裏有數，何必多此一舉？……走在火燙的街道上，我彷彿作著一場無從解釋的白晝夢。

葬列，停停進進的穿過街心，隨即消逝在街端。

兩位嬸母的號泣，在鑼鼓和嗩吶聲中逐漸變小，終於戛然而止。沒有人再哭泣，大家哭累了吧；不過，唯有一件事是確實的，那就是說：自始至終，我沒能爲祖父的死而灑下一滴兒淚水。啊，啊！我為什麼掉不出眼淚？我是個最不孝的孩子嗎？難道我偏要擠出淚來不可？

小街，完全給拋在後頭了，而葬列依然緩慢地開走著。鑼鼓聲已停息，再也沒有人哭泣。我們默然地走著，踏著碎石，走在那條滿是飛塵的小路上，默默地……再也沒有人哭泣……。

夜霧，歸來

一

夜路闇黑如漆，伸手不見五指。

下了火車，踱出那所燈光朦朦亮的小車站，他不得不躊躇起來。怎麼辦？這樣的夜路到底是無法摸著回到了家的，縱然回得了，也得半夜以後。怎麼辦？折回去嗎？車站裏或許有熟人吧……這麼想著，他有點茫然不知所措了，他再度回頭望望籠罩在夜霧中的那所燈光微明的火車站。

月臺上，沒有一條人影兒。

雖然初春，映在微明的燈光下，車站的房子冷得幾乎凝住，而裏邊搖晃蠕動的兩個和尚頭，許是夜勤的站務員吧，對於久離故鄉的他，反正不是很面熟。

六載星霜，絕不是短暫的歲月。做一個日本軍屬，他被旗鼓歡送而奮勇踏上了征途，去時是日本人的身分了，而今卻以一個無國籍的浪人生還鄉里，六年的無情歲月，把他的美夢粉碎了個淨盡，比起出征當時的熱鬧情況，這是何等的落寞啊！沒有接迎的人潮，沒有歡呼的笑浪，沒有鼓聲，沒有旗影，幾幾乎僅剩一條狗命，他回來了，僅披一件破爛得乞丐不如的襤褸衣裳！

命運！哼，這場遭遇倘能以命數了結，對於出生在這個奇命下的自己眞是可怨之至。然而還好，我仍擁有心愛的妻子，慈愛的雙親，我還奢望什麼呢！他想。事實上，這也就是造成他能夠奇蹟似的活到今日的主要因素——活著要見他雙親和妻子的一念，使他從可怕的死神手中，把自己拯脫過來。

「別再發愁吧，豈不是回來了嗎？一切都會好的。」背向火車站，他邁步走向幽闇的夜路中。

尤加利的路樹依然故舊，只是長高了許多。仰望巍然聳立的樹幹，他給了驚訝的一瞥不由自主的伸手去撫摸它。

「啊啊！眞是縈懷！哇——多香的味兒。」他興奮得眼眶裏有喜悅的淚珠，一如嬌氣的嬰兒貪婪母親的愛情，擦身壓鼻把那股香味猛吸進去。沿路，稻田一望無際，長齊的苗兒如綠茸茸的地毯嵌在田裏，在風冷的夜霧中輕輕搖曳著，綠葉上還聚集著閃閃發亮的水珠兒。「一點都沒有改變哪，稻田、草木、還有一切的一切！」他叫著，這瞬間所有的憂慮都冰消瓦解了，沒有想到，故鄉的事物對他仍是這樣的親切，不陌生。他不由得加快了脚步。

然而，眞正有改變的要算他自己了。二十五歲，在人生旅途上正値氣力充沛而富於幻想的年紀，在南洋的群島上，轉戰再轉戰，相接而來的是物資的缺乏，就以軍器方面而言，日本也絕難與美軍可比；加之，廣闊的戰域更驅使他們吃定了戰敗的苦汁。於那片人跡未踏的大森林中，惡戰苦鬪，只能以山芋爲食的數十天非人似的生活，尤爲苦不堪言。糧食斷絕了，幾幾乎沒有一物可食，末了兒，竟幹出了宰殺夥友充飢的勾當來——爲了必勝，日本「皇軍」便一味地努力著以「精神」來克服所有的「物質」困難。

奈何，精神力量乃是有限的：美國的科學武器遠超過日本的大和精神，大戰末期，日本早經敗得寸草不留，嚐盡了相繼敗戰的苦澀，那也是當然的事。

攜著槓上沒有子彈的三八式步槍，他跟同兩位夥友逃至山中時，戰事已面臨到不可收拾的局面了。

打那時候兒起，血淋淋的苦鬪展開了，遍地的森林，滿處的野草，南洋的孤島上毫無可食的東西，取而代之的卻是橫行島上的野獸群。各自爲了要活著，他們不時在辯嘴、爭執、相鬪……爲的只是多延長幾天生命罷了，他們就這樣在那座孤島上無爲地耗費了三度春秋的時光。終而那兩位夥友也因病而相繼死亡，接踵而來的一連串的恐怖和戰慄，他愕然失色，抱頭鼠竄的爬出了那座恐怖的海島，排除萬難又幾經挫折，總算漂到了海南島的一角了。那是距離大戰結果後的第三年。

「哼！命數嗎？」他自嘲自咒。

每踏一步，便有滾滾飛揚的砂塵，在夜眼中清晰可見，並且冰冷的霧滴把他沾濡了。只有那嗄吱嗄吱的砂石聲響在靜寂的空間。

「嘎——」一隻鳥兒掠過霧空飛走，他不覺仰首望上。星光疏疏落落的閃爍著，啊，那是南十字星吧？幽微淡淡的那顆星兒……

他的回憶，再度墮入三年前的一段孤島上的日子裏：那顆南十字星輝煌的微光下，思慕故鄉而夜夜落淚的往事裏。不知何故，每當遙望天空凝視著那顆星兒，思鄉之念便會倍加殷切。倘若自己沒有雙親妻子之慮，或許早跟那兩位相繼病亡的夥友一樣，化成了孤島上之灰土的吧，他想。未見到家人之前決不死的一念，使令他以奇蹟戰勝病魔而起死回生。

啊，啊，年老的雙親還健在嗎？離鄉的時際，他（她）們都剛過五十大關不久，那麼當今該是快六十歲了。父親是個樂天安命的人，還好；可是那位體弱多病的母親，是不是會因思念異鄉的兒子而夜長夢多呢？作爲素朴的鄉下老兒，父親乃是一死兒的脚踏實地而堅強活下去的所謂「力行派」的典型人物，因此，當他突遭日軍召集即將出發的時際，他竟沒有浪費一顆淚兒，他知道只管哭是無補於事的。比起他，母親到底是個封建社會的女人了，一旦大事臨頭，慌然失措的只會掉淚而沒有一些兒能耐的舊式女人。如今，星移物換，那兩位老人家仍是昔日的老樣子吧？六年間的不孝，不是一輩子所能補償得了的，這一回只要能夠塡補其萬分之一便得了。

壬妹相差我四歲，那麼今年該當是二十七囉，婚後不過一年就得被迫分離，神的惡作劇也未免太過分。她是不是早晚在祈禱著我歸來呢？哦，是啦，那兩顆笑時的酒窩兒實在令人覺得可愛，雖然不是挺俏麗，倒擁有一雙澄清的眼睛和嬌小的身段，她是那麼的溫婉，那麼的嫻雅。記得婚禮當夜，她又驚又喜的哭喪著臉說：

「別……別太粗魯！」嘴裏儘管指責，她還是投入我懷中。多麼甜蜜的一段回憶啊！活在這懷念中，妻子的影像多姣美，多清新。縱然其間有著數年的距離隔著，壬妹乃是壬妹，畢竟是我的妻子。好吧，讓她驚喜吧！當她看出這好比乞丐模樣的男子就是她的丈夫，她會嚇壞嗎？還是會狂喜呢？抑或是感動之餘，涕泗交流？

他滿心喜悅的胡思亂想著，走在夜路上，雙脚卻因興奮而忙亂，險些兒給絆倒。著氣的一顆心，早經飛到家裏去了。

渡過木橋，沿河走出垂楊的小徑，他完全邁小步兒的跑了。家就在眼前，水圳旁的那盞燈光處便是他的家，可愛的家，懷念的家，六個霜星不時的緬懷於夢裏的老家！那裏有著慈祥的父母，心愛的妻子！啊！……他猛然跑起來了，喘吁吁的，順著河岸的小徑，他猛孤釘的奔跑過去。

二

一幢孤房，牆壁是用土塊砌成的，有著農家特有的竹林和曬穀場。那是他的家。僅留著一盞五燭光燈泡，昏暗的屋子裏靜悄悄的沒有一些兒聲響。家人都睡熟了，翹著脚尖兒，他從窗口巴望過去，只見一片模糊，辨不出東西來。他斷了念頭，索性四下裏繞一個彎兒：壁板剝落了，石灰牆上那露顯的土塊在夜眼中倍加淒涼。唉，看情形，這個家將瀕於敗落的邊緣呢，父母也夠辛苦了哇，還有妻子壬妹……他再度回到門前來。

非叫人開門不可了，他知道，然而究竟叫誰呢？父親嗎？母親嗎？或者壬妹呢？——他心中猶豫不決。他認爲深夜裏叫醒老父母總是有所不當的，再說他倆那麼的年老，萬一在興奮之餘有個三長兩短，更是罪不容誅。……最後，他決定叫醒妻子壬妹。

「篤，篤，篤，」敲了三下，他輕輕叫喚妻的名字。沒有反應，屋裏寂然無聲。那麼壬妹也乏累得這般沉睡了，驀然，一股惻隱之心如潮似地湧上他心頭。他有些兒不忍心。

「壬妹！開門哪，我回來了——」把顋頰貼緊門縫，他叫著，小聲而有力的。不知經過了多久，先是一陣難受的靜，接著裏邊傳來輕微的脚步聲。

「壬妹！是我呀！開門哪！」他提高了嗓音。

這回兒響起了更大的聲兒，屋裏呼的亮光了，頃刻間一種似有所顧忌的躡足聲朝向門口飄來。

輕輕的……輕輕的……門扉被打開了，門口出現一張睏倦的女人的面孔，這張面孔使他震驚，因爲她變得太多了。是壬妹！是呀！是壬妹！雖然一頭絲髮散亂如鳥窩，面色也衰微；但她確乎是妻子壬妹一點沒錯兒，只因她變了模樣兒，使得他一時無法把昔日的妻子跟眼前的她連想在一起。六年前的壬妹擁有一張和顏悅色的圓臉兒，而出現在他面前的卻是一張憔悴的面孔；不過，那雙澄清的眼睛和細小的嘴巴倒是沒有改變。

「壬妹！不認得了？我……」他興奮得直打哆嗦著，感動使他無意識的伸手去握住她。一陣驚愕之色掠過壬妹的臉上，她本能的抽回了手，只是刹那間而已，立刻間她曉得眼前這個男子是她自己的丈夫楊煥，她不勝惶悚地倒退幾步。她的肩頭因喘氣而大作波浪，雙唇好似被這突如其來的驚訝所震動，戰戰發抖。

眞是意外之至……他呆住了，不由得再度端詳壬妹的臉孔，難道認錯了人嗎？否則她的表情爲何那樣子的陌生？長久的歲月抹去了她的記憶嗎？還是爲我的突然歸來，嚇壞了膽？或者是我這件乞丐不如的襤褸衣裳讓她嫌棄了？……他茫然失措的不知如何是好。然而，她是妻子壬妹，確是鐵般的事實。

「壬妹！」把臉龐湊近去，他擠出一臉的笑容：「我是阿煥！妳的丈夫啊！」他柔和地說著，再次伸出手掌。但是當他的手指摸到壬妹的胳臂時，恰如觸電似的，她立刻退縮，一副不安的情緒，彷彿始終在拘泥著什麼。

正在這個時候，楊森就那麼僅穿著一件內褲出現在廳頭。弟弟這突如其來的出現使他怔住，他幾乎不相信自己的眼睛，因爲他離鄉時，楊森已在他鄉當學徒。萬萬沒有想到，眼前這魁梧的青年，就是當時那二十剛出頭的弟弟楊森；也萬萬沒有想到，離鄉多年的弟弟，這時會在他面前出現。由於剛才的話聲，完全明白這位半夜裏的不速之客正是他的哥哥，楊森的態度顯得相當的狼狽。

「阿兄！怎麼現在……？」弟弟的雙眼瞪得很大，話聲裏好像有著「光復三年了，你現在才忽然的冒出來，實在有點令人不相信」的口氣，而且在說著這話的當兒，不時心慌的眼神瞟著壬妹。

是壬妹自身察覺到那場面的尷尬吧，再也耐不住逗留在他們兄弟面前，哇！的一聲跑進了房裏。望著她離去的背影，楊煥有如窺見了別人的祕密似的感到一陣難受和悲哀，他理不出心中的那層疑雲。照理說，比誰都應該高興他回來的妻子既然如此，那麼他也可以推想其中之大概情形了，總說一句：壬妹與阿森之間，必定有什麼——想到這，築在心中的堤防崩潰了，鮮血源源而灌進，他堵不住它，渾身都染紅了。

「還是不回來的好。」凝望著因驚慌失措而顯得喪膽落魄的弟弟，他心中忖度著。

「阿煥！你眞的回來了！」從房裏父親邊說邊跑來：「哦，你眞的回來了！」父親重說一次，把他引進堂屋裏。

「阿爸！讓您操心太久了，對不住……」

「哪，哪，這是命運！誰都得接受它安排。大家以爲你眞的死了哩，眞好！你竟安然無恙地回來了。」父親的話裏，顯然有著要從凍結的空氣中挽回明朗的意圖。

「死了？我啊？」一股莫名其妙的寂寞在齟齕著他的心板，他感到一陣頭暈。

「什麼，難道你不曉得？昭和十九年的公報上有刊載你戰死的消息哪，」父親的臉上顯出非常意外的表情，瞪大著眼睛說：「那麼究竟你跑到哪兒去了？」

「啊，停戰之前，我們逃到了某島上避難去，在那兒我們一直不曉得戰事結束呢。三年後才好容易經過海南島回來的。」

「嘀……」父親不覺呻吟起來。這是件頗麻煩的事，楊煥的生還給家帶來了許多困惱，無論如何，得想出一個解決辦法來……他的父親，盤著雙手立刻尋思來著。

「你看！何苦咧，要你再等幾年，你卻不肯。」剛才因病躺睡著的母親，突然吶喊著，一溜歪斜的走出來了；把孱弱的身子托著枴杖，搖搖搖搖的。長年的病患把她折磨得瘦如枯柴，兩眼深凹下去。

「阿母！」一再沮抑著的情感好似決堤的洪流，洶湧澎湃，他激動得擁抱著母親說：「阿母，都是我的不好，我的……。請別再操心，請您歇歇吧……」話語梗在喉嚨裏，使得他自己也辨不出究竟在說什麼；抑不住的熱淚滑過他的雙頰，涔涔地掉落下來。

「不是你的過錯，阿煥！說來說去，都是你阿爸造的孽。哦喃，怎麼辦！阿煥，我覺得太委屈你啦！」

母親用袖筒揩去淚水，正想再說話的當口，父親申叱著說：

「好啦，好啦，去睡妳的吧。鬧壞了身體，我可不管囉。」

結果，還是由他們父子三個人勸慰著直哭不停的她，才算扶她進房裏去。

一波了結，接踵而來的又是適間那煩悶的沉默。父親一直的想找個起頭兒說話，但始終找不出適當的機會，獨個兒憋悶著；而楊森則好像早已覺悟似地默然靜坐，面部的表情非常深沉。

正廳裏，空氣凍結著。誰都不想說話，不，只是怕先說出而已，雖然大家明白到了收尾總會有人開口的，就是不肯先開口說出；因為他們曉得，這時候要是誰先打破沉默，他就會比誰都先要嘗受痛苦。在這樣陰鬱的環境中，壬妹的啜泣以及母親的叫嚷卻像浪潮一陣陣湧過來。

突然！耐不住空氣的窒息，父親開口了：

「阿煥！有話跟你談談……到後院來一下吧。」父親似乎在說「怎麼樣？」似地把眼皮往上一翻，然後毅然決然的跨出門檻。

數年間，在泥濘的沙場上度過殺伐的人生，正爲自己慶幸能夠僥倖地回到人間樂園的楊煥，一旦回來，家裏所給予他的不是歡悅而是一連串的失望和痛楚。他沒有怪誰，怪誰呢？他想。這不是誰的過錯，而是戰爭帶來的悲劇。命運要他來承擔這個悲劇的角色！他無言的走了出去，他猜得到父親將要對他談些什麼。

走到後院的竹林下，父親停住脚步，回頭過來：

「阿煥！或許你已察覺到了吧，告訴你實話，壬妹……」說著，父親又緘口不言了。

「請別再提，我知道！」他簡直叫了起來。

「不，阿煥！我一直爲你難過呢。不要誤會，我有我的苦衷，你會明白嗎？當接到你的死亡通知時，我曾發瘋似的悲歎著，爲了壬妹的幸福……再說……」

「阿爸！我沒有誤會啊！我知道您的苦衷，您沒有做錯了事！」

「唉，被你這麼說，我會更加難過咧。阿煥！老實說，我以爲你必會對我有所責難，可是你卻表現得如此慷慨，如此寬容，簡直的教人難以相信……」

「也許。不過，總說一句：我活著回來就是一件大錯誤，我應該戰死在那次大戰中，埋骨在那座人跡未蹈的孤島上。是的，的確是最好的措施，這樣子做，對於家是極其需要的。沒能把光復後的三年歲月加以分析研究，便是我的疏忽，阿爸！我決心了，我要離開這個家，我要遠遠地走開。爲了壬妹，也爲了大家……」說著，他不由自主的興奮起來，竟也禁不住眼眶的濕潤。如今，他抱定了犧牲自我成全家人的決意。

「阿煥，快別那麼說，或許會有辦法解決。」父親焦心著，一味兒的想能獲得圓滿的處理。

「阿爸！就這麼決定了，可別再提。」

「那麼——無論如何？」

「就請您轉告阿母吧，這麼樣的不告而辭，她會傷心的，可是見了更加難過。請阿爸也要保重身體……」說罷，他翻身走入濃霧的黑闇中。

夜，越來越深了，外邊萬籟俱寂。竹林上，梟鳥的啼叫聲，高高低低，把深夜叫得越發淒涼。遙望著兒子離去的方向，父親那皺紋滿佈的臉上，早已掛上兩道淚痕。

夜霧中，他順著河沿的小徑走著，心中在隱隱作痛。迎面吹來的夜風異常寒冷，柳條舞動在風嘯中，像喝醉了的酒鬼。他仰首望望天空，是何時升上的吧，一顆下弦月彷彿打自遙遠的國度裏被放出異光，照耀下界閃爍著。望著那恍恍惚惚的月光，一股蕭索的孤獨感，緊緊鉤上他心頭。

蕭索的孤獨感，是的，幻象一旦消散，一切都化成悲哀；如今什麼也不能獲得，在他胸懷裏只有寂寥，只有感慨。往昔的那張和顏悅色的圓臉兒和剛才目覩眼見的一張蓬頭憔悴的面孔，相互重映在腦袋中，使他無法拂去它——那是她的臉；妻子壬妹的面孔。父親一向待人寬大為懷，而做起事來爽爽快快，因此對於僅相過一次親的壬妹的婚姻，他就憑阿煥的一句：「請阿爸作主啦」便乾乾脆脆的決定了。那樣子的壬妹，跟他惟有一年之緣，顯然沒有濃蜜愛情可言是易於想像的，所以他戰死的噩耗沒有給她太多的悲悼，不，應該說，擠不出悲悼的實感才是合理。

以往我對待妻子過於冷淡，那麼如今雖然僥倖的活著回來，難道我還能欲求她強烈的愛情嗎？未免太自私了吧？我與壬妹，並非憑愛情的攝合而是結合在結婚形式下的夫妻而已，或許壬妹對我這種冷淡的作為，始終覺得萬分悲痛哩；果真如此，她對於性情溫厚且富於情感的楊森，會抱有強烈的愛情是自然的趨勢呢……他邊走，邊想著。

不知何時，已走到橋邊來了，這座橋他曾經擁有過太多的回憶；記得小時候，他跟楊森在這橋下的小河裏游泳過許多個暑期。從河上躍身而跳，且委身於緩流中多麼自在啊！每當游到橋下，阿森就要攀上橋板，喚著說：「哇——咿！鞦韆吶！」隨著他的呼聲，大夥兒把他從橋上拉下來——這樣的日子永不會再有了，那是一段遙遠的回憶，他忖度著，順勢俯首瞧看脚下。河面一平如鏡，碧水縈迴著，若是白天必是清明透澈的水底，由於太闇的緣故與水面黑成一片。

還是不回來的好，我是死於三年前的人哪！就那麼樣的埋骨異地，對於家人而言確是好的，苟且活著回來，反倒擾亂了一家人的幸福，哪是我能忍受的呢？打自跨進門檻那瞬間的妻子的爲難以及弟弟的狼狽，父親的焦慮，母親的悲歎——如此景況，恍若走馬燈一般掠過他腦際。

壬妹在深愛著弟弟楊森的事實，不待她本身言明，憑他第六感便可以察覺出來，因爲壬妹與楊森的舉動有著顯明的不自然；但那是不太緊要的，一切都有了結局，這樣不是很好嗎？我何苦來引惹禍患而自取其咎？

「阿兄！」

驀地，一聲叫喊截斷他的思路，扭轉頭，他看見楊森喘吁吁的追過來，支支吾吾的：

「阿爸對您講過了吧，我，我覺得做錯了一件事。」艱澀地說著，楊森連忙垂下頭。

「別掛意，阿森！你沒有過錯。不過，我倒要問你啦，你是不是誠心愛著她嗎？嗯？告訴我！」楊煥在黑闇中伸首尋探弟弟的表情。

讓哥哥那樣子的凝視，並且受了這突如其來的質問，楊森一時茫然失措，慌得窘態畢露。

「你必須弄清楚，這是個重要的問題啊！你深愛著她與否，關係著她的幸福很大！」

「…………」

「怎樣？別吞吞吐吐啦，痛痛快快的說吧！」

然而，楊森仍舊啞子般默然無言，像是叫老師說了一頓的學生，只管低頭沒動一動。

儘管如此，楊煥還是曉得弟弟是愛著壬妹的。

「你是愛她的，是嗎？」他再度釘問他。

「……嗯……」雖是輕微，他確實看到楊森把頭點了。

「這樣子我可以放心啦。老實說，我一直在盼望著你要有堅決的態度呢。愛她就直說吧，這樣子倒好！假使你的態度優柔寡斷，難道我不會擔憂？」

「那麼，阿兄您眞的寬恕我啦？」俄然，他心花怒放的瞪大眼睛瞧望哥哥，面容露出萬分高興和快樂的表情，就像給開釋的囚犯見到了天日。

「當然！」他也露出會心的微笑。

「那麼——您今後打算怎麼辦？」

「我也不曉得。流浪漢是到處爲家的，不至於餓死吧。」

「阿兄！」這時，楊森突然想起了什麼似地：「是不是有話要跟壬妹說說？叫她來嗎？」

「不，還是不見她的好。讓她難受倒不如這樣子來得輕鬆。不過，我希望你能轉告她，說我在爲她的幸福祈禱。」

「好，」楊森大喜過望的應著說：「敬祝阿兄身體康健，萬事如意。有機會回來，請來玩玩。」

弟弟的身影逐漸消失了，河沿的小道上已不見他的影子，只有那嘩啦嘩啦作響的流水聲。心中的愁結立時消除了，一股興奮在他周身翻滾，他覺得很欣慰，胸懷也豁然開朗起來。

妻的脚

刑事先生：

突然接到這封怪信，想必是很吃驚罷！難怪您吃驚了，我正是此次驚動世人耳目的那個分屍案的罪犯；報紙上又以變態性慾者報導的殺妻犯——金野村。

抽個冷子，說出這樁事來怕不會相信吧，當然囉！那個叫警察撓頭而逃遁數日，幾乎沒有可能被緝捕的我，何故自投羅網而多此一舉？這麼做不是等於將自己推入火坑嗎？萬一被捕豈不是立刻給判死刑的嗎？要是如此，爲何當初不去自首？——關於這一切的一切，我深感有細述的必要；而由此多少能夠明察此案的眞相，我就是死了也甘心哩。眞的！

說來慚愧，自幼我既口吃又心怯，且有著別人幾乎所不能了解的神經質和纖細的官覺。爲的是口吃，我多吃虧！雖有滿腔銳敏的頭腦，我的學生時代卻沒有太好的成績表現。口吃的悲哀，爲著言不盡意的悔恨，我多麼的憎惡人，懷恨神！每當遇見別人暢快而毫不拘束地道出自己想說的話時，我立刻會給嚴重的嫉妬焚身呢。唉！我也能像他們那般痛痛快快的說出心底的話來有多好！……我斷了腸子無奈地思忖著，只好吞淚挨過了悲歎的日子；久而久之，無情的歲月竟迫使我變成了一個神經質的怯夫了。

事實上，我的膽小是頂出名的，我有一段不太名譽的過去：小學六年級的試膽會席上，過於害怕的緣故，我不但當場哭出來，還灑了一陣臭尿哩！學生時代，我就是以「結巴的野村」「膽小的野村」馳名，只要我走過的場所，嘲笑的輕蔑的白眼隨時都會齊向我掃射過來。

我越發憎惡人們，更加咒恨上天了；仇視別人，冒瀆神仙的念頭，在我腦子裏越加厲害起來。那時，我已是沒有一個親友爲伴，爲此，我的性情更加執拗和孤癖，神經也越撇悶了。那程度業已超出病態之域，譬如：瞧見有人吐痰在地上，即會毛骨悚然；有時見到鳥糞，或一些髒東西，即會立時感到發暈。啊，您可以想像而知的，一個瘦長的稍帶有神經質的畫家，那副長相便是我的寫照哩！

非常抱歉！引子太長，太囉嗦了。不過，這封信必會提供您最有力的資料，確是無可非議的——這正是我撰寫此信的主要目的。

口吃的緣故，我不得不暫時避開，我之不得不如此做，料想您可會諒解我的苦衷吧。

倘使於犯罪後立刻去自首（或被捕），我怎能好順當地講個明白？因爲我是心怯的人呀，又是個可憐的結巴！即使再說破舌頭，操著那結結巴巴辭不達意的口調，吐著唾沫拼命地表明我如何地愛她，而爲何又陷入非傷她不可的地步……您也未必會相信。所以我決定在自首之前，先以書信詳告眞相，然後才堂堂正正地出去服罪；縱然因此而又構成了「逃亡罪」，實在也是無法可說的呢。

我認識現在的妻子，是僅在一年前的事兒。您對於我說「現在的妻子」，覺得奇怪嗎？在現在的妻子之前，我曾經有過兩位太太了：頭一個女人是婚後第二年離婚的；而第二個根本沒能住上半年便離我而去。離我而去？是的，一點沒錯兒，是她們離我而去的；換一句不好聽的話，是我被扔棄了的。可是，在此我不想提到這事的始末根由，一來怕會浪費筆墨，二來它與此案無多關連；反正，信裏會提到的。

總之，我與現在的妻子是於大約一年前認識的，她是一家某綜合醫院外科的護士小姐，因車禍受傷，我躺在那家醫院當著大略三星期的病人，由於工作的關係，她每天必到我們病房來爲我們檢溫按脈，乍看一眼，她只不過是一個拖長兩條辮子的平凡的女子，然而當話匣一開，卻意外地有著很多話題，令人喜歡。或許她看慣了每天有訪客的病人之故，竟對我這麼一個毫無親人前來探病的孤獨蛋發生慈悲的吧，或者單是我自恃太過的緣故呢，我發覺她對待我總比對別人更加親切和體貼。雖然，我的口吃猶未痊癒，事關自己的相貌，我有相當的自負；不是我自誇，我長得確乎像歐美人，幾乎可以與「亞蘭德倫」比美。

我這份長處無形中掩飾了我口吃的缺點，依我猜測：最初，她無異是被我殊異的外貌所動，而後又為我孤癖成性的存在再度驚訝的吧。用不著我去奉承，我們的感情自然地增進了，每當藉著檢溫，她必會陪伴我坐上五分乃至十分鐘的工夫。

坦率地說，她不是屬於才貌出衆的所謂「美人型」的一類：平凡的臉相，鼻樑不太高，嘴巴也稍嫌闊些。唯一比其他地方較為美好而伶俐可愛的，便是那一對眸子與睫毛了。那雙眼睛，宛如兩匹在透澈著琉璃色日光的清冽水底，靜歇著尾鰭的魚；而兩道睫毛，像是在護庇著那魚的水藻掩蔽在她雙眼上，細長得眼睛一瞇可會懸垂到面頰上。大體上說來，從整體上所感受的印象，她臉上的每一部分稱不上很相配；我們常見的那種平凡無奇的女子——她正是這樣的一個女孩子。

不過，她雖非屬美人，身段的苗條以及舉止的輕盈，卻予人有如花似玉的感覺。構成這個印象的主因，據我觀察，無異是由於包裹著她身子的那套制服的緣故吧，確乎那套淺藍色的護衣頗為合式於她的身裁。想不到這種清淡不華美的護士制服穿在她身上，竟會構成如此迷人的情調，反把她襯托成一個美麗而富有吸引力的女子了。

儘管如此，對於她，我不敢存有太多的奢望，僅是把自己的感觸冷凍在愛的領域之外。因爲口吃的自卑感，使令我對她始終保持著有限的距離，加之，我總相信，我天生的孤癖和心懦的神經質，即使跟她結合也不能使其有幸福的好日子過，何況已兩度失敗於婚姻，對於跟異性的結合，我再也不敢草草了事——除非有重大的原由。

雖然我對她有所拘泥，她待我卻非常親熱，並且慇懃地照料了我的一切，那怕是毫不足取的一些瑣事，使令我不能不感激她的照顧。我像一個哭累了的小孩被擁抱在母親懷裏，貪饞著母愛似地浸浴在那溫馨的氛圍裏。

不料，事情的發生往往多屬意料之外：在一次偶然的機會中，我發見了一件頗爲重要的事——乃是此案的導火線。

大約入院二週後的事情了。

由午睡醒來，我照常把面巾帶在肩上，慢條斯理的踱到病房後頭的洗衣場去漱洗，繞過病房，拐一個彎兒，一眼便瞧見她的麗影了。

原來，正在洗衣場的自來水旁，她一心的沖洗著那雙雪白的小脚。哦！多美的曲線啊！一隻脚使力地支撐在地上，而把另一隻脚斜伸在龍頭下面沖洗著的那副姿態，充分地表露出脚的曲線美，遠遠望去，還能夠清楚地看出脚心的潔白。我不由得嚥下吐沫，眼睛也頓時發亮了；心中有如發見寶物時的那股驚喜交織的熱流在滾動。

也許您不會相信，住了兩個星期的院，我未曾見過一次她裸足的眞面目，由於她始終穿著長襪子，根本就沒有這種機會。而今天，我竟發現了這個秘密：她擁有一雙美麗的動人的脚！您不難想像得到當時我那份喜悅是如何？我歡天喜地，興奮得滿心跳躍，尙且又有暈眼的感覺。她的脚，的確太美了。

爲了不叫她發現，我悄莫聲兒地躲藏起來，用著貪淫好色的眼神癡望不已。噯，那眞是一雙名副其實的美腿哩：從敞開著的裙子底邊伸長出來的兩隻曲線——由膝頭至脚尖部分——確確實實是「美之極致」呢！我初次爲她那雙裸足的曲線美所迷惑，愕睜睜的看呆了。

她的小腿宛如專心削成的直白碴兒木頭，均勻的脛兒越伸越細，終而在踝部緊縮一處；然後又作著適度的傾斜直到柔嫩的脚面，而在那傾斜的盡處，有著五隻小指頭，由小趾按著次序逐漸伸長，指向大趾並排著的形狀，與予無上的美感。

這麼齊整美麗的「脚」，我向來沒見過：她那脚面的皮肉豐滿艷絕，而五隻脚指頭整然地緊貼在一起，好似並排的齒列；尤以黏貼在脚趾端的指甲，美得不知究竟比作什麼的好？又有點兒像擺棋子兒的樣子。畢竟那不是「生著」的，而應該說是被「鏤著」——無可否認，她的脚指頭，生來則帶有一顆顆燦爛的寶石的。

她的脚，誠然有著太多的表情；每當水一沖，那左右擺動而伸縮自如的肌肉，委實美極了，美得不能再美。這是我的猜想：也許她曉得我來，故意在賣弄著風騷吧？

打從這個發現以後，我愛慕她之情日見加深了，對於她，我一向保持著有限的距離；但那道防線一旦決裂，情慾之潮就像決堤的洪水蜂擁而來。我日夜在「幻想」與「現實」中徘徊，不時夢見她。

在此，我得解釋一番了，免得讓您以爲我是個神經病人。不瞞您說，自小我便有崇拜女人美腿的怪癖，我這種病癖已經亢進到瘋狂的階段，不，或者說，那可忌的脾氣在作祟較爲至當呢。每當遇見美麗的脚，即會觸發起對異性無限的憧憬，而欲把它視如神仙般崇拜的一種心理作用——這種玄妙的作用，從小則在我胸中深處頑強地滋長著。

由於專攻美術的關係，對於「美」——特別是人體美——我有特別敏銳的感覺，因而我常抱著一個信念：「脚線美才是女性美之中，最切要的因素。」您贊同我這樣的看法否？要不然，您絕無從了解我爲何非傷她不可的立場哩。

再讓我說一次吧！女人之美，絕不在於五官或胸腰等處，而是在脚的曲線上。您可不是常瞧見容貌雖美，脚部卻長得難看異常的女人嗎？何況大多數女人僅顧及臉上美容，竟忽視了這方面，以致於腿部上瘡傷遍處且又黑又髒，委實令人嘔吐。相形之下，她的正合乎我所好，故此我一反過去那兩星期的消極，態度忽然積極起來。

究竟她是被這樣瘋狂似的熱情所動呢？還是在她心中對我本來就有好感？當我退院

下來不久，已經發展到議婚的階段了。促成這件事的成功，最大的理由無異是她的家境不太富裕的緣故；不過，反對當然是有的，但唯有一件理由是千眞萬確的，那是與我的學歷家境有關，因爲那時，我離鄉獨自過著悠悠自如的生活，無可否認，此種優越條件打動了她的芳心。

選擇了青年節佳日，我們終於結婚了。這是我有生以來最感興奮的，因爲我畢竟能擁有這麼一位美麗的脚的妻子了，她多可愛！我多幸福啊！每每，把視線移轉到妻子那白得沒有一處可挑剔的脚部時，心中總覺得她是顆禁果——雖然，她是我的妻子。

因此，婚後的生活是幸福的，美滿的；諸事上，妻子待我無微不至，就是過去亂雜無章的書齋，也經她整理得井然改觀了。我躲在家裏，整天可以專心練習作畫，其中的一項便是繪畫她的素脚。這確是一樁頗帶有剌激性的意圖，在榻榻米上伸出雙腿躺著，且擺出各種姿態讓我趁心地作畫。最初幾次，她顯然不高興我之如此瘋癲的作爲，經過幾次曲折，說也奇怪（或許是不是給我的瘋癲有所感染？），她反而自動地爲我擺出幾樣難得的嬌態呢。

躺在榻榻米上，妻那婀娜軀體的魅力恰如一匹人頭魚。說實在的，婚後，我方始發覺妻的脚，比我想像的更加動人了。那肌膚滋潤而雪白，並且如象牙一般地光滑。不，誠然是象牙，也絕不會有如此神秘的顏色啊；如果在象牙裏頭灌進了年輕女子的暖血，或許多少能夠透出近乎此類鮮豔與崇高交織的光彩吧，加之，那膚肉上，全然尋不出一處「瑕疵」或所謂「斑點」的痕跡。

那脚，並不僅是單純的白色，脚跟四周以及脚尖部分還滲出玫瑰色，而呈現著淡紅的光彩。鮮明的透明體——是的，這句話最貼切於表現對她的脚整個兒的感覺，我三番兩次，爲它的美不勝讚歎，不由得扔下畫筆，成爲它的俘虜。

那一段時期，我對妻子的迷戀，業已轉成變態，光敎她躺臥，單憑視覺的享樂已經不是我所能滿足的。如今，我渴望著更富有刺激的強烈的愛；我需要的是熱烈而瘋狂的愛。情感的暴風雨——哦！我就是這樣的愛她。

把妻子按在榻榻米上，我「姑——姑——」直響著鼻子，狗般地舔遍了她的腿部，藉此玩味著刹那的快感。鬧了歸齊，我此種變態的怪癖越來越狂，終久，我又想出了另一個玩意——在妻的腿上，自大腿至脚尖，整個兒的搽上牛奶液體，然後把它盡情地舔個痛快。有時候，把奶液沾濕在綿花上，拿它挾於趾股之間舔著……吸著……那樣子，究竟是奇妙？還是滑稽？抑或是悽愴？而每在這種場合，妻總是揚眉吐氣，神氣十足得如同女王，任我隨意擺佈。

對於自己的脚，她非常的愛護，沐浴時，她總喜歡在脚的修飾上化去很多時間。我爲要博得她的歡心，自願擔當一位僕役。譬如：當她脫下衣服，我就立刻接過來，且備水爲她沖洗身子，之後，她才舒舒服服地滲在滿盈熱水的浴盆中泡個暢快。

妻的裸體，確確實實夠迷人了，不僅是腿部，就是身體的每一部分都配得均均勻勻：自後腦蓋到肩頭間的脖子的曲線……從頸項分向左右垂下來的圓肩膀兒……如碗般隆起的兩顆乳峯……纖細的腰圍……柔嫩的臀部……啊，妻的身子，彷佛生下來就是有著令人魂銷的魔力呀，而那在水中忽浮忽沉，變幻自如地扭擺著身子的做作，妖艷異常，使得我愣睜睜的發獃了。

妻的肌肉，泡成淡淡的粉紅色時，我就把她從浴盆中抱起來，輕輕擱在預先舒開好了的大面巾上面，用著爲她專備的牛奶液體撒在她身上。妻老愛把那雙脚伸擱在我鼻前，任我所爲；在洗擦的時候，我的兩顆眼球貪婪而邪淫，直向她雪白柔嫩的脚腿上來回盯視。望著光滑的腿上，白色奶液在流滴，那種官能的刺激才夠過癮哩！

就這麼樣，妻的沐浴至少得費上一個鐘頭，最後，我用大面巾把她包上，然後抱入房裏。實在的，我已經不能沒有她了：妻是我的生命，我的一切；她是我的分體，我肉體上的一部分。爲了使她快樂，我不會計較任何代價，爲了不使她失卻，我寸步不離。

我的臉頰更加尖細了，眼眶凹陷如幽靈，唯有兩顆突出的眼球瑩瑩發亮，儼若一隻饑餓待斃的老鼠。我的鬍鬚長得特別快，由於不常修刮的緣故，本來就瘦長的臉面越發枯瘦而憔悴了；加之，我的神經尖銳如針，就是一點小動靜，夠使我魂飛魄散了。

對於這麼一個體態不揚的我，妻會眷念嗎？不！她根本就沒有眞正愛過我啊！發覺到這個事實，是在稍後的日子裏。事實上，妻這幾星期來的舉動，誠然足夠我懷疑的了，因爲結婚以來，妻全然沒有過單獨外出的行爲，現在可不同了，變得相當嚴重。

「我買東西去唷。」每次，她都這樣子說，也不等我答話，便隨意到外頭逛去了；衣著也忽然華美起來了。不錯，最近她可不是簡直的愛好打扮嗎？對化粧一向不太關心的她，近來不是動不動的就要花上一兩個鐘頭去照照鏡子嗎？究竟爲的是什麼？原因何在？哼！莫非是交上了個野漢子吧？是啊！買東西只是藉口呀！其實說不定跟情夫幽會去呢！唉！要是眞的如此，那個漢子必定是個美男子吧？究竟多大年紀了？年輕的小伙子嗎？還是有錢的紳士？……每次她外出的當口，我千思萬想地思索著，露出蠻不愉快的臉色叫她看見，可是她卻不介意，毫不把我放在眼中。儘管那是多麼難以忍受的痛苦，我只好呑聲忍氣地將就她罷了，爲的是怕失掉她。

可是——刑事先生，至此我的敍述越發接近高潮了。在一個偶然的機會中，我終於得到了一個證據！足夠把妻外出的眞相給見證的一個有力的證據！

說起來，這一件事的發見，著實有點兒偶然：

有一天，我照常在洗澡間爲妻服務，竟發現到妻大腿上的一處小傷痕。那是微小得不能再小的淺傷，除非你細心留意，或者它印在普通人的脚上，是頗難於察覺到的。畢竟是妻的脚了，那一處小傷印留在妻雪白的肌肉上——我的神經即刻像一枝磨快了的針似地豎立起來，就好比在夜間聽見了聲響的狗，側耳細聽，窺探動靜一般地敏銳。

「這是什麼？」我指著那處傷痕詰問。

「這——？」妻的臉上立刻呈出一副似驚惶似鎮靜的神采——一種難以分辨的頗爲複雜的表情：「啊——這個嗎？這是受傷的嗎！」她笑出來了，故意用著笑臉想把話岔開，可是那表情難免有點兒不自然哩。

「傷的？什麼時候？」我越發疑心，不能不追根兒問個明白了。

「實在討厭！是我的脚呀！何必你來干涉！要是再這麼好管事，以後可不理你啦！」

顯然的，妻是有意把這個問題扯開了，而任我怎樣指責，始終都不肯透露一句有關此事的始末根由來。

儘管心中的不滿和懷疑有多大，到底還是我輸給她了，我終於又跟她妥協，就那麼輕易的投降！我這個人就是這麼一個廢物！不僅志氣薄弱又缺乏耐性的男子，一有什麼就自己佔下風奉承她，遷就她。也許是我由衷地愛她的緣故吧，妻抓住我這種性格上的弱點，拿我當傀儡一般地操縱著。

我永遠不會忘記一星期前的那樁事兒了，因爲那一天湊巧是端午節而又是星期日，所以回溯一數，正好是六月十四日準沒錯兒。晚上，爲慶祝端午佳日，我在妻的陪伴下喝過不少酒，醉得坐不起身來。妻伸著腿坐在榻榻米上，長長地把右腿伸到我鼻前；正想借用她的大腿做枕頭假寐的當口，我的眼睛被她腿上那處紅色斑點吸引住了——比上次可要大幾倍的牙印！

「怎麼啦？」我兇狠地衝著她盤問，我知道我的臉孔必定是歪曲難看了，而且形相變得相當可怕；這可由妻在那一瞬間嚅得一積伶的態度而想像得出。

然而，不知何故，妻只是啞子般閉口無言，悶著什麼話也不說一句。

「怎麼？我在問妳呀！」我接二連三的追究下去，氣得渾身直抖擻，舌頭也亂了。唉啊！多執拗！好倔強的女子呀！任我如何的責備與毆打，都無法讓她說出一句歉意的話語來。

毫無疑問的，她背著我去偷漢子，已經給證實了。她有情夫——這個事情多令我感到苦惱與妒忌！依我猜度：她的情夫也跟我同樣被她那兩條腿給熱迷著的吧，而可能又是同我一樣的瘋癲。「咬則是愛情的表現」——此話果真是事實，那麼這個男子跟她交情一定不淺哩！由她腿上的咬傷即可如此斷定。

哦！太枉屈了哇！多令人嘔心！叫陌生人玩弄自己的妻子的肉體，不管如何，在於我是一件熬不住的事兒。我越發吃醋，妒忌得幾乎變成瘋子了。不能的！絕不能讓別人奪去她！絕不能讓人家去沾染她一指！她是我的，永遠屬於我所有！屬於我所有！我在心中反反覆覆的叫著，忽然一個念頭湧上心頭來。嗯……尋根究原，主因在於她那雙白玉無疵的脚腿！與其眼看別人去愛撫，何不把它傷壞掉呢？是呀！傷壞它，別人就不會再去愛她了……我失魄地思忖著，興奮之餘，一時失去了理性。

怎樣去把肉刀得到手，連我自己也不知覺了，不過在幻夢中，似乎有兩三度意識到妻在咬我的胳臂，但其後的事卻記不清楚了。可能經過很長的時間吧，當我還醒過來一瞧，妻早已躺在血泊中。

那確確實實是個殘酷的場面：雙眼吊著，妻正露出可怕的面相死去，在傷口上有著大量的凝固的血跡。那雙脚不再是美麗的東西了：曾經那樣子雪白的肌膚上血跡斑斑，美麗的曲線也因刀傷而血肉模糊，並且每一處刀傷都裂開著巨大的口子，裏邊還呈現出一大塊肉瘤。

有如一盆冷水從頭上澆下來，我立刻震顫起來，我明白這是什麼一回事了。難堪的懊悔啃蝕著我的心板；悔恨之念像一條毒蛇齩齧著我的心房。啊！悔不當初，我差錯了。只憑一時的衝動，我闖出了這麼大的禍事。

縱然殺人不是我的本意，可是，人畢意是死了呀！千眞萬確的死在我手裏。

「素容！素容！」抱著妻的屍首，我嘶聲地呼叫，心中期望著她能夠再次復活過來。我把她的身子一次復一次地搖搖著，企圖讓她起死回生；奈何，妻的軀體殭直不動了，永遠地死了。啊！永遠永遠地……使令我抱悔終生……。

刑事先生。我簡直沒有勇氣去把當時的情景再細述了，那樣子做，以我這樣纖細的神經，顯然是無法負荷得起的。只是一項——我唯一對她所能奉獻的最後一次贖罪——那便是清理她的屍骸了。我用水一遍又一遍洗去她身上的血跡，不知為什麼，兩隻手卻直打哆嗦。我在害怕嗎？不！我知道那是一份愧悔啊！我實在太對不住她了，我虧欠她的太多太多了。我慚悚的撫摸著妻子的肌肉，那殭硬的肌膚不再是生前那般的柔嫩光滑了，且有些地方已呈出黑色。

「啊！素容，我實在對不住妳！對不住妳呀！」我哭著，以淚弔喪，作為她的驢儀。素容死了，死得多慘哪！她竟然被她的丈夫砍得血肉橫飛……。我的罪孽有多深多大！如今，我的任何補贖都無濟於事，我沒能讓她再次活過來，也沒能讓她再說一句話。最後，我用繃帶為她包紮，才退出了現場。

我的報告至此完全結束了。刑事先生，恕我再三的申明一樁事兒——逃匿非是我本意，只因天生的心怯與結巴的緣故，沒有立刻去自首罷了；因為陰森森的警局，曾使令我恐懼，把我那份勇氣都給粉碎了。

好！既已坦然認罪，我也無用再逃匿。為了實踐諾言，明日上午十時整，我會出現在警局，當您在門口兒發現一個穿著血沾畫衣的瘦長的男人，他，便是我。

金野村　敬具

中華民國五十三年六月二十四日

守夜

一

一陣冷風刮進來，戴老頭兒腳底旁的一盞燈火猛地擺盪，和著一堆燒紙錢的火焰，搖搖搖搖，盪得牆上的影子也跟著搖曳了；左左右右，曲曲彎彎的眞像一群幽靈在陰府跳扭扭舞。

他，戴老頭兒硬直直的仰躺在草蓆上。死了！一塊白布蓋著他僵硬的身子，僅露出一束灰茫茫的頭髮和一雙黑布膠底鞋子。戴老頭兒，他雙腳一伸，兩眼一閉，那麼樣靜悄悄地離開人間而去，也沒說一言半句，就連遠行黃泉的一套壽衣也來不及趕上穿。人死了什麼也不存在：一塊白布下，蓋的是他老頭兒的屍首，一具硬直直的肉體和幾根老骨頭，這便是他生命的全部。

廳堂上，阿蘭一身孝服，蹲在戴老頭兒脚旁號啕，一對大眼睛哭得又紅又腫，厚厚的臉龐上堆著一層悲傷。當然啦，戴老頭兒的死帶給她是何等悲傷！是她的阿爸嘛，怎麼不叫她哀傷悲慟呢？一身大肚子挺得鼓突突的，阿蘭，她邊號泣邊焚燒著紙錢，嘴巴裏不斷地嚷著：

「阿爸！阿爸哦！您死得好慘哦！死得太不值得啦！」嚷了一陣子，又投紙錢一張拋進火堆裏。

「阿蘭，不要哭啦。再哭，阿爸就會活起來？看開些。」勸的是她哥哥阿火。短軀，長臉，瘦削，才三十五歲的人，已經是渾身的老態，他，阿火是戴老頭兒唯一的兒子，一臉悲傷神色更不用說了，悽悽愴愴的，雙眉鎖得好緊。顯然，父親的死使他愈加憔悴。

「阿兄，講是這麼講，怎能叫我不傷心呢！爸還不老，不應該這麼早死的，他還可以活上十年二十年。」阿蘭擦擦淚水說。

「也許阿爸的歲壽該終，要不然那會死得這麼突然呢？」阿火答著，扭轉頭朝他身旁的老婆——罔市瞟瞟。

「是啊，妳阿兄講得對，一切都是命運，怨歎無用啦。」罔市緩緩踱去阿蘭身邊蹲下，幫她燒冥紙。方臉，高個子，阿火的老婆是個典型的鄉下人，結實的身軀壯如野馬。

阿蘭抬頭斜視她身旁蹲下的女人，頗不高興的：

「阿嫂！照妳這麼講，阿爸是應該死的嗎？」

話裏有著責備的口吻。

「不，不，」罔市連忙否認：「我是講，人的一生都由命運來安排的，我沒講阿爸死得應該呀。」

「唉——」阿蘭長吁短歎：「阿爸眞可憐，居然死於非命。」

「就是啦，」阿火悵然地：「他竟把殺鼠藥當作胃散吃了。」

「阿兄，你也有責任，怎麼不把它好好收起來呢？」

「有啊！」罔市立即搶著說：「是我收起來的，放在最高層的擱板上，誰知，阿爸卻把它拿來吃了。」說罷，一陣鼻涕，她，阿火的老婆好傷心。

「唉，我眞不知道阿爸是究竟怎樣搞錯的，阿嫂，妳是講，中午阿爸吃了酒回來？」

「沒錯，」罔市猛力點頭：「大概是下午一點多鐘的時候吧，阿爸喝得酩酊大醉，一溜歪斜的顚回來就喊著胃腸不舒服，我要拿藥給他吃，他偏不讓我拿，就，就——」

「阿爸也眞糊塗，再醉也不應該拿錯了藥吃，他生前不是常誇耀自己是『鐵人』嗎？怎麼會這樣脆命！」阿蘭喟歎著。

「就是酒害了他，」阿火接腔說：「我不知勸了多少次啦！早知有今天，我豁命也不讓他去喝酒。」

罔市辯解似地：「阿姑，爸爸的脾氣妳最了解，勸也勸不來的。」

「哦──阿爸哦！您太可憐啦！死得好寃枉啊！」驀地，不知想起了什麼，阿蘭又放聲大哭了，搖撓著身子，搥胸頓足的痛不欲生。罔市忙把她抱上來勸回房裏休息，阿蘭死也不聽，直嚷著要陪在阿爸的身邊守夜，阿火的老婆拿她沒辦法，只好讓她坐下來歇歇。

靈前，一炷香快要燒完了，阿火踱過去點燃一支插上，然後蹲在火堆旁看著火燄出神。

午後起了一陣大風，天氣陰涼起來，眼看就要落雨了。阿火起身踱去窗口邊，往窗外瞧過去，只見風越刮越大，循著屋脊掠下，擊得玻璃乒乓乒乓作響。屋外是一片闇夜，月娘和星星早已躲起來了，遠處的林木和房子在風裏舞動著，像怪物。

戴老頭兒脚下旁一盞燈火差些兒沒熄去，斷了油吧，僅剩一絲兒微光了，搖搖欲熄。阿火轉身踱回來，在燈管裏添下油，一時間火焰大起，閃閃爍爍，屋子裏亮多了。

噹──時鐘敲了一響。

「一點鐘了。」觸電似地抬起頭，阿火的老婆怔怔地說。

「一點鐘了？」阿蘭瞧瞧壁鐘，睏倦地：「才一點鐘，時間過得眞慢。」

「阿姑仔，妳還是睡覺去吧，這裏由我和妳阿兄來照顧就好啦。」

「我覺得，這樣太對不起阿爸哩。」

「妳有孕，可以例外。壞了身體，那才划不來。」罔市關切地規勸說。

阿蘭本想守夜到底，因爲她實在太疲憊，也許剛才哭得太多吧，渾身無力，雙眼怎麼也睜不開。於是，聽從兄嫂的話睡覺去了；臨走時她吩咐說：

「四點鐘一到，一定叫醒我。」

二

阿蘭走後，廳堂上愈發冷清，靜悄悄沒有一丁點聲息。狂風打門縫裏鑽進來，屋裏涼蔭蔭的叫人毛骨悚然。戴老頭兒身上的一塊白布嘩啦嘩啦飄動，幽黯中，眼看就要掀起來似地。

阿火夫妻倆緊偎在一起，蹲在火堆旁邊怔怔地盯住屍首木訥不動；儘管裝得若無其事，卻掩不住臉上一副恐怖狀，表情極爲深刻。

風，眞地狂暴起來，發出驚人的響聲在狂號，毛毛細雨也開始下降。也許暴風雨就要到，阿火擔心著牛棚裏的牲口，沒哼一聲，打開門扇便奔了出去。

呼地一陣強風刮進來，火光盪得好兇，廳堂上僅剩罔市一個人，搖曳的火舌使她愕住。她，阿火的老婆瞪圓眼子，怔怔地凝視著草蓆上一具屍首，青一陣白一陣，提心吊膽的不敢聲張。

「哇——！」

突然，一聲尖銳的喊叫起自她口中，阿火的老婆，她四肢朝天，整個人兒栽倒在地板上拼命掙扎。

「救，救命呀！」她嚇得直打哆嗦，良久爬不起身來。

阿火聞聲跑回屋裏，忙把她扶起，問道：

「怎麼啦？發生了什麼事？」

「阿，阿爸，」她吃吃地：「阿爸的脚，好，好像在動。」

「眞的嗎？」阿火縮頭縮腦地朝屍首瞧瞧，沒有嘛！雙脚硬直直地伸開著，他阿爸依然是一付剛才的姿勢。

「神經太過敏了。」他這才放心說。

「不，不是神經過敏。剛才，明明看到了呀！」

「死人怎麼會動，妳太累，一時看花的吧。」

「是嗎？但願這樣。」罔市不由得舒了一口氣：「唉，快點兒天亮多好，對啦，阿火，羅鄰長怎麼還沒有來？已經快兩點了嘛。」

「是啊，不知在忙些什麼屁事。」阿火打哈欠，沒精打采的說。

談話告一段落，靜寂再度來臨。一股睡魔執拗地在阿火身上糾纏，他睏得很，昏昏沉沉，濃厚的睡意無法忍住。就要睡了！他，阿火已經在打盹兒。

罔市拼命推醒他，醒了又睡，睡了又醒。

「阿火！阿火！你自個兒睡去，叫我害怕怎麼可以？」他老婆在埋怨。

「罔市仔，沒辦法的事，讓我睡一下。」阿火頻頻打哈欠，睡眼朦朧地說：「看火的工作交給妳啦，不要讓它熄去。」

「不要！不要！我害怕！我要你在一塊兒！」罔市頓足著叫嚷。

「沒，辦法的事……」

「阿火，你忍心？」

「沒，辦法……」

「阿火，你——」

「沒，辦……」

「阿火！」

「嗯……」

「阿火！」

「……」

睡了。阻不住一股濃濃的睡意，阿火，他睡得像隻猴子，一嘴口水滴滴打打往身上直淌。罔市自認倒霉，只好由他去。

噹——噹——。時鐘敲了兩下。

阿火依然淌著滿身口水在打瞌睡。屋子裏靜得一聲呼吸都可以聽見。

「呀——！」

抽個冷子，又是一聲尖叫，阿火的老婆渾身直打顫，一把摟住正在熟睡中的人。阿火嚇了一跳，惱了，睡意全消，直瞪著身旁的人罵聲：

「又在發神經病！」

「不是神經病，明明有人！」

「什麼人？難道阿爸又復活了？」

「窗，窗口邊，有人在窺探。呀呀！看看，那不是嗎？」

罔市緊緊摟住阿火，心驚肉跳的喊。阿火被鬧得也發抖了，渾身酸軟無力，幾乎站不穩。

須臾間，一個皮球大的頭顱闖進屋裏，高個子，大眼，一看便知道是鄰長羅大明，他在莊子裏還開了家電器行。跨進門檻，他那破鑼似的嗓子就嚷著：

「對不住，對不住，客人來拿回收音機，趕夜工耽誤了時間。」

「辛苦你啦，羅鄰長，」罔市把一肚子的怨氣藏在心底深處，這才放下心說：「眞麻煩你。」

「哪裏哪裏，有機會爲鄰人服務是光榮的，也是鄰長應做的工作。」

「我阿爸的喪事，準備就緒了沒有？」

「安排好了。天一亮，幫忙的人全會到，來得及趕上早時八點鐘出殯的。」

「眞謝謝你，阿爸在黃泉之下不知道會怎樣感謝你。」阿火感激地說。

「戴老兄是我的好友，謝什麼。嗨！失去了一位酒友，眞掃興！」鄰長一壁說，一壁挨近去，掀開布塊意味深長地唸著：「戴老兄，失去了你，我阿明就沒有對手啦，要是有靈，你就活起來吧。老兄！」

羅鄰長一臉悲戚的表情，說罷，點燃一炷香插在香爐，再次掀起白布瞧了一眼。他，羅大明是戴老頭兒莫逆之交，沒事兒做，喝酒，聊天，下棋全泡在一塊兒；如今老頭兒雙眼一閉，莫怪他要歎氣了。

好半天，羅鄰長這才離去靈前，逕自踱到靈桌處，這裏摸摸，那裏搜搜，不知在忙些什麼，横豎是他幫的忙，阿火夫妻倆也就沒去注意它。

三

鄰長的脚板一跨出門外，屋子裏再度陷入先前的死寂。戶外，風聲依然刮得好緊。

阿火夫妻倆業已累得力盡精疲了，半天來的匆忙生活和反反覆覆的虛驚，使他們身心俱勞，再也沒法撐下去。守夜的味道眞不好受，打從傍黑以來，阿火夫妻倆不知嚇過了多少次，膽差點兒沒嚇破。眞盼望快點兒天亮，天一亮，辦完了喪事，一切都會沒事的。

不知何時起，窗外起了錚錚的琴聲，那是雨！叮叮噹噹的敲擊在鉛簷上發出淸脆的音響。風和著雨，瘋狂地暴嘯不停，刮一陣落一陣，中間還挾雜著隆隆雷響。果眞是暴風雨來臨了。

戴老頭兒脚底下的一盞油燈，風把它吹得搖搖欲熄；一忽兒右，一忽兒左，捉捉搖搖，顫顫抖抖，隨著火光的搖曳，牆上的兩條人影也在戰慄。

突然，火光熄滅了。屋子裏一片漆黑。

她，阿火的老婆發生悲鳴，抱住阿火在驚叫：

「快點兒點上火，快一點嘛！」

「不用怕。不用怕。」阿火嘴巴雖然響著，自己卻也在篩身子，呼呼呼呼……呼呼呼呼……篩個不停。

「眞沒用，大男人，一點兒不可靠。」罔市在埋怨。

「誰叫妳這麼大驚小怪，聽妳喊，天大的膽子也會嚇破的。」

「廢話少說！快點兒點上火嘛！」他老婆在催促。

好容易才點燃了火，阿火指責著她：「不許妳再叫！再叫，我不管啦。」

噹——噹——噹——三點鐘了。過了這麼久才午前三時，時間走得眞慢，一個鐘頭等於一個世紀。

冷不防的，定眼看著屍首的罔市仔，忽然又發出驚人的悲鳴了：

「呀！你看你看，又動了！又動了！阿爸的腦袋向左邊斜了一下！」

「嘖！今晚兒，妳有點兒不對。」皺著眉頭，阿火氣抖抖的說。

「眞的！不騙你。」

「不要猜疑啦，人死了，怎麼會動呢，神經病！」

「不相信，你去看看。」

「不用看，阿爸喝醉酒吃錯了藥，全村的人誰不知道？」

「可是，阿火，你別忘了那是我們的安排，我要你把阿爸的胃散偷偷換過來……」

「噓——」阿火噓了一氣：「聲音放小一點，這個秘密沒人曉得：只要辦完喪事，阿爸的財產全是我們的啦。」

「我很害怕。」

「怕什麼，絕不會敗露的。」

繼而是一串耳語，吱吱喳喳的越說越細，說個沒完。

正說間，一陣步履聲起自內房處，猛抬頭，阿火夫妻倆立刻看出牆上竟多出了一條人影，以爲是戴老頭兒眞的還魂，怕得不得了。定眼一瞧，原來是阿蘭哪。

阿蘭，她臉色全變了，蒼白如臘，怒氣沖沖的跑到倆人跟前興師問罪。

「阿兄，阿嫂，你們的話我全都聽到，原來是你們幹的勾當！」

「咦——？阿蘭，妳說我們幹了什麼事啊？」阿火在裝糊塗。

「毒死阿爸——謀財害命！」阿蘭斬釘截鐵地衝著阿火吼。

「謀財害命？哦——冤枉啊！」罔市趕忙迎上去：「阿姑仔，妳有良心沒有，說話可要小心哪，我和妳阿兄，怎麼會做這傷天害理的事呢？」

「這話不是憑空杜撰，我早就有疑心啦，」阿蘭義正詞嚴地：「還不是剛才你們自個兒說出來的！」

「住口！」罔市索性賴到底：「再說，我就剝妳的皮！」她，阿火的老婆本性畢露，一副獰猙的臉相，連她自己瞧了也會害怕：豎起兩根眉毛，嘴巴咧得像隻野獸。

阿蘭不甘示弱，她有正義做後盾，她不怕，這件天大地大的事件怎能不管？

「我要告到派出所去！」她轉身便跑。

「妳敢！」罔市一把揪住阿蘭的頭髮，使勁一拉，直嚷著：「殺死妳！殺死妳！」

阿蘭沒防備，給拖在地板上團團轉，挺突突的大肚子，疼得眼淚直流。好哇！你們這殺死阿爸的兇手，拚就拚，我也不要命啦！阿蘭使出渾身力量抄起對方的小腿，只見阿火的老婆「呀」了一聲，跌倒在地板上直打滾。

拚了！招架還架，誓不兩立，打得天翻地覆，頭破血流，誰也不認輸。

阿火，他愕然失措地愣在一旁。

四

「嘻嘻嘻嘻——」

猛地，一陣怪笑起自死人口中，頃刻間，油燈上的火光再度熄去，只聽見戴老頭兒那令人膽裂的嘻笑聲，在闇黑裏迴蕩。

他，戴老頭兒的怪笑眞叫人聽了會破膽，時而高昂，時而低迷，一陣陣彷彿打從陰間裏冒出來的鬼嘯。

「嘻嘻嘻——嘻嘻嘻——」

著抖。

「嗚嗚——！鬼，鬼來了！」罔市膽裂魂飛的驚叫一聲，連翻帶滾的栽倒了，直發

阿火也像用釘子釘住了般呆立不動，冒出了渾身的冷汗。唯有阿蘭比較鎮定些，但也被這突如其來的意外事故驚得手足僵硬，一時拿不出主意。

「嘻嘻嘻嘻——嘻嘻嘻嘻——」又是一陣乾笑，戴老頭兒的怪聲叫人汗毛直立。

「阿，阿火！趕，趕快點上火！聽，聽說，鬼怕火呢！」他老婆在喊，但是像哭泣。

「罔市仔，妳，妳去點嘛，我，我怕。」

「眞，眞沒用。好！我，我自己來。」罔市差不動阿火，只好自己動手，畏首畏尾，摸索了好半天才找著了火柴。

火，是點著了，卻把她嚇得節骨癱軟直不起腰來。

他，戴老頭兒還魂了！！掀開白布突地坐直，戴老頭兒嘴上搭拉著一條長舌頭，眼子翻著白仁朝上蹺起，嘻嘻嘻嘻笑個沒停。

「哇——！救，救命呀——！」是罔市那斷腸似的悲鳴。

「嘻嘻，嘻嘻，我是你們阿爸的亡靈，我來找你們算帳啦……嘻嘻……」

「阿，阿爸！饒了我們一命吧，我，我們會，會好好地，祭奠您。」阿火在求恕。

「嘻嘻，太遲了。阿火！你這逆子，竟然聽從老婆的話，害死了你阿爸。」

「以，以後不敢啦——！」

「呸！」一聲吆喝，戴老頭兒一骨碌站起，打草蓆上咕咚咕咚跳出來，咕咚咕咚……嘴上拖拉的還是那根長長的紅舌頭。戴老頭兒的亡靈嘻嘻笑著，咕咚咕咚跳到阿火夫妻倆身旁：「阿火，罔市仔，後悔莫及了。閻羅王差我回來向你們討命的，覺悟吧。」

「我我，不敢啦！阿爸，今後一定不再聽信老婆的話啦——」是阿火。

「太遲太遲，」戴老頭兒的亡靈搖頭：「莫法度啦。」

「阿爸，我會專心一意地祭祀您的，讓您在陰間有得吃有得穿，安安心心地過日子。」阿火的老婆說。

「沒那麼便宜吧，殺人償命，我要把你們倆帶去陰府啦，跟我來呀！嘻嘻嘻嘻——」他，戴老頭兒又是一陣狂笑，眉梢往上一吊，咕咚咕咚跳到阿火老婆跟前，嚇得她心膽俱裂，趴在地板上拼命叩頭。

「不，不要抓我，阿爸，請您，不要抓我！」

「妳承認妳嗾使阿火來毒死我嗎？」

「承認承認。阿爸，以後不敢啦，請不要帶我去陰府。」

「好在，」戴老頭兒說：「我預先有所察覺，沒讓你們毒死啦，晦晦，冥府陰森森涼蕭蕭的，誰都不願意去，我戴老頭兒當然也不想去呀。」

「呀——阿爸！」自剛才一直緘口呆在一旁的阿蘭，驚訝地：「這麼說，您是沒死啦？」

「誰說我死！我還不是這樣活生生的嗎？」

眞的，戴老頭兒他一臉的笑容，好端端的立在屋子中央，搭拉垂下的長舌頭收回了，眉梢往下低垂，笑聲已不是方才那麼令人發愣的怪調。

「哦，阿爸！」高興之餘，阿蘭奔上去一把抱住戴老頭兒說：「我，我好高興！」

「阿蘭，」戴老頭兒拍拍女兒的肩膀，安慰地：「妳的孝心我全知道，咱們戴家唯有妳這麼一個才是我眞正的孩子，爸也爲妳高興。」

「阿爸！……」太興奮了。阿蘭激動得說不出話來。當然啦，她阿母死了之後，戴老頭兒是唯一最關心她的一個人。

「哼，眞無聊！」她，罔市打地板上爬起身，狠狠地瞪著阿火一眼：「你那寶貝爸爸眞會裝鬼，害人虛驚一場。」

「不要再嘴強啦，罔市仔。」阿火勸她。

「阿爸，」罔市一臉狡猾的神色：「我要收回剛才所講的話。」

「什麼？妳不承認妳們共同謀害我的事實嗎？」

「就是！」

「妳和阿火親口講的呀，」戴老頭兒指著他女兒說：「阿蘭可以作證。」

「口頭說的不能作依據，我們根本沒有講嘛。阿火！你說是不是？」

「嗯，嗯，沒講沒講。我們根本沒講什麼。」阿火只好附和著他老婆。

「好，既然這樣，我就拿出證據來給你們看看，阿明！你進來！」

戴老頭兒大喝一聲，只見鄰長羅大明一身潮濕，推開門扇鑽入，一跨進又是那腔破鑼似的嗓音，嚷著：「好精彩的一場戲！演得有聲有色，太好了！可惜，就是只有我一個觀衆。」

「羅叔叔，這倒底是怎麼一回事？」阿蘭，她莫名其妙。阿火夫妻倆更是狐疑，不知戴老頭兒究竟在搞什麼把戲。

「哈哈——我早就料到會有這麼一著，請羅鄰長幫了個忙啦——」

「可是害得我渾身淋濕，站也不是，蹲也不是，嗨！這個差事眞不是味道呢。」羅大明苦笑著。

「眞委屈你啦，大明，可是裝死的味道更是不好受哩，整整十二個鐘頭不能動彈，簡直害苦了我這老骨頭啦。」戴老頭兒舒了一口氣：「好吧，大明，你把那個東西拿出來聽聽。」

「好的，」羅大明應聲走去靈桌前，拉開抽屜摸摸，取出來一件東西——是一架錄音機。

「放出來聽聽看！」戴老頭兒嚴肅地命令著說。

羅大明熟練地操作了一下，錄音機裏跑出來一段對話——

「嘖！今晚兒，妳有點兒不對。」

「眞的！不騙你。」

「不要疑猜啦，人死了，怎麼會動呢，神經病！」

「不相信，你去看看。」

「不用著，阿爸喝醉吃錯了藥，全村的人誰不知道？」

「可是，阿火，你別忘了那是我們的安排，我要你把阿爸的胃散偷偷換過來……」

「噓——聲音放小一點，這個秘密沒人曉得：只要辦完喪事，阿爸的財產全是我們的啦。」

夠了！夠了！多麼可怕的對白！沒有狡辯的餘地啦——只見阿火的老婆臉上全無血色，一臉可怕的形相，「呀！」了一聲跑出門外，甩動著頭髮瘋狂地衝入暴風雨之中。

他，阿火沒話好說，垂頭喪氣地癱坐在地板上，發抖啦！

鑼鼓陣

一

黑面發仔翹著二郎腿在大榕樹下跟同伴聊天兒，阿旺、長脚祥仔都是他多年的老朋友。

天空裏一片皎潔的蔚藍，有幾片薄紗似的輕雲平貼著不動一動。陽光雖然火辣，這棵大榕樹下面卻涼快無比。

黑面發仔坐在一塊大石頭上面，越說越火，黑亮的臉龐快要發紫了。

「李厝那個少年家眞夠大膽，還敢罵我是老古董哪！」

「哪個少年家？」長脚祥仔在望遠山，突然轉頭來問。他的腿太長，坐在矮矮的石頭上顯得不太順適。

「就是在水利會吃頭路的那個李家慶嘛，只看高不看低，風評極壞哪。」阿旺插上嘴來。

「噢，那個少年家啊，嗯嗯，我知道。他怎麼講？」

「他老爹死了，我去他家引頭路做，卻罵我是落伍，玩的是老古董。」

「放屁！」長腳祥仔拉長驢臉：「鑼鼓、嗩吶是我國的傳統樂器呀，發揚固有文化是大家的責任，他敢講那是老古董？」

「簡直是豈有此理！少年人亂講話，不怕雷公打死才怪。」黑面發仔回腔。

「咳！怨歎也無用啦，誰叫你老是玩著那個沒出息的嗩吶來著？若是小喇叭就好啦。」

「咦——？阿旺，這你就不懂了。嗩吶有嗩吶的好處啊，吹起來餘韻嫋嫋不絕，眞有傳統風味，哪一點輸給喇叭嘛。」黑面發仔紅著臉頗不服氣的辯解。

阿旺沒響，自顧抽著他的紙煙望著天空發呆。長腳祥仔從嘴上摘下來煙管，清理著管內的煙絲渣滓。顯然大家都不願意啓口，再說下去大家都會感到懊惱。

黑面發仔不抽煙，手上沒有東西覺得發窘，便仰首眺望天空一副茫然無神的樣子。他的火氣早已消失，剛才那張黑得發紫的臉龐又恢復平日的敦厚。眼前的景色實在叫他著迷，醉人的南風徐徐吹來，在樹蔭下小坐確是舒暢無比的。

眺望過去，遠遠的山峯連緜不斷，巍然聳立在半空中；山峯上如絮般的輕雲白得像一塊塊棉花糖。山脚下是一畦一畦如綠的地氈，它一層層由高而低，很有秩序的伸展到馬路旁的小溝來。田裏的稻穀尚未收割，那穀子的金黃以紺碧的天空作背景，反映著早晨的陽光，美得像一幅畫。儘管黑面發仔的審美觀極差，至少會看出它美不美。

遠遠地傳來了陣陣樂聲，黑面發仔這才收回視線正想對同伴開口，長脚祥仔卻先說了。

「對對，今天星期幾？」

「星期三。」阿旺回的話。

「啊，李家今天出殯，等會兒走過這裏。」

「聽說有兩組樂隊，一組是十六人的管樂隊，另一組是最近組成的管絃樂隊呢。好熱鬧！」

阿旺爲自己所得來的消息得意，正要再說下去，被長脚祥仔打岔了。

「有什麼了不起！一大堆，眞正會吹奏的才只有幾個哩，你知道不知道？」

「你不可寃枉人家好不好？吃不到葡萄講葡萄酸。」

「眞的，沒騙你，吹小喇叭的阿義告訴我的。他說呀，一支隊伍中有一半是做做樣子而已。」長脚祥仔揭發了驚人的內幕。

「哦！這麼說來，是魚目混珠囉。呸！」阿旺失望之餘狠狠地啐了口唾沫：「眞沒想到竟然濫到這般地步。」

「誰講不是呢！工業社會什麼花樣都有，就是敢的人拿去吃嘛。」這句話，長脚祥仔是對著黑面發仔說的。

黑面發仔本來想要說話，聽到他們倆說得那麼有勁才沒開口，其實他的感觸比他們倆爲多，心中的感傷也比他們爲深。

不錯，時代是進步了。隨著進步的時代，過去舊有的東西都逐一被淘汰。簡陋的脚踏車被快速的摩托車取而代之；人力三輪車幾近絕迹，出現的就是豪華舒適的四輪轎車。木造的房子早已被淘汰了，都改建爲堅固耐用的鋼筋水泥屋；而過去必須靠勞力耕耘的農事均一一被耕耘機、除草機、割稻機等來取代；交通工具如此，文化設施如此，工商農事亦如此。

四天前李清雲去世那天，黑面發仔曾經去過李家找工作做。李清雲他很熟，又是同宗，他蠻以爲可爲故人做點事也可賺點外快；沒想到李家兒子竟然說「鑼鼓陣」是落伍，是老古董，令他氣得要吐血。混蛋！你不要「鑼鼓陣」可以，怎能駡它爲落伍、老古董呢！

一想起這層事黑面發仔就生氣。一個曾經名震四海的嗩吶手黑面發仔居然落到這種地步，就連謀得一次賺錢的機會都沒有？這是什麼世界！難道我黑面發仔眞的落伍嗎？

我玩的那傢伙——嗩吶可眞是老古董，可沒有一丁點價値嗎？難道那些西樂器的玩藝兒就是代表進步嗎？他感慨萬千，心中好不服氣。

他曾經風光過一段很長的日子，那份威風的氣勢使他在這附近一帶沒有人不知道他的名字，只要提起嗩吶手黑面發仔，誰都會翹起大拇指嘖嘖稱讚。人家都說他吹嗩吶的技術已經達到爐火純靑的田地，功力精深，頗有餘韻；不是他亂蓋的，再陋舊的嗩吶交到他手中，都能吹得令你心悅誠服。

然而，曾幾何時那般風光一世的黑面發仔卻被文明鬪垮了，抵擋不住時代進步的洪流，與他那支心愛的嗩吶一起被沖走。他做著掙扎，也試著抗拒，但是蜂擁而來的激流將他越沖越遠，令他怎樣奮鬪都無法從那洪流中脫身。

變了。一切都在迅速地改變哩——黑面發仔禁不住感歎時代的演進帶給人類的影響有多大。三十年！僅僅三十個寒暑，過去所擁有的一切事物毫無留情地被推翻而不留一點兒痕跡。乍眼間，路旁的稻田變成一層層的高樓大廈，狹窄的泥土路早已變成寬闊的柏油道路，黑面發仔驚訝於時代的巨輪轉動得如此快速，當他正從那不可抗拒的演變過程中驚醒過來時，人老了，昔日的跡象已不復存在了。

不錯，時代的進步曾經令他詫異，也把他鬪垮。但是他沒有怨誰，因爲這種天然進化的過程，也是社會變遷的自然型態，他應該高興；不過，他總覺得在那演變的過程中似乎缺少些什麼東西，這就是黑面發仔始終耿耿於懷的主要原因。摩托車取代脚踏車，轎車取代三輪車，甚至稻田變成了高樓，土路鋪成柏油……這一切的一切樣樣都在證明人類的進步，應該是可喜的現象；然而，在黑面發仔心中始終感覺到科學的進步雖然可喜，似乎缺乏一種屬於精神上的什麼東西，這便是黑面發仔始終不能釋疑的問題，但是那究竟是什麼樣的東西，他也說不上來。

葬列已經來到了小街的盡頭，再行走一百公尺便可到達這棵榕樹下，由此地朝東直走就是本鄉第二公墓。一支好長的隊伍以十六人組的樂隊作先鋒，順著曲曲彎彎的莊稼道路行進，樂隊後面是素幛花圈，緊接著是花車、樂隊、道士、靈柩、孝男親屬、送葬人的順序緩緩地走過去。可眞熱鬧啊！

阿旺說的沒錯，樂隊果然有兩組。前面一組是從一、二十年前就常見的編制：大小鼓各一，其餘都是管樂器，如小喇叭、低音、單簧管、伸縮喇叭等等大概有十來支之多；另一組是新興的管絃樂隊伍，包括電子琴的五人組：兩支吉他、小喇八、薩克斯風各一支，一架電子琴，在三輪車上沿路奏著「遊子吟」。

「五人組的奏得還不錯，可是先鋒的那一隊簡直不像話嘛，你看！有的根本沒吹呀。」阿旺詫異的叫起來。

「怎麼樣？阿旺，我沒騙你吧，世間怪事多得很哪。」長脚祥仔奚落著說。

「莫名其妙！不會吹何必湊熱鬧，還有女孩子哪！」

「唉……眞是老了沒用啦。阿祥、阿旺，咱們連一個女孩子都不如哩……」黑面發仔由衷地發出感歎來，眼見那一支出殯的隊伍在路的拐彎處徐徐消失，他心中有份被時代遺棄的落寞感。

二

太陽從東邊花棚的高牆上斜斜地射進來，漸漸升高；娟秀地映在地上的竹影，也漸次的疏朗起來，在竹影中間還映出了許多太陽的小斑點。

天早已亮了，是應該起床的時刻了，然而黑面發仔卻一直賴在床上不起來。平日他必定很早就起床扛著鋤頭去看田水的，即使沒有輪水番（輪流灌溉）的日子他也要去走一趟；一來可當運動，二來可以照顧農作物。這樣的生活他過了有數十年之久，黑面發仔從少年到年老一直是以莊稼爲伴，數十年如一日，日出而作、日入而息，絕少有間斷過。

不過，今天早晨他卻有繼續躺下來舒暢一番的念頭。這樣的日子已往並非沒有的，曾經也有過幾次了；但是如此念頭都不比像今天早晨這般來得強烈。是我阿發仔老了嗎？不是。我阿發仔今年才六十出頭，怎能說是老了呢！那麼，可能是感冒的緣故吧？這個理由倒可以說得過去，阿發仔確實是感冒，這幾天吃了不少藥，還有點咳嗽哪！

不過感冒歸感冒，黑面發仔是不會那麼容易地隨便躺下來的，除非不得已，他絕不是個只管吃不肯做的懶漢；他之所以會如此乃是心勞所致，由於世事的變遷使他心身都累極了，眞想舒舒服服地躺下來享福享福哪。唉！是我阿發仔變得太軟弱了嗎？他問自己。

窗外好明亮。陽光從窗口射進來，光線已經照到他睡的「紅眠床」上面。是眞該起床的時候了，黑面發仔心中雖然這麼想著，卻未見他起床，牆壁上的時刻是七點五十分，平日這時已經在田間繞了一大圈回來咧。管它幾點鐘，反正我阿發仔今晨是享福定了。這個決定使他又躺了下來，不久便迷迷糊糊的睡著了。

「媽，阿爸怎麼啦？還沒起來？」

「噓——小聲點兒，你阿爸感冒，還在睡覺哪。」

「感冒！嚴重嗎？」

「沒關係啦，多休息一下就好。」

「媽，不是我愛講，您們也應該享福享福啦，一塊兒住臺北吧。」

「哼，說倒比唱好聽，那塊田地可怎麼辦，誰來耕？」

「賣掉啊！反正我和哥哥都不想耕田，將來還不是要賣掉。」

「噓——太大聲，讓你阿爸聽到又會挨罵。」

「媽，阿爸實在太固執，老是為著祖先的產業勞累，太不值得了，現在是什麼時代嘛。」

這一段話是他老伴兒和兒子武雄說的。黑面發仔在朦朧的意識中聽見了他們母子倆的會話，連他自己也搞不清此刻他到底是醒著還是在睡夢中。

不錯。武雄一再的邀請他們倆老人家去臺北同住，黑面發仔始終不答應，主要原因是他牽念故鄉之情太強烈，他不願意丟棄生活了六十年的老家鄉去一個陌生的地方受罪。故鄉太可愛，他熱愛故鄉的山與河、樹和草、白雲和晚霞以及生活在那土地上的人們。他忘不了昔日在這裏所發生的一切事物，那些事與物都會令他懷念不已，怎能離開得了它呢！

這件事，一開始黑面發仔就沒有答應過，並非他不想天倫之樂而是確實離不開故鄉。再說臺北是個嘈雜的地方，他也住不慣；另一個原因就是他曾經跟大媳婦住過一段時期，嘗過那種拘泥的滋味了，他寧願跟老伴呆在鄉下過著自由自在、樂樂趣趣的生活，也不想再窺伺別人的顏色了；儘管鄉下有許多不便，但是總比仰人鼻息的生活好得多。這方面，黑面發仔是信得過老二武雄的，他不像他大哥文雄處處維護老婆，把父母冷落一旁；同時，二媳婦也挺孝順，不僅關心，也經常回來看他們老人家，這一點，黑面發仔可從老二和媳婦的談吐舉止中了解一切。不過，他還是不想跟二媳婦住在一起，人家都說婆媳相處在一起早日會起磨擦，那麼何必自找苦吃呢？在鄉下過著悠悠自如的生活多好！

「阿發仔，身體怎麼樣？有沒有好一些？」是老伴兒招治的聲音。

「噢，」黑面發仔睡眼惺忪的問：「現在幾點了？」

「九點四十分。」

「這麼晚了！」他說著，忽然想起剛才在睡夢中隱約地聽到了老二的話聲便一骨碌坐起來：「武雄呢？他是不是有回來？」

「回是回來了，又走了。」他老伴兒說。

「走了？怎麼回來了又要走呢？」

「參加教育召集去了。」

一聽到老二走了，黑面發仔一副失望的表情。他後悔剛才沒有及時起床跟兒子會面，他是多麼渴望看到兒子，因為兩個兒子都在他鄉做事，平日難得回來一趟，就是回來了也急著要走。唉，做兒子的怎麼知道父母心——黑面發仔好寂寞，寂寞得受不了。

剛吃過飯，正要到農舍去取鋤頭來看田水時，水橋來找他。

「阿發仔，巡田水嗎？」

「是啊，剛剛要走。」

「今天怎麼啦？這麼晚。」

「有點感冒，睏過頭啦，」黑面發仔說：「有事嗎？」

「嗯。」水橋難以啓齒的：「如果方便……再向你借點錢急用。」

「噢，是這樣。」阿發仔微笑著：「不必客氣，看你要借多少。」

「我是講，如果你方便……借一千塊怎麼樣？」

「好好，沒關係，我做得到。」

「眞不好意思啦。」

「咦——講什麼傻話！你我像親兄弟，何必客氣呢！我就去拿。」

黑面發仔放下鋤頭進屋裏去了。錢，他是有的。他家甭靠他賺錢來生活，兩個兒子會按月送錢回來；何況又有一塊田地，維持一家兩口子的生活是綽綽有餘。與他相較之下，水橋的家境實在太糟了，黑面發仔很同情水橋的境遇，花甲年紀了仍得到處打零工賺錢養活一家，委實夠可憐的。他有個不爭氣的兒子，快要三十歲的人了，終日遊手好閒，不務正業，給他老爹增添不少麻煩；要不是有個不成器的兒子，他不會這麼落魄的。

水橋是他們「鑼鼓陣」團員之一，也是挺優秀的鑼手，敲起大鑼來有板有眼，響亮得很哪！跟隨黑面發仔一起幹活兒已有三十餘年之久了，只要黑面發仔有事做就有他的份兒，倆人像形影不離的一對兄弟。唉……好快啊！三十多個寒暑過去了——黑面發仔萬分感慨地憶起了坎坷的那段往事。那時候大夥兒還很年輕，都是二十來歲的小伙子，由於實際上的需要，幾個朋友︰水橋、長脚祥仔、阿敏、煌仔、大肥順仔便在「梨軒園」戲館拜阿集仙爲師，正式學習吹打這方面的技能，水橋學大鑼，長脚祥仔打小鈸，大肥順仔擔任鼓手，黑面發仔和阿敏、煌仔三個人學的是嗩吶。起初是學著玩兒的，到後來卻成爲職業，每當有大拜拜或婚喪喜慶的日子都要出去熱鬧一番，所賺的錢也的確不少。

「來來，水橋，這你拿去。一千塊夠嗎？是做什麼用的？」

「老婆身體不好，去看醫生。」

「哦，那恐怕不夠用吧？吃藥打針就要兩三百塊，看了兩三次就不夠嘛。」

「夠了夠了，」水橋連忙說︰「多謝你啦，再過幾天才還你。」

「沒關係，甭急嘛，反正現在不需要用。」

「啊，對對。」水橋忽然想起來︰「有消息要告訴你，賴嘉明的母親前天去世了，你知道嗎？」

「我知道。阿旺告訴過我。」

「咱們要不要去問問？你走一趟好不好？」

「走是要走，恐怕沒希望。」黑面發仔沉思片刻︰「好吧，下午就去走一趟看看。」

水橋回家去了，黑面發仔扛著鋤頭去巡田水。他的心情好鬱悶，不僅是感冒未癒，剛才水橋那副憂傷的模樣也令他極不放心。他們的鑼鼓陣有默契，相互搭配得恰到好處，因此也搞出了相當高的名氣，在這一帶是很吃得開的；然而，隨著時代的變遷，這份行業也逐漸走向末路。人們喜歡迎新棄舊，新興的西洋樂隊就應運而生，黑面發仔所領導的鑼鼓陣自然也難逃這種噩運了，他們由原先的大排場淪爲專辦喪事，最後連喪事也沒有他們的份兒。

唉……往事不堪回首。黑面發仔在路上邊想邊走不覺中來到田間。他想：跟水橋比起來自己畢竟是幸福的，有孝順的兒子又有田地，但是水橋什麼都沒有；水橋必須靠鑼鼓陣來生活，而他自己純粹是爲了興趣。只有在吹嗩吶時黑面發仔才會覺得自己活得眞夠充實，甚至有份神聖的使命感。

三

賴家不僅在田尾村是首屈一指的財主，在鄉內也是數一數二的富家，住宅佔地一甲多，是幢鄉內有名的大厝，全係舊式建築物，前後共有五進，除正房、廂房外還有書院、穀倉等，古色古香，氣派非凡。前庭一片寬大的空地上植有上百株荔枝，已經結了不少小小的果實，前庭最南端有個橢圓形的池塘，池塘裏的荷葉由枯黃而變成嫩葉，荷花雖然還沒有展瓣盛開，但血紅的花蕾卻滿池點綴正要含苞待放。池塘對面是座假山，石凳子上面放著幾盆花卉，與山上的草木相互輝映，顯得異常美麗。

賴家，黑面發仔很熟，現在的主人賴嘉明的父親在世時，他和阿敏來過多次，多半是來整理賴家庭院的；況且賴老先生逝世，他們的鑼鼓陣也曾經為故人熱鬧過，說起來不陌生的。賴老先生是清朝的秀才，博古通今，家中有棟書院，藏書萬卷。黑面發仔還憶起他老人家手捧水煙管，在庭院漫步的那副悠然閑靜的風采。

黑面發仔忽然感到一陣淒涼。人一旦歸土，什麼都沒有：像賴老先生這樣有錢財的人也躲不了死亡的命運，去時還不是兩手空空什麼都不擁有，任他在世時如何的高貴如何有權勢，都將會成為過去。這麼說來，萬事用不著斤斤計較，活多少得多少，均在造物主的安排之中。

然而這一趟卻不能不去，事關全體團員的生活問題，黑面發仔有責任照顧他們，因為他是負責人。六名成員除去煌仔已不在人間以外都還健在，不過阿敏的脚有點跛了，勉強還可以走路。五個人當中只有他家境較好，其餘的都得靠鑼鼓陣或打零工維持一家生活。他媽的，多悲哀！每當有人去世他就得去喪宅奉承主人，忍氣吞聲的巴結治喪人員來換取一份工作，儘管並非他所願，為了團員的活兒只好忍欺受辱；假如交涉成功沒話說，萬一被拒絕就太不值得了。

黑面發仔不由得想起他曾經帶水橋和大肥順仔去學習吹喇叭的一段往事。他學的是小喇叭，水橋和大肥順仔是學吹單簧管，學了不久他們倆就吵著不幹；因爲這是年輕人的玩藝兒，根本不適合一個上了年紀的人所幹的，玩起來總覺得好彆扭，學不到半年便堅持不幹了。他媽的，氣死人！——黑面發仔憤憤地罵出口來。這種活兒他實在不想再幹了，但是又不得不幹，誰叫他們出生在這個時代呢！不但要幹，並且要硬著頭皮去拚，誰都得活下去呀！

到了賴家大厝門口已是黃昏時刻，前庭的空地上搭蓋著一座寬敞的式場，走進去，有個年輕人過來招呼。

「請問，有什麼貴事？」

「我……」黑面發仔不知怎樣開口。

「是——？」

「是來……來看看出山（出殯）那一天，要……要不要鑼鼓陣……。」結結巴巴的。

「噢，是這樣。」年輕人明白他的來意：「抱歉，這件事情我們無權決定，我去請教劉進丁先生好啦，他是這裏的總指揮。」

聽到劉進丁的名字，黑面發仔一陣眩暈幾乎昏倒過去，那張鐵青的臉龐頓時蒼白，心也冷了半截。怎麼又是他呢？上次李家的葬禮是他擔任總指揮，這次也是他負責治喪會的事，只要他在，鑼鼓陣的事免談了。劉進丁是鄉公所退休的民政課長，在鄉內頗有名氣，自從退休之後經常擔任治喪會的職務，承擔著喪葬的實際工作。

聽到劉進丁三個字，黑面發仔知道已經沒有希望，正轉身要走卻看見他從屋裏走出來。

「阿發兄，你來了，請坐！」劉進丁熱情的說著，還親自倒杯茶水給黑面發仔飲用。

「謝謝你。」

「什麼貴事？是鑼鼓陣的事嗎？」

「是是，你是知道的，我代表他們來。」

「阿發兄，」劉進丁甚表同情的：「很抱歉！我們已經決定了，兩支西樂隊，一支漢樂隊。」

「賴家是本鄉的巨富，再加一支鑼鼓陣不是更熱鬧更有派頭嗎？」黑面發仔明知希望渺茫還是不能不說，萬一對方允諾了，他的團員弟兄豈不是有筆額外收入嗎？

「關於這件事，賴家主人已交代過了，老太太生前吃齋拜佛，是位虔誠的佛教徒，她好靜不喜歡熱鬧，尤其最怕太吵的排場。」

是藉口還是眞的如此，這些話由劉進丁口中說出來特別刺耳。

「劉先生，恕我講句不客氣的話，你們太不了解中國的東西，對中國文化傳統的認識似乎不夠。」黑面發仔提出反駁。

「這句話怎麼講？」

「講鑼鼓陣是熱鬧我同意，但講它是吵鬧實在有問題。這些樂器是我國幾千年來的精華，它的旋律乃是我們祖先精心創造的結晶，難道你一點兒體會不出來嗎？」

「抱歉！我們不但體會不出來，還覺得它太吵太落伍哪。」劉進丁輕視的說。

跟這樣的人談論是白費口舌：「好，既然如此我就告辭了，打擾啦，謝謝你們。」黑面發仔憤然起身。

「對不起啊，阿發兄，讓你白跑一趟了。」背後傳來一陣話聲：「我們會考慮考慮，決定了再通知你。」

哼！還講考慮哪，算了吧，我阿發仔不是三歲小孩——黑面發仔將劉進丁的話聲甩在腦後，快步走出了賴家大門。

從賴家走出來，他有難以訴說的委屈。他並非要飯的，何必如此受辱呢！他有兒子有田地，有個幸福美滿的家，更是沒有必要來挨受冷嘲的。突然地，一陣惆悵湧上心頭，他的腦海中浮現出水橋、長脚祥仔、阿敏、大肥順仔四個人的臉兒來。水橋！長脚祥仔！阿敏！大肥順仔！對不起你們啦，我阿發仔沒盡全力爲你們達成任務，原諒我吧。唉唉——黑面發仔一陣陣的噓唏，反覆地嘟嚷著。還是暫時不告訴他們吧，尤其水橋聽了更會難過。

回到家裏，黑面發仔一句話也不講，老婆對他的嘮叨絲毫沒聽進去，便自個兒跑進屋裏將那支心愛的嗩吶搬了出來。他的情緒壞透極了，他有滿肚子的委屈，他實在有許多許多的牢騷要發洩。那支心愛的嗩吶許久沒用它，滿是灰塵，他準備擦亮之後要吹個痛快，吹出他連日來鬱積在心中的悶氣，吹出他許久許久積壓在心中的忿懣；即使讓人家笑爲瘋人也不在乎。

斷崖

苦難似乎尚未結束，接連不斷的不如意都加諸於我家每個成員的身上，像地震後的餘波襲擊而來。我早已被磨鍊成鋼不易落淚。落淚不濟於事，那段漫長得叫人斷腸的苦難歲月依舊在追續著，那種暗灰、惆悵、抑鬱、慘澹、悲慟的日子似乎特別與我家有緣；它猶如千條網子相互交疊地牢牢罩住，又似一條巨蟒虎視眈眈欲將我們吞食。

然而我們並無被擒住和吞食依然艱辛地活著，日子雖過得格外窘迫卻活得十分光明。父母堅毅地曾經打從苦難中奮勇地掙扎過來，特別是父親他那副不屈不撓滿是皺紋的臉龐令我肅然起敬。搬進山中定居的七年歲月當中父親從無閒歇過，包括過年或生病的日子；他晨昏不懈地爲生活奔勞從不覺疲憊，要犂田上工，終日像一頭牛默默艱忍地承擔著苦難。父親打工的日子我就得留守在家煮飯燒菜，飼養猪鴨和照顧牛隻。

今夜我有某種預感在心頭直覺地想到父親必定會發生事故。這時刻天色昏暗，破落的壁牆上懸掛著的唯一較有價値的老舊掛鐘早已打過十響，仍不見父親像平日一樣雖拖著凝重的步伐但臉上卻帶有笑容的走回來。上工遲歸儘管常有，然而今夜的情況似乎不太尋常，父親遲歸的夜晚我獨自倚門而坐，遙望天際的彩霞變幻、馳逐、消失，有時也數著蒼空的星星直到他步入屋內。

今夜，我的情緒簡直壞透了頂，屋外的風雨交加令我心驚肉跳幾乎要窒息，並且那挾著隆隆雷聲的閃電叫我不敢往窗外瞥視。多年來我已習慣一個人留守家中等待上工的父親歸來，有時候因工作需要加夜班的夜晚，父親經常十時以後才能歸來，尤其在母親死後的日子裏夜晚遲歸乃是經常有的事。我枯坐在毫無聲息的破落屋子裏孤伶地數著一刻刻逝去的時光，盼望父親即刻出現在這鮮有人造訪的山中小茅屋。這種孤寂中忍耐的毅力令我逐漸堅強和有獨立精神，父子相依爲命的山居艱苦的日子，使我懂得如何應付寂寥的孤寒生涯。

此刻父親尚未歸來，而屋外越發強勁的風雨令我掛慮他的安危。儘管我相信憑父親的沉著與堅強足以應付突如其來的種種變化，但是在如此風雨交加天色暗黑的夜晚，要行走崎嶇迂迴的羊腸小道並非易事，更何況在途中要路過一處令人驚心動魄極爲難行的險峻斷崖。六年前，我母親就是掉落那處陡峻的山崖中死於非命，那時我九歲，阿惠因營養不良而逝世不久，我凝視從山谷被抬回來的母親那張沾滿鮮血的遺體，不知怎麼竟然沒有掉落一顆傷心的眼淚。父親背向母親垂首站立，我瞥見他那寬闊的雙肩叫微光給照映在僵凍的壁牆上微微地顫抖著。猛回首，詫異地發覺父親他那雙佈滿皺紋的眼尾在閃爍發亮。我首度見到他黯然落淚。

咻——！一道閃光帶來巨雷將暗淡的天地劃開，屋內立刻亮得如白晝，但須臾間又歸於先前的昏暗了。

一切都出於無奈。貧困的日子並無因父親的日夜奔勞而有所改善，一生毫無一技之長的父親惟有認命地幹苦工以維生計，賺取零錢來餬口的能事而已。一家人始終與貧窮為伍，直到有一天出去採摘藥草的母親不幸墜落斷崖之後，他那張輪廓鮮明的臉龐上刻下了更多更深被歲月折磨的紋跡。我在他稀疏的髮絲中無意間發現他滿頭的雪白一夜之間增加了許多；憔悴枯黃的雙頰亦消瘦了許多⋯⋯。

現在，掛鐘敲響了十一下破鑼聲才知曉時辰可眞不早，但是父親依舊未歸而晚間的飯菜早已冷卻。蘿蔔湯、空心菜、小魚乾擺放在一張陳舊已無光澤的方桌上，不僅不起眼並且十分寒酸，可不是？那張老舊的飯桌所能承受的分量畢竟也不過如此，而從來未敢有過非分的奢望。食蕃薯度餐的貧寒歲月無可計數的環境中，能夠食到蘿蔔和空心菜特別是小魚乾已屬奢侈，蘿蔔和空心菜是自家栽培的東西，小魚乾是父親打鎮上帶回來的，規定在每週二、四、六食用。今夜，它被擺放在飯桌上亮相至少有五小時之久等待主人歸來品嘗，他依然未歸而我的飢餓十分難當。自從我懂事以來就未有過一餐飽腹，經常都餓著肚子要行走兩個小時崎嶇陡削的山路到鎮上的學校去讀書，由於中午往往沒帶飯包，午後放學歸來經常是餓得直不起腰來，眼睛也模糊不清晰。

隆——！又是一聲巨雷鎚斷了我的思路，我驚訝地發覺雨水已從破落的壁牆隙縫間不斷地灌進來，屋頂也漏了，水滴從屋頂上的茅草間落到屋角的床上。這是一張頗不適合擺放在這間破屋的木製家具，對一個三餐不繼而務必靠勞力維生的貧寒人家而言確乎不相稱，我趕緊將它移至另個角落去以免淋濕損壞。

在睡夢中我似乎聽見一陣急促卻微弱的聲音，猶似從遙遠之處緩緩滾過來衝擊著海岸的海潮般一次又一次反覆地傳過來；它像極了小時候熟睡在母親的懷抱中所聽到的搖籃曲般柔和而美妙，打從心底扣住了我的心弦，叫我為它絕妙的旋律心蕩神馳。那聲音是什麼？是浪潮聲還是搖籃曲？我聽得入迷居然給忘卻自己原來是等著父親歸來而睡著的。

一個意念令我觸電似地覺得渾身都在發麻。父親回來了！我躍身而起，立即奔至門口去。

呯呯呯。那是敲門聲。剛才我在睡夢中以為是悅耳動聽的潮聲或睡眠曲的。

門板的啓開處，我瞧見父親散亂著頭髮滿臉的血跡幽靈似地撲進來，旋即仆倒於地面上呻吟不已。蓑衣的水滴念珠似地滑落下來。

「阿爸！」我驚喚一聲，眼眶頓時濕潤。

「阿鐵，快把我扶起來。」父親的滿臉血跡令我冷不防地憶起母親那年跌落斷崖時被人抬回來的恐怖情景。

「阿爸！到底是怎麼回事？」

「跌落山谷，」父親說：「幸虧抓住了一棵樹才死裏逃生。」

父親虛弱的話聲彷若在自語猶如在泣訴。須臾間一股莫名的震駭打心頭湧上，我爲這份突如其來的不幸感到悲戚和忿恨忍不住發怒。啊，命運之神對我家何其殘酷！爲什麼還要接二連三的將惡運降至已備受艱辛的我家頭上！難道我們所承受的折磨不夠多，還得繼續背負苦難的十字架不成？我由衷地埋怨起主宰者支配天地間之事未免草率以致失公平。

現在，凝視父親在呻吟痛苦，我一時發愣而手足無措。我見到自他頭額上滑落的血滴黏附在兩道眉毛凝成厚厚的血堆，趕緊脫掉他的蓑衣，快捷地扶起他以濕毛巾擦拭一番。

「去年買的萬金油還有沒有，快給我拿來。」

「用光了。阿爸，」我說：「您說要再買一個。」

父親以無助的眼光審視我一眼，然後無力的自言自語：「眞該死，誰叫我這麼健忘。」

家中連一瓶最起碼的外傷藥品都沒有，那就非得到鎮上去求治不可了；雖然父親一再的堅持不肯去，然而淌血太多是否對生命安危構成威脅，並且我亦擔心它會發炎。當我將心中的疑慮道出來懇求父親愼加考慮，他思考片刻便說：

「不過，外頭的風雨很大。」

「阿爸，我跟您一道去！」

父親抿唇再度沉思良久終於下定決心：「好，吃過飯就走。」

然後，我們相對而坐開始用餐。此刻正是夜裏的十二時，日落之前準備好的晚餐經過六小時的等待早已凝凍，蘿蔔湯浮上了一層白灰灰的油脂覆蓋在蘿蔔碎塊上面，空心菜的莖亦已凝成堅硬的棒狀；儘管我飢餓得幾乎動彈不得卻絲毫引不起食慾，大概是與極端飢餓有關吧，否則以我平日的胃口不應該如此。母親在世時由於她悉心的照料令我擁有一段衣暖飽食的好時光，即使家中欠缺錢用，她亦會想盡辦法弄來東西不讓我飢餓。那是母愛的表露，女人的天性使然。那段時光不僅在我這一生中最爲風光最有體面，亦是我們一家人在接受人生考驗中最爲平穩最有意義的時段——雖然挫折和打擊依照纏身。

囫圇吞的往嘴裏撥送幾口飯，父親審視我關切地問道：

「怎麼啦？阿鐵，怎麼不吃？」

「沒有胃口，吃不下。」

「還是勉強吃一點，路途遠會受不了的。」

「沒關係，阿爸，我眞的不想吃。」

他似有所虧負地望注我，並說道：

「阿鐵，我虧欠你太多，連累了你。」

「不會的，我很好！」我說。

「這可是眞心話嗎？你眞的會這麼想？」

「我從來就沒有想過我是個可憐的孩子，阿爸！我們雖窮卻活得很光明，這就是我要回答您的眞心話。」

注視父親那張多紋的臉龐，不知怎麼我竟然滔滔不絕地道出了內心的感觸。眞的，父親堅忍的奮鬪精神令我由衷敬佩！猶如一條笨牛終日不懈怠地爲生活奔勞的他，在我心目中是個英雄的典範、海上的燈塔、人生的旅伴、我唯一深愛著的親人。

不過有時我認爲他過分的嚴謹。人生對他而言是一條神聖不可侵犯的道路，而生活對他來說似乎是一項嚴肅的義務。每當他抿緊嘴唇努力以赴，我就知道他的內心是多麼的虔誠；即使有人存心要陷害，他亦不會相信那是眞實的。

但我相信父親亦有其輕鬆風趣的一面，即使收工回家之後在極度疲憊動彈不得之時，偶爾也會哼哼歌兒舒暢一下來調節一日的緊張，哪怕是他的一個小小的動作都逃不過我的目光。父親便是這麼一個明辨是非的人，我在失意惆悵的時候便鼓勵我鞭撻我，令我能在悵然中提足精神盡速恢復原貌，縱然有極度的不愉悅亦從不強迫我去幹我所不欲爲的事；他的一顆善良慈悲的心，對別人永遠只是奉獻而絕無由他人之處獲取任何代價，當他對我談及母親的往事總會情不住禁的黯然沮喪。他倆曾經相敬如賓恩恩愛愛，她對他的照顧伺候以及他給她的關心和珍愛，在在都深刻地烙印在我腦子裏永不會磨滅；父母的恩愛在困苦中賦予我的，遠超過富家子弟所擁有的一切幸福更多更多，亦影響我一生鉅深。

「阿鐵，在想什麼呀？該出發了。」

猛抬頭，瞥見父親已穿好蓑衣戴好竹笠在等候，我躍身而起以最快捷的動作穿上雨衣準備出門。

「風雨很大，」父親道：「抓緊我知道嗎？」

「嗯。」

「好吧，走！」

父親一打開門扇，旋即有一股強風夾著冰冷的水滴蜂擁而入，將父親頭上的斗笠吹落在桌子底下。我踉蹌倒退了數步。

「好大的風哪！」

父親撿起斗笠戴好，便頭也不回地往門外衝出去。烈風從高峰上朝向山野撲下來，將枯葉和乾枝吹刮在寬廣的草原上猛然地捲起來四處亂飛。這世界像要傾覆了似的興起頭暈般的旋轉，彷彿天崩地裂的樣子，我抬頭凝望這宇宙間的一切事物在那風雨交加中震慄畏縮。雨大得眞叫人驚駭，緊跟在父親背後，我一手抓住他的蓑衣一手押緊雨帽在風雨中疾走，豆大的雨點迎面打過來撲擊在臉面上，一顆顆水滴打眉兒滑落在眼子裏睜不開。山坡上的泥路低陷得像條水溝總是狹隘曲折，傾盆似的雨水不歇地灌進沒過了脚面的泥濘之中。

咻——！黑越越的天空中突然劃開了一道曲曲折折的電蛇，一個震天價響的霹靂吼將起來，那閃閃如金蛇在雲縫中亂迸的電光，也許是造物者忿怒揮鞭擊打大地，而隆隆雷聲便是祂對地上的罪惡人類的詛咒吧？在那電光曜曜打閃的瞬間裏，我似乎淸晰地瞥見樹木、草叢、花葉都在雷電暴虐的摧殘下畏懼而顫動。

然後，我們行至那令人畏縮的斷崖時，父親的步履頓時因猶豫而躊躇不前；他的表情凝重癡呆，方才的凜然剛毅一下子轉至驚心惶恐的狀態。父親，他是的——一個剛剛從九死一生的斷崖之中死裏逃生的人，當他再度步履此地時其心中的恐慌與畏懼乃是可想而知的，更何況是在雷電交錯之夜。他的逡巡使我想及父親墜崖之後掙扎著從絕壁攀上來的悲慘情景。那是一所極爲險要之地；一方是巍然兀立的峭削絕壁，一方是叫人驚心動魄的千仞之谷，而路面更是狹隘得一不留意就會墜落在那令你足以粉骨碎身的深谷之中。每天在上下學的途中，我都得提心吊膽的路過此地，不時的探頭窺視黑森森的石壁上倒掛的野藤和荆棘以及深不見底的山谷，渾身便會毛骨悚然。

這所斷崖說它有多可怕就有多可怕，尤其行走那條已崩塌得僅剩一公尺之寬的路面之際。

「小心唷，阿鐵。」

「不要緊，我每天都走這裏。」

「可別大意，」父親嚴正地警告我：「現在是夜晚，而且風雨這麼大。」

我們相繼步過狹路，緩緩移步朝前方推進，父親握住我的手掌將心牢牢扣住在一起。我似乎清晰地聽見心臟卜卜跳動的聲音：許是父親他脈搏的悸動還是我自己的心悸？當我們步畢狹道邁上寬濶的路面時，父親方始面對我深深舒了口氣。

每一次步履這條路我總會憶起母親臨終的悲慘情形，甚至在三更半夜時驟然醒來亦會念及她的事。母親的一生勤勞儉樸，從無絲毫非分的奢望，就是在入殮時亦挑不出一件像樣的壽衣來爲她裹身，父親爲此至今仍在心中耿耿不寐。父親去鎮上買來幾塊木板當棺木，又找了兩個工人將母親的靈體扛到墳場去埋葬，從大殮至出殯，始終只有兩個人在場——我和父親。沒有引導的道士，沒有運棺的靈車，沒有吹奏的樂隊，沒有送葬的人群，母親的靈體就這樣靜悄悄地給抬到墳場去了，父親繃著臉毫無表情的守在靈旁，沉默得眞叫人生畏。

「啊，雨勢轉弱了。」

父親唐突地迸出一句話使我愣住半響，我瞧見他的雙頰全濕，水珠從顴骨沿鼻子兩旁滑落。那是雨水還是淚珠我不知曉，不過我敢打賭他剛才一定有哭過。

雨勢確實轉弱，先前的傾盆大雨已逐漸變小，而風勢亦收斂她的威力，由潑辣轉至穩和。

「不要緊吧，阿爸。」我看他有氣無力的樣子，旋即挨過去扶他一把。

「沒關係，我還不會倒。」

儘管父親說得若無其事，但我曉得他快要支撐不住了。幸好這條山路所剩無幾，否則他會倒下的。

抵達鎮上的診所時我由衷地鬆口氣，禁不住要回首去眺望它。好艱辛的一次搏鬪啊！一條六里長的山路平日只消一個多小時可以行畢，今夜竟然走得如此的遲緩與艱難。我很慶幸與父親並肩步完這條山路終於抵達目的地，尤其路過斷崖的狹路時，他給予我的關懷遠超過對自己的照顧。現在總算有驚無險的完成任務，將父親送到鎮上的診所來，其意義異常重大，它帶給我的感受猶如嘗盡了苦楚之後的甘美滋味。我非常佩服父親的堅忍，亦為自己感到欣慰：在那般極度惡劣的困境中我們能夠克服艱難完成任務，無疑是意味著它乃是這人生的刻苦奮鬪中，我必須與他相依為命共同邁進的神聖使命。

「阿爸，到了！」我說。

父親朝我莞薾一笑。我回頭一看禁不住一陣驚愕，因為，父親的臉龐竟然被雨水和血絲弄得好可怕。

賭賽

推開門扇，一股暖呼呼的熱氣衝著鼻腔流進來，我立刻聞到一種汗水與尼古丁混合摻雜著的臭味。

天花板上，吊扇發出蜜蜂般嗡嗡的叫聲，但還是無法驅走那股灼人般的炙熱，在每個人的頭額上滲出來的汗珠，幾乎有綠豆那麼大。屋子裏，賭戰正在進行著，一處處一堆堆的人群都在聚精會神的注視著賭局，時而發出瘋狂似的怪聲，也有歡呼聲。

我環視四周，拿眼睛去搜查「黑松」的下落，當我的視線轉移到角落的一張檯子時，黑松那熟稔的獅子臉孔正躍入我眼簾；雙手撐在桌面上，他那身肥大的軀體坐著的神氣，完全與一年前一模一樣。

吸了一口氣，我邁步走進去。

一年前，我初次到「賭王」來，純粹是出於一時的興緻。這家俱樂部是有名的地下賭場，規模宏大，有組織，有戒備，警方無法查到。

那時，我在一家工廠裏做事，收入微薄，生活艱苦，而且家裏有個患肝病的母親，開銷之大，使家道近乎瀕於絕望的邊緣上。

那一天，我領到薪水，因事走過那家賭場，也許是一時的興緻，或者是遇見晦氣，也可能是出於貪圖小利，忽然想進去看看，運氣好，說不定還可以撈一筆回來。老實說，賭博一門我並不外行，遠在五年前，還沒有上工廠的時候，曾有一段時期我執迷不悟，幾乎不能自拔。

一進去，頓時一片迷漫，滿屋子的濃煙把我咳得團團轉，正張目四顧感到爲難的當口，第一個招呼我的便是「黑松」——黑黑的臉，獅子頭，身體肥大。

「年輕的，」他向我招呼，然後拍拍他身邊的椅子說：「來坐這裏。」

正在左右爲難，有這麼一個人關照，我獲救似的穿過人群立刻走去。

「你是頭一次來，是不是？」他笑著，從頭至脚把我瞪了半天：「我還沒有找到對手。」

「我是第一次來。」我照實說。

「那好！」鷹揚的叫了一聲，他說：「我也是初學的，來來！咱們來玩一場。」

我看見他那一臉的獅子面孔，雖然長得有點可怕，但好像又覺得也有可愛處，所以朝他頷首同意。

「幸虧你來，要不然我得在這裏當傻子。」黑松拍拍臉上的汗珠；「太熱太熱，脫掉上衣吧。」

我把上衣脫下來。

「年輕的，你說玩什麼好？隨便你說。」

聽說這裏什麼都可以玩，但我只有對骰子感興趣；於是，我毫不加思索的說：

「搖骰子！」

「好！搖骰子。」他的眼睛倏地發亮，旋即迫不及待的起身走到服務臺去。

這時，我才有餘裕的時間去瞧瞧四周，發覺屋子裏相當寬闊，至少也有五十坪之譜，地面上煙頭、果皮、紙屑丟了滿地，二十幾張檯子除去幾張之外都有人使用，有的在打麻將，有的在搖骰子，有的在玩四色牌，也有玩西洋紙牌的，有幾個跑腿的穿梭其間，在爲賭客服務。

「來來，咱們就開始吧。」頃刻間，黑松已經回到我身旁，他手裏捧著一付骰子。

「我眞的好久沒有玩過，請多多指教。」我說。

「一樣，一樣，我也是剛學的，哈哈哈——」又是一陣哈笑，笑聲有點不自然。

可是一開始，我就發覺黑松在說謊，他玩骰子的技術相當高明，在整個過程中，他手指運用的靈活，使我始終瞧不出他要的花樣。我暗呼倒霉，但後悔已來不及，我受了他的騙。一連兩個鐘頭，我輸得一敗塗地，敗得太慘；結果把錢都輸光。

後來我才聽說「黑松」是「賭王」的老常客，也是一名黑社會人物，專門欺詐一些涉世不深的老實人；怪不得他待人那麼老練，也怪不得笑容有些不正常。我未經查明他的底細就輕易聽信他，眞糊塗！

「喲！是你呀？」黑松掃興的投以我輕視的一瞥：「向我挑戰的傢伙就是你？」

「就是！」我昂然說。

「嗬！小伙子！現在看到你才記起來曾經有那麼回事，好哇！接受你的挑戰！」他仰天長嘯，一派傲慢的神氣幾乎與一年前沒有兩樣。

「請你多多指教。」

「哼！好大的膽子，還敢向我挑戰！等回兒可不要求饒！」

「恐怕是你吧。」我斬釘截鐵的說。

「好！算你有種。」

黑松雖然在笑，眼子裏卻有著一股殺氣。

昨天，我託人交給他一封挑戰書，約他今天這個時刻在「賭王」碰面，完全是對去年那一場的報復，我要再度和他比比高低。

那一次被整得皮無完膚，我拖著沉重的脚步，垂頭喪氣回家裏。母親正在床上輾轉呻吟，她的病時好時壞，整個肝臟都硬化了；望著她那一身痛苦的慘狀，我心中有難以名狀的疼痛。一時糊塗，竟然失去了一筆錢，雖然是區區的一千元，對我們家實在是何等的重要！因爲母親明天要住院，這是她的住院費，我把它花掉了，花在令人不齒的賭場上。

結果，母親的院沒有住成，又沒有錢就醫，病痛的煎熬和營養的不足，她被折磨得骨瘦如柴，一個月之後，終於離開了人間與世長別。啊！我何等不孝！母親的死，雖然不完全是我的過錯，但是我卻成了間接的兇手：倘若我沒有把那一千塊化爲烏有；倘若我能夠及時送她住院，或許都能夠挽回她的生命的。

昇天之日，母親剩下一口氣，從輾轉痛苦中掙扎著，誨我諄諄的說。

「阿信，不要再賭，記住媽的話，可不要………」

「媽！是我不好！我把你害死的。」

「快別這麼想，是媽的命註定要死的。望你努力上進，做一個有所作爲的人。」

「媽——！」我跪下來，拉著母親的雙手，淚流滿腮的發誓道：「我不會再賭！我要重新做人，做一個對得起您的兒子！」

「賭五千！」我說：「一次解決！」我從口袋裏掏出一疊鈔票來，這是我一年來所積存的全部，我要跟他再作一次輸贏。

須臾間，黑松的臉龐扭曲變型，他呆望了我好片刻，這才從褲袋中抓出了一把大鈔，數了五十張擺在桌上：「好！你不要後悔啊！」

周遭逐漸圍上了人圈兒，大家的雙眼瞪得有如龍眼那麼大，我把骰子丟進木製杯中，然後默默地拿起來。這是一場以全生命作賭注的勝負，無論如何我不能輸給他，因爲我是挑戰者，一年的苦練，我要給他一點厲害嚐嚐。

我把骰子拿在空中嘩啦嘩啦搖著，一股難忘的痛楚不覺又湧上心口。

當喪失了母親那時節，曾有一度我墜入悲傷與絕望中久久未能振作起來。她是我唯一的親骨肉，是我的陽光，沒有了她，我的生活就得不到溫暖。我慚愧，我後悔，在她有生之日，我不獨沒有好好報答，反倒致使她死於非命之中。

我瘦了。成日在良心的苛責中度日，有如坐針山一般的痛苦。假如我不曾去賭，假如我不遇上那個「黑松」的傢伙，假如不輕易聽信人家，假如不輸掉那一千塊錢，假如……。我開始喝悶酒了，唯有藉酒的力量才能把自己迷醉而忘掉一切。

我變得很頹廢，人也憔悴許多。我曾經發誓過要重新做人，做一個對得起母親的兒子，但連這件事我都無法辦到。每當頹廢中感到無從解脫的時候，我就會記起母親臨終前所說的話：

「努力上進，做一個有所作爲的人。」

忽然間，我想起要報仇，對那個欺騙我的傢伙——黑松，在賭場上再作一次勝負，讓他明白我輝信不是好惹的。我非弱者，我不會向他屈服。雖然這樣做，對母親是一種失信，可是我不能白白吃虧，我因了他犧牲太大了，我要給他嚐嚐失敗者的滋味；也可能唯有如此，我才會安寧，才能夠獲救。

幾乎有一年的時光，我把時間和精神都花在耍骰子那上面，爲打敗黑松，我犧牲一切都在所不惜。我不惜勞苦的去請教「專家」，敲開他們的門，拜其爲師，求授有關技術上的問題：如骰子與滾轉的角度；如搖滾時所施的力量等等。

一年的時光，我拼命地去吸收，去消化，然後去苦練，爲的全是要打敗黑松。

「十二！」我喊著，把倒置的杯子抽開，桌面上的骰子，果然兩顆都是六。

「呀——十二！」圍觀的，跟著喊了起來，是一張張讚歎和驚訝的面孔。

霎時間，黑松的表情變得好難看，他的臉龐扭曲著，嘴巴成了三角形。差不多有兩分鐘之久他不能動彈，然後才忽然驚醒了似地叫道：

「騙局！是個騙局！你在耍花樣，我不能承認。」

「騙局？」我說：「好，再來一次。」

憐憫的望著他，我在心中忖度著：「你這鄙卑的人，你可以欺人，難道我這也是騙你的？看清楚吧，」我拿起木杯子，在空中輕輕搖了兩下，再度倒置在桌面上：「這一次可不能不承認呀。」

「拿開！」黑松狠狠地吼了一聲。

我慢慢兒把杯子移開，果然又是兩個六。

「又是十二！」再起一陣騷動。

黑松的頭顱垂落下來，渾身的汗珠，我看見他那寬大的肩膊在搖撓，成了大波浪，幾乎要栽倒。他極力在忍住。

「對不起呀，這是我的，我要拿走了。」抓起他面前的一把鈔票，我緩緩起身。

驀地，黑松撓撓地站了起來，我以爲他要走開，可是，立刻間我已經明白是怎麼一回事。黑松撓到我面前，捧住我的雙手哀求道：

「年輕的，是我錯了，原諒我，是我不好。這筆錢，請你不要拿走，它它……」

喃喃說著，似乎已失去了自制力。

黑松那一臉的可憐相，使我在心中感到欣慰無比。他只不過是一個小人物，只能欺詐人，不可以由別人來讓他吃虧，我已經打敗了他，我還要求什麼呢？於是，把錢丟回給他，我說：

「黑松！只要你認錯，我不會在乎那幾個錢。你要明白我這個人以及社會上有很多的人，都不是傻子，只要你明白這件事。再見！」

跳出「賭王」，已經是黃昏時刻。天上有落日的餘暉。我望著西天，心中喊道：

「媽媽！媽媽！我贏了，這是最後一局，你不會介意吧。從今以後，我發誓不會再賭。」

鐘聲

一

咚……咚……

鐘聲廻響，宛若山谷中的回聲，一聲聲，鎚破寂靜的黃昏，響徹在薄暮的昏暗之中。

黃淑華停立在幽靜的庭院裏，自己一個人躲著想心事。望望天空白雲，瞧著刻刻變化的暮色，她心中有不少感觸。

天色已晚了。周遭一片朦朧。那一望無際的平野和叢林，早在蒼色的晚煙中逐漸昏暗；山嶺上，有一朵朵奇形怪狀的雲塊飛馳，去了一塊又來了一塊，儼如一簇簇追逐戲耍於空中的棉花、石塊。

篤、篤、篤、篤……

佛堂裏木魚聲聲，跟著一縷縷煙絲漏了出來，原來是老尼姑月淨禪師在做晚課，梵唱若斷若續的像生了銹的琴音，那麼有氣無力，間或還可以聽見一個幼尼的尖聲和著。

這所山頂上的尼姑庵，規模雖小，但莊嚴雅靜清幽拔俗，恰似一隻出塵的仙鶴傲立於羣山之中，頗有威嚴的氣魄。夕陽愈向下墜，愈加鮮紅，紅紅地染上了山谷。此刻，庭院裏除去她沒有第二個人。棲息在院中庭木上的鳥羣都忙叨叨地歸巢，邊飛邊叫，叫個沒停；然而一陣喧囂歸於沉靜之後，不知何時，昏暗的天空裏已經微微地露出了一顆幽輝的銀輪。

黃淑華這才收回了仰望天空的神思，想進去禪房裏休息。走了幾步，看見佛堂的廻廊上依然沒有人影，這又使她不覺停住脚步。尼姑們都回到禪房裏歇著去了吧。她們該是老早就忘卻現世的煩惱，面對於未來的世界，抱著一種憧憬。

「我，或許有美麗的未來吧？現在，雖然這樣過著達觀的安穩生活，但說不定我的未來……。」

她喃喃自語著，悄悄地拿眼睛朝四周觀望。這種「未來」是指著來世的，還是現世的，她自己也沒辦法搞清楚；不過，她絕不相信自己的一生眞的便如此與社會完全脫離了關係。

朋友們對她無微不至的照顧，倘若要償還，在現世裏是多得幾乎難以擔負了。如果報答不了，就這樣帶至來世，那要背負多少債務吧，多得無法償還的人情足夠令她操心。她常想：缺欠刺激的安樂和沒有苦惱的幸福，對於人間世界，實在是多麼的失去彩色啊！

黃淑華在血肉裏，天生就有一份不可思議的內心糾葛，那是屬於她本身的交戰和友好；一個是有關她底靈魂方面的，而另一個則是她肉體上的東西。或者可以說：一個是男的一個是女的；一強一弱，兩者不斷地相互杯葛，相互違抗。這種內心的葛藤，有時候叫她委實沒辦法應付，偶爾嘛也有兩相友好的時刻，但這種場合，大多會惹來一場可怕的災禍。

「我怎麼會來到這裏呢？」

這回，她竟偷偷地說了出來。說了之後，倒忽然觸發了一陣悲傷，促使她不禁長歎一聲。

她會來山中這一所尼姑禪寺，歸根結底就是要逃避現實，因爲在婆娑世界裏，她確乎吃過不少苦楚。江濤——那個負心人，對她的絕情令她痛不欲生，她打絕望的泥沼中掙扎過來，好容易才掙脫羈絆，斬斷情絲。

結果，江濤是離她而去了，她得來的是渾身的創傷。尤其在精神上受到的創傷更是難以療治。若悶了一陣子，她看破風塵，決心做一個與世無爭的修行者。

然而，追慕山澗溪水的小鹿，要是沒能滿足心靈上的渴望，終會變成發兇的獅子而怒吼：潛藏在她心中深處的一股強拗的靈魂，由於無從獲得預期的心安，終又呼號了起來。

「不不！我不能一輩子沒沒無聞地埋沒在寺院裏。我還年輕，我要有燦爛輝煌的未來！」

一股從來沒有過的強勁力量在她心中滋長，她厲聲嘶叫，叫了之後，才為自己這一陣可怕的呼喚驚嚇，而後又是一連串的顫抖。

誠然，黃淑華自己承認她的美貌足夠吸引異性，然而沒想到自己卻偏偏是這樣的薄命和癡情——愛與恨使她無從自拔。蹂躪了她的純情，那個負心人江濤儘管可恨，但憶起以往那一段情愛，她反覺得非常的眷戀他。江濤是唯一令他懷念的男人，好歹，跟她有過一段情，怎能叫她須臾之間忘得一乾二淨呢！自從抱著一顆創痛的心進入這所寺院裏，半年的歲月即將流逝過去，但有時候仍然難免會觸發她想起痛苦的往事。一想到自己可憐的境遇，一滴滴流也流不盡的悔恨之淚，再度打心田底處翻滾出來。同樣是住，如若擁有幾許甜美的回憶居住於這所清靜的山寺裏，那該是多麼舒意的一件事啊！倘若如此，那末或許可以像這位庵主一樣，由衷地生活在無苦無憂的日子裏吧——她想。

思索著，不知經過多少時刻了，一輪圓月高掛天空，照著樹林、院落、水池……照得滿山的銀灰，宛如故事裏的桃源仙境。水池裏照出一泓多彩的暮色：一會兒深綠，一會兒淡紅，又一會兒銀灰，以爲又變成白色了，正在猜疑，猛地仰首一看，正好一塊白雲越過水池上方而去。

她再度俯首照照水面，水池裏映出一了副姣美面孔來：鵝蛋型的面龐上嵌著的兩顆瑩亮的眸子，是多麼的靈敏而動人；眼睫毛是那麼的濃密，那麼的鮮明，那麼的富有生命力，似乎含有無限幸福前途。還有細長的眉毛、垂直的鼻樑和細小可愛的嘴巴，這一切都是上帝的傑作，連她自己也看得出了神。

一束長髮垂落下來，垂在她肩上有如一襲黑軟的披巾；那是一束保養有素的頭髮，柔滑如純絲，黑得發亮，波浪形地齊到肩上。曾經有人出過高價收購它，被她一口拒絕了，她認爲失去了它，等於失去了寶貴的生命。

可是，這一束心愛的長髮，如今也難逃過厄運了。再過幾天便是她剃度的日子，庵主月淨禪師原先說好，半年過後，便准她削髮爲尼；那末再過幾天就得剪掉它了。我捨得嗎？捨得剪去它嗎？我是不是當尼姑的料子？我眞的能拋除塵慾，誠心皈向佛門？……黃淑華雙手來回地撫摩著心愛的長髮，心中有萬千的感慨。

陡地，一片樹葉飄落池塘裏，水面上立時掀起了一陣小波浪，微微漣漪，徐徐粼動，由池心向四緣推移，逐漸擴展，逐漸消失。

水裏的倒影扭歪了，曲曲折折扭成一團。她正想伸手撈起那張葉子，剛好看見一個老尼姑蹣跚地走來；原來是七十餘高齡的庵主——月淨禪師。

二

月淨禪師是這所禪寺的住持，在前任住持的訓陶下，道行高尙，學識淵博，爲佛教界人士所崇拜的一位修道者。現在瞧見這位庵主走過來，黃淑華立刻跪下，恭恭敬敬地行禮。老尼姑一再地審視對方，然後微笑地：

「淑華，妳又在想東西啦？」

「不，師父，沒……沒想什麼。」她驚惶失措的答說。老尼姑卻詼諧的說：

「別騙我，妳臉上明明寫著剛才發牢騷的事啊！妳看，這不是！」

「……」嘟嚷了一聲，黃淑華以羞愧地雙手蒙上了面孔，手指頭輕輕按捺一下，不眨一眼的窺視著庵主的臉色。

「不用那麼緊張，」老尼姑慈愛地瞅瞅她，而後一本正經地說：「我的師父是位非常了不起的人，別人看不見的東西她都能看見，或者人家聽不見的聲音，她都聽得很清楚；不但如此，還有本領觀測天體的變化，知曉天地間的一切事物。」

「哦，這麼說……什麼事情她都知道？」

「嗯，就是小鳥的各種叫聲，也都能一一把它辨別出來。」

「哦，多麼不可思議的事情啊！」黃淑華不覺瞪大眼珠，似乎不敢相信似的瞪著她的臉。

「我年輕的時候，其實也不感到多大興趣，當時還以為是師父有點兒古怪哩；如今離別了她，見識也多了，才逐漸明白過來她說這些話的眞正意義。」

「爲什麼這樣神通廣大，師父？」

「是呀，天地間的變易，她無不知曉的。妳說奇怪不奇怪？」

「哦——！眞是不可思議。」黃淑華再度瞪大眼珠。

老尼姑諄諄不厭地對這位年輕貌美的弟子解釋著：

「我的師父說，天體之相則是萬民之心：萬民有了苦惱或不幸，上天同樣會感到痛苦。爲人類創造的安樂，一旦被人類淚水或怨尤所玷染，那時候天災地妖就會乘隙而來；而人們還沒有爲它著慌之前，我的師父早已察知那個變易了。天體之相則是人間之相，仔細觀察自己之相便可以揣摩天體之心；同樣道理，要是能夠領悟天體的實相，也就可以省悟自己的命運了。」

黃淑華眼裏放出了光輝，懇求著說：

「師父，請您也教教我吧，我多麼的想知道自己的事呀！」她想：倘若果眞能夠預測自己的前途該有多好！這個強凌弱的人間世界實在太叫她灰心了。於是她再度追問著：「師父，這個社會是專爲強者或者壞人所設的嗎？師父，請您告訴我好不好？」

「咦——？怎麼說這種話呢？這是冒瀆了造物主呀！」老尼姑嚴然地指責她。

「因……因爲在現今社會裏，弱者——尤其是女人，豈不是一生下來就給拋在厄運之中嗎？並且更令人費解的是，有些人竟能逍遙法外，根本不會受到法律的制裁，師父您說爲了什麼？」

聽了這位可愛的弟子充滿著詛咒的心聲，老尼姑確乎感到一陣憐憫。這也難怪，這位弟子受了不少委屈了。

「淑華，妳要知道，輪迴的路雖然險峻，不過，造物主——上天是會給人類這份克服力量的。強者或壞人，表面上似乎受不到法律制裁，但有一天必會受到天誅。」

話雖然如此，黃淑華仍然沒有放棄她的看法，因爲過去她的確看了不少人類的弱點了，所以這位權威的老尼姑解說得儘管有道理，她還是沒有辦法釋然。

「師父，人的命運是天生註定的吧？」

「哦，大概是吧。」

「那末師父，您不但能揣摩別人的心事，還可以測知他的未來嗎？」

「淑華，那是因爲每個人都有『命運』和『宿命』的緣故。過去，宿命和命運都被視爲是無法推翻的天理；其實，這兩者本來就是不同的東西。所謂『宿命』就是指『過去的所爲造成了現在的狀況』，而『命運』者卻指『現世的所爲造成了來世的狀況』的一種法則。因果關係便是始終循迴報應的，過去的因緣造成了現在的結果——這就是宿命了。換句話說：未來的結果是要靠現在的自己創造的，宿命的造成在於過去的因素，所以我們無能改變它；可是命運卻要靠自己現在的努力來創造。就拿妳來說吧，由於前世的因緣使妳落得這樣衰敗，但要是堅強起來的話，仍然可以創造出燦爛美麗的未來。」

老尼姑打住了話，歇了一口氣。老尼姑在說話時，黃淑華自始至終一動不動地屏息靜聽著，生怕聽漏了一句。

「師父，照您說，縱然處在何等惡劣的環境中，只要有堅強的意志都可以征服它嗎？」

「對！」老尼姑斷然的說：「過去大多數人就是太低估了自己，才會惹出許多無謂的災禍。」

「哦——師父！眞沒想到，我居然也有燦爛輝煌的未來，………」

「不錯，妳臉上的相，正告訴了這一切。」月淨禪師頷首肯定的說。

「那末師父，這麼說來，剛才我的心事您都知道了？」

「我勸妳別多想無意義的事，那將會使妳臉相改變。」

「眞的呀——！」

「當然是眞的。臉相一旦改變，命運也就跟著改變了。看起來，妳似乎還在眷戀著過去的事情，難以擺脫，應該早日忘掉它，努力於未來才好。忘卻過去的宿命，把命運的車子勇敢地駛下去吧，這就是我要對妳說的話了。淑華，妳懂得我這話嗎？」

聽了月淨禪師的一席話，黃淑華羞得面紅耳赤，久久才說出了口：

「唉，師父，眞慚愧，我是一個意志薄弱的人，懇求您給我這份力量吧，求求您！」

「只要有決心，力量便可以產生的，」月淨禪師繼續著她的話：「淑華，人要表示意向，並不僅僅單靠聲音而已，就是眼睛、眉毛，甚至一根毛髮也都有它的意向。譬如像苦勞、不安，或者牢騷，事事都會表露在人的面相上。」

「哦，哦——」黃淑華十分驚訝地望住老尼姑發獃，但對方卻不加理睬的說下去。

「剛剛說過，我那位非常了不起的師父常告訴我：人間的事件好比天然的現象，雖有春夏秋冬之分，但冬天裏也有溫暖的日子，夏天裏又有涼爽的時候；總說一句，凡事有決心便有力量，有了力是便可以改變一切，使厄運換成佳運。至於要改變命運，必須先變化氣質，改換自己的相貌，那末，命運就會自然而然地移轉了。淑華，妳了解了吧？」

說完了話，老尼姑月淨禪師像講累了課似地，閉嘴不再說下去。

夕陽完全沉落，黑暗打四周圍籠過來，周遭靜得可以，水池裏照出了一輪皎潔的銀月，把池水映得更白。黃淑華這才扶著庵主回禪房裏去。

三

日子一天天地流逝過去，黃淑華來到這所尼姑庵，不覺已有半年的時光。半載時光儘管不算太長，但在黃淑華來說，卻有半世紀那麼的長久。起初，她以爲只要躲進山寺裏來，就可以忘卻世俗的一切；然而實際上並沒有那麼單純，不僅無法忘卻，反而倍加思念。也許她不是做尼姑的料子，拋棄塵俗皈依佛門，做一個虔誠的修道者；她實在太過於關心人間世界的事物了。

事實上，黃淑華曾經委實決心過，也努力過；不過，半年下來，她並沒有眞正放棄一切。心靈仍然是空虛的。

「或許我想做一個苦行者，根本就是錯誤吧。」她自己也感到惘然。的確，黃淑華的血肉裏，有著過多對名利的慾望，她憧憬著燦爛輝煌的未來，夢想著能擁有世界上最好最美麗最有價值的東西。骨子裏，她乃是一個婆娑氣味很濃重的女孩子；朝朝暮暮誦經拜佛做一個道道地地的出家人，她的個性似乎太強烈了一點。

一天傍晚，庵主月淨禪師差人來喚她。進入山寺裏剛滿六個月，明天就是她削髮做尼姑的日子，好歹，等明天剃度之後，就是一個正眞正銘的出家人，再沒有機會回到婆娑世界去——想到這，她打心坎裏不能不惶恐起來，以致於脚步也亂了。

「請坐。」月淨禪師和藹的說，並且親自沏茶招待她。

「師父！」黃淑華那一眼感激的審視裏，仍有一份不安的神色掠過。不知這位老人家將要對她說些什麼話。

「淑華！」過了片刻，月淨禪師才徐徐啓齒：「妳來這裏有多久了？」

「半年了，師父。」

「好快，已經過了半年。」她感慨地：「還記得妳剛來的情形嗎？」

「記得的。」黃淑華輕輕頷首。

「那時節，妳一臉的憔悴，萎靡，簡直叫人憐憫。這一向可好？」

「很好，謝謝師父的開導。」

「天分極高，悟性也強，所以懂得很快。」

「都是師父諄諄教誨的結果。」

「說實在的，淑華，要不是妳苦苦哀求，說什麼我也不會收留妳這一個年輕貌美，受過很好教育的女子做弟子。妳知道，學識和美貌都是女人的武器。」

「我知道。」黃淑華坦率的說。

閉目養神一陣子，月淨禪師正襟端坐著說：

「淑華，明天是什麼日子，妳沒有忘記吧？」

「不會忘記。是我削髮的日子。」

「那末，妳眞的決心拋除塵欲，皈依佛門？」

「是的，師父，我靜待著這一天的來臨。」

「不會後悔？」

「不會……」沉思了半晌，她才答道。

「很好！」月淨禪師滿意地笑笑：「那末跟我一塊兒做課去吧，明天上午，我會安排妳的事。」月淨禪師這才緩緩起身，邁向佛堂。黃淑華默然跟在後頭。

走了一段路，月淨禪師又回首看她：

「淑華，我說過，往佛門的路佈滿荆棘，坎坷不平，不是一個軟弱的人所能走入的；這條路，表面上看來似乎很平坦，但需要有勇氣才能夠走完它。這一點料妳也知道吧。」

「是。我知道。……」黃淑華忐忑不安的點頭。老實說她逐漸厭惡了這種寂寥的生活了。吃齋拜佛，天天過著索然無味的日子，不是她所能忍受的。她的身軀裏有著更強烈的血液在流動，她需要刺激，渴望變化，憧憬著美麗輝煌的未來；因此，對月淨禪師的問題，雖然答得很肯定，心坎底處仍然免不了有一份不能釋然的意念存在。

躲進山寺裏，純粹是由於一時的衝動，然而要一輩子獻身於佛門，我實在無法做到

——她自己在心中說。

咚……

驀地，一陣鐘聲傳了過來。繼而又是一響，有如山谷中的回聲，咚………咚………咚………的鎚破了寂靜的黃昏，響徹在薄暮的黃昏之中。黃淑華彷彿被那聲音給奪去了靈魂似地打了寒戰，不覺呆立不動，良久良久………才慌慌張地追趕上去。

第二天早晨，月淨禪師再度差人來叫她。因爲太早，黃淑華不能不認爲奇怪，削髮的時間明明是定在上午十時。究竟是怎麼回事？………左思右想，她步入師父的禪房裏。

「淑華，我叫妳來是做什麼，妳知不知道？」

「不知道。」黃淑華側側頭：「是不是提早行事？」

「不是。」月淨禪師搖頭說：「我是要告訴妳可以下山回去了。」

彷彿一聲霹靂，使她愣住。有多不可思議呀！這是令人難以相信的話語。師父，她怎麼說的呢？怎麼會讓我又回婆娑世界呢？是不是我聽錯了話？不，不會，月淨禪師明明是說要我下山回去的呀。這究竟是怎麼回事？或者我什麼地方開罪了她？狐疑亂猜著，黃淑華怎麼也猜不著所以然來。卻又聽見老尼姑說：

「淑華，妳不是一個終生能夠誠心向佛門的人，妳做不到，也沒有這個必要。妳有的是美麗的前途，燦爛的未來，妳應該回到塵世去的。」

「師父，我……」

「不用再說，」月淨禪師截斷了這位與她有半年師徒關係的弟子說：「第一天，我就看出妳是應該屬於婆娑世界的人，我不忍心讓妳埋沒這山中；半載時光，我只是想讓妳多了解一點天地間的事事物物而已。從今，希望妳不要忘記所學，做一個道道地地的人。」

「可是，師父……」

黃淑華感激的想說什麼，卻又被月淨禪師的話給截斷。她嚴肅地宣佈著：

「去吧！不必爲離開我而難過，天地之間，生離死別僅不過是刹那間的事，不足爲悲；重要的，是如何拿出勇氣來創造妳的未來。知道嗎？淑華！祝妳一路風順。」

說完了話，月淨禪師頭也不回地步出房門，不見了。

黃淑華木乃伊般，不動一動。

海怒

太平洋上——

蔚藍的天空沒有半絲雲彩。陽光像金色的液汁，從空中流瀉到浩淼的大海上，波光閃熠，在海天之間，凝聚成一片渺茫迷離的霧氣。

太陽快要降落。一到傍晚，海上的黃昏又是一番景象：落日的餘暉照映在海面上，一望無際的紫黃色，光華燦爛，奪目耀眼。

這是太平洋上的一座小島。小得近乎像一棵罌粟掉落在那浩如渺茫的大洋之中，不受人注意。島上，野草叢生，濃濃密密的遮住了島，遠望過去，有如一座大洋中的草堆。

天色已晚，夕陽已逐漸被澎湃的海水吞噬而落下地平線。黑色瀰漫海上，下弦月也從海天之間緩緩上升。滿天的星斗。

小島上，一道微光倏地亮起，照出一幢破草屋，一眼便知是臨時用木頭搭蓋的草寮，四邊以樹葉做壁牆，又矮又小，一推便倒。

草屋裏，住著兩個年輕人，一肥一瘦，著在身上的衣服早已破爛不堪，而且從那破洞處，露出朱褐色的肌肉。兩個人的頭髮都長到肩膀，腮頰削瘦，滿臉鬍子，四隻無神的目光像在期待著什麼似的凝視著屋外。

海風從牆隙間鑽進來，燈芯隨風搖曳，牆上映出兩條搖幌的黑影，眞像幽靈的舞動。

「唉，又是一天過去。」肥胖的張陸說著，再度無助的瞧瞧海灘：「不知那一天才能回到家鄉。」

「可不是，我又病成這個樣子，眞虧你來照顧。」說話的是白平川，他已病得骨瘦如柴，只剩下一把骨頭，兩顆凹陷的眼窩形成紫黑色，猶如兩個低窪的深洞。

「說什麼話！」張陸責備地：「咱們是患難兄弟，既然逃到這裏來，就得同甘共苦。」他緩緩起身，把油燈提到屋裏的一隅，去爲朋友煎草藥。這件工作如今成爲他生活中的一部分。

草牆上立即印出張陸那肥臃的身影，因火光離牆很近，影子大得令人驚嚇。白平川瞧著那黑影：

「話雖然這樣，我不忍心看著你跟我受苦，如果有那麼一天，你會棄我不顧的。」

「傻瓜！可別孩子氣好不好。振作起來，專心養病，只要你恢復健康，咱們可以想辦法逃出這個島。」

「可是……我總覺得病無法治好。這裏是個無人居住的荒島上，缺乏糧食，又沒有醫藥……」白平川有氣無力的說。

張陸沒有答腔，只顧他的煎藥工作。

太陽完全落下，黑夜吞盡了大海，島上一片昏暗；只有看見一彎鈎也似的月亮放出淡薄的微光，在海波中反射出無數的銀色光線。

四周靜寂無聲，偶爾傳來的海潮聲，儼如從那遙遠遙遠的地方飄過來的。

「好啦。」張陸一手端藥，一手提燈，回到朋友的身邊。微光把白平川那毫無血色的臉龐照得更加蒼白。

「趁熱喝。」張陸說。

「謝謝你。」他接過去喝了一口，然後像有話要說似地注視對方。

「張陸！」

「唔——？」

「我……」白平川吞吞吐吐的欲言又止。

「什麼事？儘管說好啦，猶豫什麼。」

「我，做了一場夢。」

「那有什麼稀奇，我不是也常在做夢嗎？」

「我夢見了一隻船漂到這兒來。」

「唷——有這麼回事？」張陸瞪大眼睛，極端驚訝。

「你和我，拼命地划著槳，渡過太平洋，終於回到了家鄉。」

「哦，吉利的夢！咱們期望了很久了。我說過，只要有一隻船，一定會排解萬難回到故鄉的。」

「咱們說過，要同甘共苦。張陸，果眞有那麼一天，你說咱們會嗎？」

「當然囉！在這人跡未蹈的荒島上，你我都是從那殘酷的戰火中逃出來的，即使會死，也要死在一起。」張陸熱情地說。

一時間，又次歸於沉靜。倆人緘口無語。張陸抬頭望望海邊，期待著從他的視線中能捕捉船隻的蹤跡，而後又失望的收回視線。

白平川喝完藥水，幾乎有數分鐘之久，墜入沉思之中。他心裏有個問題，想說出來又生怕對方誤會；但最後還是忍不住的啓口問他。

「我說張陸，……」白平川呢喃著片刻：「要是那一隻船很小……」

「你是說，它小得僅能容納一個人？」

「是的，要是它小得只能坐上一個人，該怎麼辦呢？」

「讓你先坐呀！」張陸毫不加思索的回腔。他說了，頓時發見在朋友的臉上有股喜悅之色；但須臾間又消失了，卻聽見對方說：

「不，我不能這樣做，還是你先回去吧。」

「爲什麼？」

「因爲，因爲你年輕力壯，有燦爛的前途，按理說，就要讓你先回去才對。」

「阿川！」張陸激動地：「你家有雙親，有妻子，他們必在等著你回去。我，雖然也有父母，可是他們都還很健壯；何況我光棍一條，沒有家累，你才是應當先回去的。」

「謝謝你的照顧，張陸！憑這半年你對我的一番愛護，我也得成全你。」

「朋友嘛，謝什麼。照顧歸照顧，這是切身的問題呀！」

「你知道，我病得這個樣子，生死難卜；再說，我一個人的力量，絕不可能橫渡太平洋回到家鄉的。所以我想還是讓你回去的好。」

「不！不管如何，我要堅持我的做法。」張陸不加思索的說。

「可是……」

「不要再說了。」張陸又回絕了一句。

白平川奈何不得，只好沉默下來。

望著朋友那一身瘦弱的身子，張陸的心中有如針刺似的疼痛。他想，白平川實在怪可憐，剛結過婚就叫日本給徵去當兵，而且家裏又有父母和妻子，要是有什麼三長兩短，那該是多麼的不幸。如今，他病得如此嚴重，萬一死在這島上，我這做朋友的怎能向他家裏人交代？無論如何，我得犧牲自己成全他，讓他能夠早日回去團圓……想著想著，張陸獨個兒踱出屋外。

海灘上平靜得像磨過的一樣；平滑而光亮。朦朧的夜色是神秘而美妙的。海上被一層霧蒙住，成爲一片紫紅色，一層層、一片片的漾開。

眞是美麗極了，要不是身被捆在這島上，張陸可眞要好好地欣賞它一番；可是一想到目前的處境，又不能不爲自己的前途感到黯然。不知何時才能有機會回故鄉，因爲這裏是浩如渺茫的太平洋之中，誰也不曉得他們倆逃到這孤島上來，倘若沒有人來救助，就像這島上的草木一樣，不就在島上了結一生成爲灰土嗎？多麼可怕的事啊！他不禁打陣寒顫。

於是，他回想已往的一段暗淡痛楚的日子。他和白平川都是在民國三十三初被日本徵來的「志願兵」，雖說志願兵，其實是半強迫性質，他們被送到南洋來，在人跡未踏的叢林間，轉戰再轉戰，踏上泥沼，穿過密林，日以繼夜的和盟軍作對，糧食沒有了，子彈也用光了，病的病、死的死——日本在各地戰線，節節呈現頹勢，處處打著敗戰。他和白平川就在這種情況下逃出來的。剛來的時候，小小的島上除去亂草什麼都沒有；沒有房子住，沒有東西吃，而且疾病猖獗，令人害怕。於是，他倆和風雨搏鬪，和飢餓搏鬪，和病魔搏鬪，不覺中，三年的歲月就這樣流逝過去了。現在憶起那一段痛楚的往事，張陸在心中有無限感慨。

「啊——多麼的期望能獲有一隻船！」張陸瞧望海上，熱切地自言自語。

一天傍晚，狂風大起，呼呼刮過太平洋，幾乎要把島上那座木屋吹倒似地兇猛；頃刻間，一陣隆隆雷聲響，巨大的雨點像萬千的亂刀在廝殺，繼而掉落在狂捲的海面上。暴風雨又來襲了！熱帶的太平洋上經常都有暴風雨來臨，而這似乎是較大的一次。

烈風瘋狂地撲擊著大海，海面上掀起了洶湧的浪濤，浪水在岩石上摔碎，迸出白閃閃的水光，打個迴旋，又洶湧地奔越過去，一會兒又衝撲過來。那的確是叫人驚嚇的暴風雨，尤其在大海中的孤島上，更是令人恐怖。張陸收回視線，關緊門扇，踱去白平川的身邊。風從門縫處刮進來，燈光挠盪得好厲害。

「呼呼，好冷呀。」搓搓手心，他鑽入睡窩裏。

「怎麼樣？海上荒不荒？」

「荒得很哪！風雨好大！」

「唉，」白平川搖首歎息：「看樣子，咱們又得花上幾天工夫修理房子了。」

第二天早晨，風靜浪平，海面上靜得簡直瞧不出剛有颱風刮過。此時，海水是皎潔無比的蔚藍色，海波平穩如清晨的西湖，偶有微風，吹起了絕細絕細的千萬個柔軟的小漣漪。

張陸走出木屋，立在海灘上朝四方眺望。當他的視線集中在不遠處的一點時，不由得尖呼一聲。

「船?!」他不相信自己的眼睛，於是跑過去瞧個究竟。約莫在一百多公尺的海灘上，好像有一隻小船給沖上岸來，他挨近去，才證實了他的眼睛並沒有瞧錯。船，雖然很小，卻很意外的沒有絲毫破損。

這是天佑！張陸想，他們期望已久的夢就要實現了。哦！多麼令人興奮啊！他高興得近乎發狂。

他歡天喜地的跑回木屋，喊著：

「阿川！有船了，有船了！」

「船！」白平川倏地坐直：「什麼，你說咱們有隻船了？」

「就是！我親眼看到的，」張陸手舞足蹈的：「在不遠的沙灘上。」

「哦——太好啦！謝天謝地，咱們得救了。」

「得救了！得救了！咱們眞的得救了！」

「張陸！快點兒扶我出去，咱們倆一起回去。」

「不！」張陸猛搖頭：「我不能帶你去，我要把你留在這兒。」

「什麼——？」白平川感到意外，愕然失色地注目著對方發愣，幾乎有一分鐘之久才開口說：「那，是爲了什麼？」

「船太小，坐不上去。」張陸扳起臉孔。

「哦，天哪！」白平川猛抓住朋友的手：「你不是說過要同甘共苦，即使會死，也要死在一塊兒嗎？」

「不錯，我說過。可是船太小，沒辦法。」

「哦，張陸，張陸，你忘了你的諾言？你說過，要是有這麼一天，會讓我先回去。」

「我也想活呀！」張陸仍是一派冷峻的表情。

「求求你！你帶我去吧，張陸！我會報答你的恩情。」白平川幾乎哭出來。

「不行，船是我發見的，我有權利。」

「求求你！張陸，你讓我先走，我家有父母，有妻子，他們在等著我回去，我要回去看看他們。」

「我就沒有父母？再說，你身體虛弱，回不了家的。」

「我可以，張陸，我回得了的。」白平川的乞求變成了淚聲：「你，你就讓我先走吧。」

「不行，放開手！」

「不，我不放。」

「不放開，我就要踢你啦。」

「踢吧，絕不放手！」

兩人就這樣你推我拉的爭鬪起來，張陸體健力壯，不費多大力氣便把白平川推倒，猛朝海灘奔過去。

「張陸——，等一等，請不要拋棄我，不要拋棄我！」

白平川拼命地追趕過去，但力不從心，跑幾步就跌下去。他爬起來又跑，再跌下去，又爬了起來……

張陸已經把小船推進水裏去了，白平川趕過來，抓住了船尾。

「把手放開！」

「我要跟你一起走。」

「放開！」

「不放！」

「好哇——」張陸舉脚狠狠地踢過去，白平川跌了個踉蹌掉進水裏，翻滾了幾次，口裏喝了不少海水。白平川掙扎著爬上來喊道：「帶我去，帶我去，求求你，求求你……」

張陸沒有理他，躍身跳上船，握緊木槳開始划。眼看著對方就要離去了，白平川使出渾身力氣，死命地追過去，終於又攀上了船舷。

這時，突起一陣大風，接著晴天一聲霹靂，須臾間，豆大的雨珠霹哩啪啦落下來。熱帶性的驟雨又侵襲海上了，不一會兒工夫，狂風怒捲，換成了另一個世界。

獷悍的風瘋狂般地刮一陣歇一陣，越刮越緊，越刮越強烈。海水被風掀起捲捲的白浪，直向小船衝來，近乎要把這隻小船沖沉。白平川爬上船，企圖奪取張陸手中的木槳，他渾身溼漉漉的像個幽靈，歪歪扭扭衝著對方迸過去；於是一場死鬪又展開了。

一陣擺動，船隻險些兒沒翻到。

「好哇！要你死！」張陸的臉上有一副猙獰的微笑，他已經變成一匹可怕的冷血動物。

「我也要你死！」白平川不甘示弱：「你是魔鬼！」

「我是魔鬼，你是死鬼。我要殺死你啦！」

「你敢！」

「怎麼不敢！」話剛說完，張陸的雙手飛快地抓在對方的頸間，用力扼住。白平川想掙脫，卻掙不開，口中直噴白沫，眼上冒花。

「呀！」

驀地，一聲叫喊，只見一條瘦長的身子在空中打轉，隨即腦袋向下的掉入怒海之中。張陸失神地凝視著他的患難兄弟在水裏掙扎，但沒多少工夫，終於不見了。

「哼，討厭的傢伙！」他泛出一絲勝利的冷笑，然後不屑一顧地回瞧了一眼，繼續划船。

狂風沒有減去它的威力，仍是鬼嘯似地吼著；傾盆的大雨，不斷地落個沒停。捲捲的波浪來勢洶洶，如青峰百丈，如峭壁千仞，一重接一重翻滾過來；而荒海中的小船恍如一張漂泊不定的小葉子，隨流飄盪，隨時都有顛覆的可能。張陸渾身溼漉，分不出是水還是汗，他早已精疲力竭，兩隻胳臂麻得不能動彈，臉上沒有一丁點血色。

冷不防地，一股大浪朝他衝過來。他來不及防備，也沒法躲開，「噯呀！」一聲狂呼，連翻帶滾的掉入海裏。他掙扎著，企圖再度上船去，但軟綿綿的身體竟拿不出一點兒力氣，意識也逐漸模糊了。他想喊，卻由於過度的恐懼而喊不出聲音；他想游，但麻木的胳膊卻不聽指揮，喝了大量的水，終於又沉沒了下去。

在朦朧的意識中，他想起了家，想起了父母，想起了故鄉的人，也想起了剛才被他推進水裏的白平川……

猝然間，又是一股大波浪！只見張陸那個肥臃的身軀給拋得好高，旋即從半空中又給摔了下來。他的身子在水中翻滾數次，很快就被吞入海裏去。

傍晚時分，海上恢復了原狀。沒有人曉得這裏曾經發生過什麼事：包括一隻小船，兩條性命，以及一個小小的故事。

阿K和他兩個兒子

阿K跟阿Q是同一個人嗎？不，絕不是。他們倆素昧生平，出生的時代亦所不同。阿K乃是臺灣產的阿Q，他是個老古錐，不僅言談行動滑稽可笑，有時候還會令人覺得挺可愛呢！因此，人們奉獻他一個絕妙的綽號——阿K。他就是這位七十老人張啓寶先生。

一

阿K一大早便在住家的裏裏外外來回走動，看看有沒有東西遺失，這兒摸摸，那兒瞧瞧，把眼睛瞪得像兩顆龍眼一般大。這是每天的例行工作，三十年來的習慣，除非不得已他不會放棄。難怪囉，阿K曾經丟過東西嘛，尤其是那些心愛的古董丟得叫他實在心疼。

（都是那個死囝仔幹的好事！）

阿K罵的是他大兒子嘉敏。四十來歲的人了，還是那個樣子，整日迷戀在牌桌上不奮發圖強，不管妻兒的死活，把家弄得烏煙瘴氣；於是乎，家中的古董便一件件的遺失了，查究起來都是他大兒子偷去賣的。

（哼！下次再讓我發現，不打斷他的狗臂才怪！）阿K嘟喃著走出了庭院。

這幢古厝，經年累月的風吹雨打有了些破損，再加上家中乏人管理，看起來很老舊，但是一眼便知很有氣派，在數十年前是相當堂皇的一幢房屋。聽說阿K的父親是土匪，這一帶的惡霸，民國初年間搶過不少鄉民的財物，這幢房子就是那時候興建的。究竟眞相如何不得而知，不過老一輩的人都這麼說。

房子雖然破舊，一幢幢建在庭院中的高樓大廈倒是挺新的，相形之下恰好成爲鮮明的對比。這些新建樓房並非阿K所有，原來是別人買阿K的土地所建的房子，把寬闊的空地佔去了四分之三，僅剩七十餘坪留作出入的場地罷了。近十年來，阿K賣掉了不少土地，原先寬寬敞敞的院落也隨著一塊塊的割售而僅剩麻雀的眼淚一般少，起初，高朋滿座的張府也隨著家道中落而日趨蕭條；如今到阿K家來的人，不是買賣房地產的掮客，便是一些好奇的年輕朋友。

（唉唉，沒法子嘛！兒子不可靠，只好賣地養活自己啦。）

阿K又歎息又搖頭，對他那兩個沒出息的兒子感到莫大的失望。他何嘗不想將祖先的產業留住？割賣一塊土地等於是割掉了身上一塊肉嘛，誰不疼？但是沒法子呀！兒子不上進，做老子的就要受苦了。儘管「養兒防老」的時代早已過去，然而做兒子的或多或少都得關心父母的生活起居啊！這是兒子的義務，在任何時代均應如此。

提起他兩個兒子，阿K皺起了眉頭，在那紅潤的面頰上浮出了幾道皺紋，眞是煩透了他老人家哩。就說大兒子嘉敏吧，他最大的女兒也快要二十歲的人了，仍然是遊手好閒，無業遊民，專靠變賣家裏的東西來度日。這像什麼體統嘛！眼看著他自己的兒女一天天長大，難道他還能無所事事嗎？何況家中能夠變賣的東西也幾乎都被賣光了，往後的日子究竟要靠什麼來維生呢？想到這，阿K不能不爲他這個不爭氣的兒子感到難過。

（算了，想它幹麼。一枝草一點露，好歹總會熬過去的，總不致於餓死吧。哼哼，該死的傢伙！）

阿K憤憤地罵出口來，當他跨上石階正要走進大廳時，恰好與他大兒子碰個正著。

「唉唷，幹什麼嘛！冒冒失失的。」

「對不起！阿爸，我不是故意的。」嘉敏連忙叩頭道歉。

「哪兒去呀？」

「拜拜。」

「又要去了？」阿K的目光立刻捉到他兒子手上的包袱：「手裏帶的是什麼東西？」

「紙錢嘛，還有線香和火柴。」

「拿過來看看。」阿K間不容髮地把兒子手上的包袱搶過來打開檢查，這才舒了口氣。甭說，他是怕嘉敏再偷取古董去賣掉。

「你這樣每天風雨無阻的去求神拜佛，有靈驗嗎？」

「不知道。」

「怎麼不知道？」阿K說：「看你有沒有中過獎嘛。」

「只中了幾百元而已。」

「哈哈，那你何必這樣辛苦呢，這裏到舊社來回也要一兩個鐘頭吧？」

「沒關係，反正沒事做，我要誠心誠意去求神明保佑，使我中上一百萬。」嘉敏回答得理直氣壯。他不耐煩地從老爹手裏拿回包袱，掉頭便走了。

「嘖！沒出息！不好好打拼做事，還想靠神來發橫財。」

阿K不屑一顧的投以白眼，心中有些許的不悅。他曉得嘉敏每天早晨去媽祖廟求神拜佛的事，十多年了，每個月買了愛國獎券就往舊社的媽祖廟去許願，求神保佑能讓他中獎發大財。可笑呀可笑！世上哪有不勞而獲的事？假若這樣能行得通的話，這個社會豈不是就沒有人願意要工作嗎？無聊！愚昧！糊塗得可以！——阿K嘲笑著說。阿K知道他跟兒子之間毫無情感可言，他常聽說人家的兒子是多麼的孝順，而他兒子對他卻連起碼的招呼都不曾有，其他的事更甭講了。眞沒想到橫在他們父子間的隔閡是如此深，這麼難以溝通。或許他們是不應該出生在這個世界上來成爲父子的關係吧，若果說這是上帝有意的安排，那他們必定是前世的罪孽該有多深。

想著想著便繞過通道走出了後院，他看見大媳婦在後院晾衣服。身材雖小但她卻顯得好懶散，顯然是被長年的生活苦所拖累的，要不是嫁給這麼一個倒霉的丈夫，她應該是更年輕、更美麗、更有活力吧，哪會像現在這樣的萎靡不振。阿K很同情大媳婦的處境而極想助她一臂之力，不過他實在有不得已的苦衷，況且每見大兒子的作爲，他就不得不打消對媳婦的同情；因爲，阿K擔心一旦嘉敏知道他老子在暗中幫助媳婦，可能會助長兒子更多的依賴心。另外，他怕在有生之年將祖產坐吃山空而斷去生路，也是原因之一。突然間，一個念頭湧現在阿K的腦子裏，他本能地想起了一件事，便快步跑去古董室看看。

古董室擺了不少古玩和字畫：乾隆年間製款的「人物山水瓶」、「山水大文瓶」，嘉慶年間景鎮茂記生造的「麻姑獻壽造像」、「白瓷彩繪美女九宮盤」、「五倫玉碗」等等；還有日本的銅器類，如「龍鳳壺」、「福神」等等。尤其是一對「乾隆窯玉珐瑯彩盌」更是珍貴，它的高度有六點八公分，重量有一一五公克，口徑是十四點七公分，極薄，相當於半脫胎，色彩頗爲艷麗，另一面有墨字題詩。在字畫方面大多是日本人的作品，如「本歌川豐國」的畫，「江馬天江」的詩和筆墨等等。江馬天江是日本江戶川幕府時代末期的人，名聖欽，通稱正人，擅長詩、書法和繪畫。這些珍貴的古玩和字畫均是他祖先遺留下來的家寶，有的是後來阿K他自己新添購的，總共有二十來件之多，經他細心整理和保存，數目非常可觀。他一件件次序的拿起來玩賞一番，不由得露出滿足的微笑，這些古董可以足夠證明他阿K在本地是屬一屬二的富家，因而使他感覺很有體面。

不過，這些心愛的東西最近這幾年少了許多，要不是他那沒出息的兒子偷去賣掉，還不止這些數量哩。想及此，阿K心疼得難以抑制心中的忿懣。

昨天下午的事兒，當他正在午睡時，從古董室傳來了一陣微微的脚步聲。

(有人偷古董！)

阿K下意識的跳起來，披上衣服就往古董室跑，只見嘉敏手裏帶著一包東西慌慌張張的溜出來。

「等一等！手裏拿的是什麼？」

「是……那個……」嘉敏結結巴巴的答不上來。

「是古董吧？拿過來！」阿K嚴厲的申斥一聲，伸手要奪去包袱。

「不行哪，我……」

「怎麼不行！古董是家寶，怎麼可以賣掉。」

「沒辦法，我沒有飯吃呀。」嘉敏說了兩句便一溜煙似地逃跑了。

「等一等，喂喂！阿敏，等一等嘛！」

阿K追了兩三步，但是由於年事老邁，眼看著他像脫兎般地跑掉了。想起昨天的事，阿K就會打心底氣昏，也叫他心疼不已。奇怪？古董室明明是鎖著的，爲什麼能打開呢？爲要保護這些古物，他特地去打了支堅牢的鎖頭來鎖住它，那麼嘉敏怎麼進去的呢？是不是趁著他不在時偷去鑰匙？阿K只好自認倒霉了，看樣子今後還得更加小心才好，否則叫兒子給賣光怎麼得了。嘉敏這個兒子爲要養活妻兒，竟然做出偷鷄摸狗的勾當可眞叫他寒心。

「老爺，吃飯了。」

一聲招呼打斷了阿K的思路，回頭一看是秀花來喊他吃飯的，秀花是阿K一個遠親的女兒，自從嫁人之後爲生活才到張府來幫忙，已經有三年之久了。她長得挺不錯，婷婷的身材，美好的臉孔，一眼便知她是頗有教養的，雖然在困苦的環境中長大，卻沒讓她失去應有的節操，凡是屬於她自己分內的工作都能辦得清清楚楚，理得井井有條。阿K就是看上了這一點才特地請她來幫忙的。阿K的太太體弱多病，長年與病床爲伍，早已不過問家事了，家裏的雜務均由秀花來料理。秀花這麼能幹，阿K豈會輕易放過她呢！

何況他是有名的老不羞，早就對秀花想入非非，只苦於無隙可入而已，因爲秀花的舉止凜然得叫他無從侵犯。

（瞧著吧，有一天我阿K一定要佔有她。）

望著秀花那渾圓的臀部隨著步伐一擺一動，阿K心忖著要如何來使她就範。阿K雖然年紀已老，臉色倒挺紅潤。這也難怪啦，他天天都打荷爾蒙針，使他不僅臉上的皺紋不顯著，就連老人們常見的雀斑也隨著消失。他自認是老青年，對異性有極高的興趣，曾經玩過的女人至少有一打之多，直到對方的肚子膨脹了就給些遮羞費打發過去。秀花的麗質天生怎能逃得過阿K的魔掌？對她，阿K是垂涎三尺，躍躍欲試的。

阿K的飯桌上除了秀花做的菜肴之外還擺了幾樣可口的食物：諸如肉鬆、肉乾、罐頭之類的東西，這些食品均是他的「私菜」，別人碰不得，就是他的老妻也不例外。現在他正在用早餐，忽然發覺萬豐躲在門口處偷看，淌得滿身口水，好像餓了兩三天沒吃過飯似的模樣令他一看就生厭。萬豐是嘉敏的老么，一個瘦巴巴的孩子，阿K對孫子們不但沒有感情反覺得厭惡，將他們視爲眼中釘從不去關心過。

「去去去，有什麼好看！再不走就要把你吊起來唷。」阿K揮手趕他，眼睛瞪得好大。

萬豐像隻蒼蠅，拔腿便跑了。

二

阿K還在用餐，有人來找他。

「阿啓兄，在吃飯嗎？」

阿K探頭一看是房地產的經紀人黑龍，他們之間很熟，阿K的土地都是由他來介紹賣出去的。

「什麼事？一大早就閒不住。」阿K挾了塊肉乾丟入嘴裏咀嚼著。

「好消息好消息，阿啓兄，有人要出高價買你的地哪。」黑龍邊嚷邊走進來，撿個座位坐下。

「買我的地？」

「是啊，一坪五萬元，價錢很不錯吧。」

「我不賣。」

「咦——？這麼好的價錢哪裏去找。」黑龍頗感意外。

「還有錢用，何必急著再賣呢？」

「噯呀，機會機會啊！下次想要賣就沒有這麼好價錢囉。」

「不賣！」阿K斬釘截鐵地說：「等用完錢再來，要不然這麼多錢我也保管不了呢。」

「存入銀行生利息不錯嘛，或者借給民間利息更高。」黑龍不死心的鼓動不已。

「不行，」阿K嚥下嘴裏的食物：「民間太危險，存入銀行嘛雖然安心但是利息低又怕貶值，實在划不來啊。」

說著又撥了一口飯慢條斯理地咀嚼起來。阿K吃起飯來眞夠意思，一嚼一嚼的像在磨蹭時間，也似在品嚐食物的可口，細細地嚼，慢慢地嚥，雙頰鼓得嘴裏彷彿含了兩顆桃子，隨著咀嚼一會兒鼓脹一會兒凹陷，令人看了會覺得挺古錐。

阿K說什麼也不答應，害得黑龍苦口說服了半天都談不成，只好斷了這個念頭。其實，阿K堅持不答應的原因不僅這些而已，更擔心一旦他身邊有了這筆錢就得處處預防被兒子偷去。這種事情發生了數次之後，阿K已經有了高度的警覺性，除非不得已，他不會輕易將土地換成現金放在身邊的。

這宗生意做不成，黑龍有點失望，正要回去卻看見秀花進來報告說：

「老爺，有位周先生來找您，我請他在客廳裏坐。」

「好好，黑龍你去看看是誰來了。」阿K交代好，又繼續吃他沒吃完的飯。

黑龍走出客廳一看，原來就是服務站的主任周先生。周主任剛調來不久，對本鄉的人事還不熟，但是黑龍在社會上混得不錯，早就認識他了。

「周主任您好！我是黑龍，還認得我吧。」黑龍很慇懃的招呼客人。

「認識認識，你是有名的經紀人，誰不認識？」周主任握手招呼一聲：「你好！」

「來找張啓寶先生有事嗎？」

「不不，沒事。我是特地來拜訪的，張老先生不在嗎？」

「在在，他正在吃早餐，馬上就來，請您稍候一下吧。」

互道寒暄之後，坐下來閒聊。

「聽說張老先生將近七十歲，仍然很風趣。」

「是是，大家都叫他阿K，是阿Q的諧言，意思就是風趣、滑稽、可愛。」

「哦——是嗎？」周主任聽得津津有味，對這位尚未晤面的風趣人物頗感興趣。

正在閒聊，這位話題人物終於出現了。烏黑的頭髮、紅潤的臉孔、健朗的步伐……怎麼看也不像是七十歲的高齡老人，周主任趕緊起身問好，對這位近乎傳奇性的人物有份掩不住的驚訝。

「張老先生，您好！」

「來來，失禮失禮，讓你等這麼久。」阿K世故的招呼說：「坐坐，請不要太拘束好不好。」

阿K坐下來，伸手拿了桌上裝有香煙的罐子上下搖了幾下，抽出了一支新樂園請客人。這是他一貫的作風，每當客人來訪的時候，他就習慣地把桌上的煙罐拿過來上下搖了幾下，看對方的身分來請煙：譬如縣議員、鄉長、代表等有頭有臉的人物，請的就是長壽煙；如果是普普通通的人就請新樂園，再低一級的，那就要請他們吸嘉禾了。他的煙罐裏裝有三種香煙，完全是視對方的身分，分等級來請煙的。

「阿啓兄，我來介紹。這位是本鄉服務站的周主任，剛來不久。」黑龍自告奮勇的介紹。

「什麼？是服務站的主任？噯呀眞糟糕！怎麼不早說呢，請錯了煙啦。來來，對不起對不起，周主任，再換一支。」阿K眞後悔剛才沒問淸楚就魯莽地請了支新樂園。他以爲這位不速之客是普通的來客，哪裏知道他就是赫赫的服務站主任，是極有權勢的；於是他趕緊又抓起煙罐搖了搖，抽支長壽煙來遞給對方。

「沒關係沒關係，新樂園也不錯啊。」周主任客氣的答腔。

「哈哈哈，實在不好意思，眞是有眼不識泰山啦，哈哈——。」

阿K的確後悔不已。在他的眼中，服務站主任的職位是相當有權勢的，可以影響鄉內各階級人士的動向，能夠認識他進而能跟他交往是最好不過了；因此，對於剛才的粗心大意阿K很在乎，不過後悔已來不及了，只好以哈哈笑聲來掩飾心中的尷尬。

「我叫周宗毅，請多指敎。」周主任遞張名片。

「啊，好好好，我也有名片要給你。」阿K打開抽屜摸出名片遞給對方說：「這上面印有我的頭銜。」

周主任接過來一看，名片右角上印有三行文字：第一行寫的是「臺灣民謠歌王」，第二行是「臺語流行歌權威」，第三行是「臺視五燈獎得主」。這三行赫赫的頭銜以顯目的紅字印上，不由得令周主任以詫異的目光瞅他，而對這位七十高齡的老人不能不重新估價一番。

「眞是了不起啊！」周主任豎起大拇指稱讚一聲。

「可不是我亂蓋的，當時啊，我在年輕的時候被日本人管，我還照樣唱臺灣民謠，日本人也不敢對我怎麼樣呢。」

阿K講的是事實，不過當時並沒有禁唱臺灣民謠。阿K繼續說：「我參加過多次的歌唱比賽都得過獎，縣長林鶴年還跟我握過手誇獎我哪。」

阿K說得很得意，似乎陶醉在當時令他稱心的事件之中。他說他曾經跟縣長握過手一點兒不虛假；不過，那是林縣長爲要推展他自己作曲的縣歌所舉辦的全縣性歌唱比賽。那回，阿K是毛遂自薦中途才臨時加入了比賽的，由於他唱得挺賣力，並且在參加者當中年紀最大才引起縣長的注意，特頒一個精神獎以資鼓勵。

周主任當然不知道當時的眞相，聽了阿K笑容滿面的講得洋洋得意，也被他那份自命不凡的喜悅感染，他說：

「我知道。我聽說過，所以今天才特地來拜訪的。」

「眞的嗎？那很好！我阿K可眞是名震四海哩。」阿K喝口茶水將膝蓋挨近去，說：「還不止這些哪，我阿K在七、八年前還上過電視，參加臺視的五燈獎節目得了最高的五燈獎哪，你看！這裏印的是『臺視五燈獎得主』，有沒有？」他指著周主任手上的名片：「就是這個，就是這個，有沒有？」

「嗯，有有，印得很淸楚。」周主任佩服地隨聲附和著。

「當時呀，我是六十二歲，報名參加臺視的五燈獎節目，唱了一首『丟丟銅』，五名評審員中有四名給了我五個燈，轟動了全省的電視觀衆，你知道不知道？」阿K一時興奮，忍不住的起身比手劃脚一番，恨不得再把當時的情景呈現在周主任面前。

阿K講的也並非虛言，他確實得過五燈獎。不過，眞實的情形是臺視當局顧念他年紀雖大卻勇氣十足，才破例送給他五個燈的；否則，憑他那付破鑼聲連拍子也把握不準的情況下，不要說五個燈，就是三個燈也拿不到。現在，時代是進步了，觀念也不同了，老人參加各項比賽的機會也愈來愈多，但是十年前，敢站在衆人面前表演的老人並不多，阿K是個特例。

據說，臺視當局爲這件事曾經遭到各方面的批評，而觀衆來信指責的也有數千之多，非議的焦點是：應不應該給予五個燈？大家一致的認爲臺視當局不應該破格給獎而失去立場。然而，這些爭論對阿K都不關緊要，他成天陶醉於五個燈的美夢之中，哪裏曉得他的五個燈竟會給臺視惹來了這麼多麻煩。於是乎，名片上又多了個頭銜啦，曰：「臺視五燈獎得主」。唉，阿K眞是害人不淺啦。

「眞了不起！」周主任頻頻點頭稱讚。

「阿啓兄，乾脆唱幾首給周主任聽聽好啦。」是出於眞心還是揶揄，黑龍竟然在一旁幫腔了，他倆是多年的朋友，黑龍最淸楚阿K的脾氣，很了解阿K的個性，在這種場合只要對他奉承幾句，阿K馬上就會樂起來。

「好好，沒問題，我來唱幾首給你周主任欣賞欣賞也好。」

「不不，我看改天再來欣賞也不慢。」

「噯呀，周主任，客氣什麼嘛。」黑龍插嘴說：「阿啓兄正在興緻勃勃，就讓他唱個痛快吧，何必阻止呢，其實啊也阻止不了的。」

「我是怕他老人家勞累。」周主任是出於關切。

「不累不累，」阿K興高采烈的：「我怎麼會累？一提到唱歌我就精神百倍哪。來！我先唱首『補破網』好啦。」

說罷，阿K嗯一聲淸淸喉嚨便唱了起來。

補破網這首歌周主任他也挺熟，他對音樂懂得了些，欣賞歌唱也不差，一聽便知道好壞。他認爲阿K的歌唱平平，沒有特殊之處；聲調平淡，節拍不太準確，更無技巧可言。老實說在未聽歌唱之前，周主任對阿K過去所擁有的一切殊榮很感好奇，甚至還有點羨慕之意；然而這麼一聽不但令他失望，對於剛才阿K所講的一切誇耀均變成吹牛了。這份心態的轉變來得急促，急轉直下，像洩了氣的皮球，一下子洩得軟癱癱。

一曲唱畢，阿K喘口氣，急忙問：

「怎麼樣？好不好？」

「好，眞好。」周主任豎起大拇指。他知道這是他應有的禮貌，雖然是違心之語，但是不忍心給對方澆冷水。

「我再來唱首我的招牌歌曲好啦，丟丟銅。」

接著，又是一連串的破鑼聲，周主任不想聽也沒法子，只好忍著性子聽完。這首歌不愧是阿K的招牌歌曲，果然比「補破網」好，尤其是唱到「丟丟銅」三個字時把「丟」字多唱了幾遍，效果不錯。

（這種成績，頂多是三個燈，臺視怎麼那樣子大出手呢？）周主任在心中忖度著。

唱完，周主任給予掌聲敷衍，正要起身告辭，阿K挽留他說：

「等一下。我蒐藏了許多唱片都是世界名曲，要不要欣賞？」

「謝謝您，我改天再來好啦。」

「那這樣子好啦，我拿出來給你看看。」

阿K搖擺屁股雀躍地跑進去，小心翼翼地抱出一大疊唱片來。

「喏，你看，這麼多這麼多。」

周主任原以爲那是像「藍色多惱河」一類的名曲，誰知擺在他面前的唱片全都是「雨夜花」、「心酸酸」之類的臺灣民謠歌曲。

（眞是個名不虛傳的老古錐，可愛得叫人莫名其妙！）周主任由衷地露出微笑。

三

阿K躺在床上翻來覆去，久久未能入眠；一股悽惶的情思，就在凄切與迷惘之中難以抑住。那可惡的春天，似是在空氣中散下了痲醉劑般，使他頗覺昏悶惱人。他起床無精打采地走到窗邊，伸手推開一扇窗子往外看，佈滿了小星的深藍色天空，不期闖進了他的眼簾，就像從星光中飛下了一股令人欲醉的東西般使他迷惑。

夜色已深，清輝玉潔的月娘由東方緩緩升上，高高掛在蔚藍如碧的蒼穹。滿天的星斗齊射光芒，一瞅一瞅地像清水中的魚鱗，不住的開閉，不住的生滅。

（是多麼寂寞而無聊的夜晚啊！）

阿K長吁短歎，又回到床上躺下來，怎麼也抑捺不住湧現在心中的一股惱人的情慾。

這樣的夜晚曾經也有過不少次，每當這種場合，他都盡力克制使它平靜；但是有些時候卻是不管用，任他如何努力仍然無濟於事。遇到這種場合，多半是花錢解決的。

（有什麼辦法嘛，誰教我老婆體弱多病長年臥床！）

不過，今晚倒是異乎尋常，是過去所鮮有的情況。可別小看阿K已是七十高齡囉，這方面的精力他挺旺，比年輕人毫不遜色，或許與他經常打賀爾蒙針有關吧。

阿K望望牆上的掛鐘，是十點零五分。這個時候，秀花應該是就寢的時刻了。突然間，秀花那一身秀麗的影子旋風似地出現在他的腦子裏。一個念頭，他一骨碌從床上彈起來，急忙地穿上衣服，一聲不響地從房裏溜了出去。

外面夜色沉鎮而且溫和。天空中那輪晶瑩明澈的月娘斜掛在林後，射出一層銀色的光輝。斜長的樹影黑越越地橫在地面上，亮的地方青草現出嬌嫩的翠色，柔軟得好像絲絨一樣。

阿K躡手躡脚的穿過中庭朝秀花的臥室走去。秀花的房間，燈光還亮著，顯然是還沒有就寢。她愛書，一閒下來就看，似乎有永遠看不完的書；小說、散文、益智之類的書，只要是白紙印成鉛字的，她都會熱心去閱讀，此刻可能也在看書吧。對秀花，阿K早就想入非非了，躍躍欲試就是沒有適當的機會；不過，秀花這個女人挺特殊，她身上彷若有凜然不可侵犯之處，否則終日與阿K之流者相處多年，怎能如此安然無事呢。

現在，阿K快摸到秀花的閨房來了，就在這個時候，他出其不意的發覺有個人影鬼鬼祟祟的爬在窗口窺伺。

（咦——怎麼回事？）

阿K以爲是自己的老花眼有毛病，站住脚仔細看準，沒錯，確乎有人在窗口探望，而且那個人竟然是像他的兒子嘉昇。

（是嘉昇？豈有此理！他怎麼會跑來這裏。）

阿K挺起腰來，氣呼呼地邁步過去要興師問罪。此刻的他不再是往日那個老古錐的阿K，他早已忘了自己來此地的目的，宛如一個執法無私的警伯大人在取締不法的人。當他挨過去證實那個風流鬼的確就是嘉昇時，阿K他心中的一把火再也無法控制了，過度的氣忿使他連話都說不出。

（這個死囝仔！居然也在動秀花的腦筋。）

嘉昇還不知道他的老子在他背後，只見他專心一意地從窗口往裏望，整個人像具殭屍不動一動。說嘉昇有多怪就有多怪，經常腰後垂掛著一條髒兮兮的毛巾，穿木屐，頭戴遮扁圓帽的一身古怪打扮，怪不得人家見了他都要罵聲「神經病」、「怪人」。據說這身打扮在戰前的日本挺風行，它是「浪人」的象徵，在日本幕府時代浪跡天涯的武士或無業遊民，以及沒有考取大學而失業在家的學生都喜歡此種打扮。然而，這裏是自由中國呀，咱們是道道地地的中國人，何必如此怪模怪樣的裝束呢？唉，荒唐荒唐，眞是瀉衰人（即丟盡了臉之意）！連阿K也看不慣他自己兒子的作風哩。

現在，那個怪人兒子就在眼前，莫怪他老子要發火了。

「喂喂，幹什麼！」阿K拍拍嘉昇的肩膀。

嘉昇嚇然地回頭一看是他父親，臉色頓然大變，十分難過的樣子。

「過來。」爲了不驚動秀花，阿K把兒子拉到角落去降低聲音問：「你在這裏偷偷摸摸的，究竟打什麼主意？」

「我、我……」嘉昇一時發窘，十分尷尬。

「你是來偷東西？還是另有企圖？」明知故問，是故意要套出對方的話。

「不不，我只是……」嘉昇連忙否認：「我只是要……」

「要做什麼！來偷看？嘉昇，偷看是羞恥的行爲，你知道嗎？尤其是偷看女人的閨房更是可恥。好啦，我問你，你是不是對秀花有意思？嗯——？」

「……」嘉昇不響。

「你說呀！對秀花有企圖，是吧？」

「我沒有。」一副頗不服氣的神態。

「沒有？那麼三更半夜的跑來是怎麼回事？甭騙我啦，嘉昇，你是我兒子嘛，屁股有幾支毛我都清楚得很。」停頓片刻，阿K繼續說下去：「我警告你，聽著啊！以後不准對秀花有不規矩的行爲，懂嗎？秀花是有夫之婦，萬一有問題老子絕不放過你。懂不懂！」

嘉昇起初是慚愧，後來聽他老爹說了這麼多，忍不住地聳肩反駁說：

「阿爸，您不必說得那麼好聽好不好，您沒有資格訓我，您也是一樣嘛，我知道您老早就對秀花有意，對不對，我說對了吧？」

「你，你！你這個不孝子，居然敢說我。」阿K怒髮衝冠，罵道：「混蛋！給我滾，給我滾！」

「阿爸，您這是見笑反生氣嘛，您可以做的事我也可以做啊！我只不過是您的下輩，只有讓您臭罵的份兒了，眞倒霉！偏偏讓您給抓到。」

吧！說時遲那時快，一個巴掌狠狠地落在嘉昇的臉頰，嘉昇本能地躲閃一下，但是來不及躲開。嘉昇踉蹌地晃了幾步，沒倒下。

「你滾！給我滾——」

「我會滾，我會的。阿爸！」嘉昇摸摸疼痛的臉頰說：「您自私，太自私了，只關心自己，從來不爲子孫著想過，您只會自己享受，不曾對後代有過關心。這樣的家我也不要了。我會滾的，馬上就滾給您看。」

說罷，嘉昇憒憒地走了。他頻頻回頭看他老爹，嘴巴一直嘟喃著，邊走邊罵，把滿肚子的牢騷都給發洩出來。

「給我滾！滾得遠遠，永遠不許回來！」阿K對著他兒子的背後瞪眼，咬牙切齒的嚷著，氣得死去活來。

一場紛爭終於結束了，一切又歸於平靜。周遭萬籟俱寂，偶爾從遠處傳來的狗吠，更顯得這夜晚的寂寥。

阿K的怒氣尚未平息，不過還好，他是個很能看開的人，氣歸氣，氣過了就將它忘掉。兒子的反抗儘管令他傷心，然而他有他的一套人生哲學，一向以這個準則來處理他的生活方式。他認爲兒子一旦結過婚則成爲陌生人，父子的關係雖在，其實，彼此的心在那一刻間就被隔離得好遠。阿K的思想觀念雖然很難叫人苟同，但是仔細考量並不無道理。

提起嘉昇這個兒子，阿K萬分感慨，認爲他跟他大哥同樣是無可救藥。嘉昇雖然在學校擁有一份教職，吝嗇倒是挺有名的，例如：人家敬他香煙都捨不得抽，而悉數帶回家裏來一支支弄整齊，再以零售賣到商店去。這種行爲一時成爲鄉民的笑柄。有一次，他向學生宣佈要購買鷄蛋，家長們爲了敬師起見堅持不收錢，使得嘉昇有了一次意外的收穫，便高高興興的帶回家去賣。諸如此類的事多得不勝枚舉，莫怪乎人人對他都以白眼相待，而禁不住叫聲「怪人」或「吝嗇鬼」。不過，兩個兒子儘管不可靠，阿K照樣過得不錯，他有的是錢財，不怕兒子不孝順，至少到死爲止還有幾塊土地可以養活他自己。

現在，嘉昇已被趕走了，蟠存在阿K心中那份不愉快的情緒也因兒子的離開而消失，他很快地恢復了平日的心態，對於剛才發生過的事都拋之腦外了。阿K立刻想起了自己來此地的目的是什麼，他於是振作精神又走向秀花的閨房。

阿K打窗口偷偷望進去，看見秀花坐在几前一心一意地看書，她似乎一點兒不知道剛才在她窗口所發生的一幕醜劇，不，或許她知道而佯作若無其事的樣子也說不定。秀花她實在很有魅力，身材好，又富於一種含苞未放的曲線美。她的肌膚白嫩得可以掐出水來；尤其她的兩頰甜蜜可人，白中透著微紅，潤澤如玉。今晚的秀花，身上穿著件純白的睡衣，俊美俏麗，楚楚動人，更十足地顯現出少婦的風韻。阿K看呆了，久久愣住不動。

當初，阿K之所以會請秀花來幫忙也是看準了這一點，說好說歹的才從遠親的金生家把秀花勸過來的，說是幫忙，其實是醉翁之意，打的全是秀花的念頭。這麼一個如花似玉的少婦有朝一日成爲他阿K的小老婆，那才是他前世修來的福呢。而且這個千載一遇的好機會就在此刻。現在，阿K說什麼也抑捺不住感情奔放了，有股顫抖驀地兜上他心頭，他心胸中的熱血在逐漸的加速，他再也不願讓心靈上蓄藏已久的愛情關住了。此刻裏，他心中這把慾望的火球正像爆炸似的震盪起來，於是，他敲上秀花的房門。

「誰？」

「是我啦，秀花。」

「是老爺？有事嗎？」

「趕快開門吧，有話要跟妳說。」阿K發覺他的聲音在打顫。

門開，秀花她那身乳白色的身軀出現在門口。

「這麼晚了還沒有睡。」

「睡不著，」秀花整整衣說：「在看點兒書。」

「哦，什麼書啊？」阿K走過去拿起來看：「羅蘭小語。是不是黃色書刊？」

「老爺，請您莊重點好不好，可別亂說唷。」

「眞的嘛，黃色書刊才好看，妳要不要看？我有好多好多，還有不少的照片哪。」

秀花已經看出主人的來意。他在挑情。有企圖。

「老爺，如果沒有別的事，就請您出去好不好，時間不早了。」

「怎麼行！好不容易才進來，怎能虛度此刻呢。來來，秀花，咱來親熱一下，我愛妳很久了。」一陣激情激盪著阿K的心臟，他用力擁抱秀花，將滿臉的鬍鬚緊緊地靠在她的面頰上，喃喃的說：「秀花，秀花，我需要妳，我要妳做我的小老婆。」

秀花用手竭力的掙扎，恐懼使她的血液在逆流，她用力推開，但他的氣力眞大，緊緊摟著吻著，竟使她沒有一點兒抵抗的能力。

「老爺！」秀花厲聲嘶叫：「再不放開，我就死在您面前！我秀花雖然出身寒門，懂得如何做人。不要欺辱我！」

她辭嚴義正的說，凜然如位寧死不屈的貞女。

阿K被她的威肅給驚住了，終於將手放開，一副極爲難堪的模樣，然後才假裝一本正經的說：「好了，秀花，時間不早，去睡吧。」

秀花沒有答腔，毫無表情的走去開門。阿K像隻鬪敗的公鷄垂頭喪氣的走出去，在門口佇立片刻才離開。外面，月光如水。微風使他感到一陣涼意，他趕緊把領子合緊，但還是免不了打顫。或許是他的心在顫抖，對於適才他那樣粗魯的行爲感到羞愧吧；或許他是在埋怨也說不定，秀花的不領情確乎令他很不悅。不管怎麼說，阿K此刻的心情是悵惘、疑惑、懊惱與羞愧交集的心理狀態。

（唉……我居然連一個女孩子都無法征服……）阿K仰天長歎，悄然地回房去。

當走至古董室前面，阿K發覺事態嚴重得不得了！古董室的門是敞開著，門鎖被敲開丟在地上，而整個屋子裏的古董幾乎被竊走了泰半；尤其連阿K最喜愛最有價值的一對「乾隆窯玉琺瑯彩盌」也被竊走了。

（一定是那個死阿昇他幹的，剛才揍了一頓，忿恨之餘才……）

這麼一想，阿K隨即又振作起來，抱著略微的期望跑去嘉昇的住處看，不看還好，這一看使他僅有的期望都歸於泡影了。原來，在這短短的時間裏嘉昇舉家搬走，除去櫥櫃、電視、桌椅等大型傢俱之外，其餘較貴重的物品統統給帶走了。

（完了完了……）

阿K眼前一陣眩暈，雙脚發麻，渾身軟癱癱地倒了下去。他哭了，慟哭流涕，趴在地上哇哇哭個沒停。

命運

一

沉甸甸的天空壓在山村的泥路上，灰土昏昏沉沉的彷彿還沒有睡醒。周遭出奇的寧靜，只偶然聽見幾聲狗吠和鳥隻的啁啾。一排椰子樹聳立在小路兩旁，迎風搖曳，把長長的影子投入大地之上。

天，早已亮了，但是天色仍然暗淡。

木生荷著鋤頭打田間回來，一顆沉甸甸的心彷若那抑鬱的天空，重重的壓在他心頭好鬱悶；走在泥濘的田路上，他的心情怎麼也開朗不起來。想到久病臥躺在床上的父親婚姻不美滿而被趕回來的秀雲，以及這幾天生病的兒子，他的心情就像一團亂麻，亂糟糟的毫無頭緒。人活著就要受苦——他不相信這句話。一向性情開朗的他，堅信命運可以開拓，以這份信條為做人處事的憑藉，憑著他個人的毅力，木生在人生的旅途上走過了三十個歲月。三十個星霜，有苦有甜，有辛酸也有喜悅，他嘗受不少艱難，也曾經有過歡樂的時日；然而，如今這些不如意的事情都加諸於木生他身上，使得他幾幾乎喘不過氣來。不錯！人活在這個世界上難免有不如意的事，但是命運之神也未免太殘忍了吧，何以唯獨對他如此苛薄呢？

自從農業學校畢業之後，木生抱著極大的希望想施展抱負，與他的同學合作創業大幹一番；奈何，當時他父親的健康情形一直不佳，他始終未敢向父親啓口。由於母親過世太早，這一家的重擔完全落在他父親肩上，家中裏裏外外的大小工作都得由他父親一個人來承擔。那時節，木生還在唸初中，目睹父親忙裏忙外的轉個不停，在他幼小的心靈上早有了「賺大錢立大業」的思想。啊！若是立刻能夠改善一家的生活就好了——木生在心中不時的這麼吶喊著。

一塊小小的田產，五分地不到，怎能供一家餬口呢！即使讓父親做牛做馬推磨，也無法使一家人過得更舒適些。啃地瓜、吃蕃薯籤、喝粥的日子對木生來說並不陌生，三餐不繼的生活他也曾經嚐過，那一段啃地瓜吃蕃薯籤的日子儘管不好受，如今回憶起來，卻有另一番難忘的滋味。父親死心塌地堅守著這份產業，早出晚歸，慘澹經營，只為的是要讓一家人過得更幸福更美滿；然而幸福何在？美滿在哪裏？坎坷的命運任憑他父親如何去努力開拓，都未能獲得絲毫改善。木生看在眼中，也由衷地替他父親難過。

有一天，木生終於向他父親開口了，他要去臺北求發展。

「我知道，」水旺聽完兒子的話便說：「我早就料到你會離開我。」

「爸，不是我願意離開你，我實在不甘願就這樣過一輩子。」

「對，年輕人到都市去施展抱負我不反對，可是你有十分把握嗎？」

「把握不敢說，最起碼我有熱情。」

「唉，這年頭啊，僅憑熱情是不夠的，」水旺以關切的口吻說：「必須有靈敏的頭腦和做事的經驗，你知道嗎？」

「爸！我可以試試。」木生望住父親毅然的說。

水旺側著腦袋沉思片刻：「木生，眞抱歉。不是阿爸要阻止你，實在是因爲……」站在鼓勵子弟創業的立場來說，他應該讓兒子去謀求發展的，然而水旺實在有不得已的苦衷。自己的年紀可不少了，加上這幾年身體一直很差，三兩天就鬧次病，有時候得拖上十天八天才會好。假若讓木生放棄農事，將來這一片產業要由誰來掌管呢？木生是長子，有責任來守護祖先的產業；萬一有那麼一天他撒手西歸，那麼木生就得替代他來繼承他的工作，這是天經地義的事，我們的傳統，一代傳一代，直到永遠永遠……。

水旺知道木生這個兒子很有上進心，腦子又挺不錯，要不是家境不好，他的學歷絕不是高職程度而已，說不定大學的文憑也有他的一份哪。說起來，老二木柄就比他差遠了，不但沒有上進心，腦子也不好，愛玩、貪心，沒有一項比他大哥強。這麼一想，水旺可眞不忍心再阻止木生去都市求發展哩，這樣剝奪兒子的自由對木生的確不公平；然而又能如何呢？誰叫他是個農家之子！

水旺欲言又止，久久未啓口，木生定睛注視著父親那一臉的憔悴，心中挺難過。眞的，他父親太蒼老了，年紀還不到六十，頭上的灰白髮已快掉光，臉上滿是皺紋，兩頰也陷了進去，脊背微微有點駝，看起來像是歷盡艱苦的老人。望著他父親那一身老態，木生把要說的話也就往肚子裏吞了。

「木生，你可知道阿爸的身體不好，咱們家的事業非由你來掌管是不行的。這一點你能了解嗎？」

「阿爸，我了解。」木生點頭說。

「所以啊，只好委屈你啦。木生！你就留下來吧，爲阿爸，爲咱們家，你就留在家鄉發展咱們的事業，好不好？」

水旺說畢，以懇求的目光注視他兒子，一副無可奈何的樣子。木生點個頭趕緊移開視線不敢正視她父親的表情。這是痛苦的決定，命運的轉捩點，慘酷的事實雖非出自於他的意願，他總不能讓父親失望；因此，他決定留下來，決心做個道道地地的農家子弟。

往事不堪回首。許多年前的一段往事，仍然明顯的出現在木生眼前。

回到家中，把鋤頭靠牆豎起來，妻子月昭立刻迎出來。

「木生，怎麼辦？明輝在發燒呢！」

「哦，那不好。趕快去看醫生才行呀。」木生說著，便急忙跑去看兒子。明輝躺在床上呼呼喘不上氣來，一張瘦巴巴的臉龐發燒得滿臉通紅，很痛苦的樣子。木生伸手一摸，唉呀！燙得要命！便連忙對妻子說：

「月昭，妳趕快準備去，我去看阿爸就來。」

木生急轉身就到父親的臥室去。水旺正在閉目養神，看見木生進來，緩緩睜開眼睛凝視他兒子，他的動作遲鈍而笨重，僅能作小範圍的活動而已。自從中風病倒以來有六個年頭了，六年來他一直躺在床上無法起身，如今已經半身不遂，生活起居都得靠家人幫忙；瘦弱的身體因病而剩下一把骨頭，雙頰消瘦，眼睛塌陷，兩顆眼珠滴溜滴溜打轉。

水旺這一生最感到遺憾的，就是未到六十大關就病倒的事，並且一病竟然無法再起來。今天，倘若他還硬朗的話，兒子媳婦也不會跟著他活受罪的；因此，他對木生夫妻始終感到虧欠，這份虧欠的感覺時時刻刻表露在他的言行上。

「聽說阿輝生病了？」

「正在發燒。」

「有沒有去看醫生呢？」

「還沒有，現在就去。」

「趕快去。」水旺伸出能動的左手揮揮：「我沒事，不必爲我操心，趕緊帶去吧。」

「阿爸，要不要把您扶起來坐坐？躺久了會受不了的。」

「甭了，你就趕快去吧。」他又揮揮手，忽然想起了一件事：「哦，對對。秀雲還沒有回去嗎？」

「還沒有。」

「秀雲的事就托你啦，找個時間帶她回婆家，勸勸她這是命，萬事要忍耐。」

「我知道。阿爸，您不用操這個心，我會處理這件事。」木生安慰著說。

木生想，他父親就是這麼一個慈祥的老人家，凡事總不忘對家人的關懷，自己病得如此嚴重還要替別人著想呢。當初，若不是他父親那親切的關懷感動了他，木生或許不會留下來；他會像老二木柄輕輕鬆鬆的離開故鄉，什麼都不管。就是父親太慈祥，是位可敬愛的長者，才會使木生放棄一切美夢，甘願蟄居在鄉下做個一輩子的農夫。他不忍丟下祖先的產業，讓父親忙個沒完。

提起秀雲的事可教木生傷透腦筋了。秀雲的婆婆眞夠厲害，竟然不把自己的媳婦當人看待，動不動就打人，稍不如意便動怒；可憐的弱女子被打得全身是傷，前天也爲了小事把秀雲毒打一番，逼得她不得不逃回娘家來。三從四德固然是中國婦女的傳統美德，但是過分的容忍有其必要嗎？若不是父親三番兩次的囑咐他要把妹妹帶回婆家，木生絕不會去遷就對方。既然是父親的意思，他只好再向她婆家低頭一次好了。

換件衣服走出大廳，月昭已經準備就緒，在廳堂等著木生出來。明輝因發燒而渾身癱軟沒有一點兒勁，軟綿綿的坐在竹椅上望著門外發呆。

「走吧。」木生催促一聲。

「有沒有帶錢？」月昭說：「我怕不夠用呢。」

「妳身上有多少？」

「兩百塊。」

「我去向阿來伯借一下。」木生朝隔壁阿來伯家跑去。

二

外面月色沉靜而且溫和，一輪朦朧月斜掛在林後，濛濛的月光照耀著野外。芭蕉園下，一道道斜長的影子黑越越地橫在地面上，在微風中輕輕搖曳。一片朦朧的天空，有一條銀河從中間流過，把天空分成兩半；幾顆疏疏落落的星辰，昏朦地點綴在沉靜的空中，顯得很孤零。

秀雲蹲在芭蕉樹下看月亮，前天從婆家回來就沒有再出來走動了，獨自躲在家裏悶得發慌，她趁黑跑出來透透空氣。

外頭很涼，陣陣微風翻動著青翠的芭蕉葉子，發出沙沙聲響。這樣的夜晚她挺欣賞，朦朦的月光，淡淡的天色、疏疏的星辰、涼涼的微風，這樣沉靜的夜晚令她感觸良多，一想起自己不幸的身世，秀雲實在痛不欲生。她的遭遇，她的不幸，這難道都是命運中早就註定的結果嗎？一個女人薄命，除開拿命運來解釋之外，難道就沒有其他的因素嗎？作爲一個臺灣女性，秀雲相信她是盡了婦道，而婆婆和丈夫如此一再的對她苛刻，難道一切都是她的過錯？……想到這些，秀雲難過得掉下淚來。

這時候，木生剛好從農舍走出來，踱過芭蕉園旁時他聽見啜泣聲。芭蕉樹下似乎有個人蹲著，儘管朦朧夜視線暗淡，木生仍然可以看得出來那個人垂頭在哭泣的樣子，很像是秀雲。秀雲她怎麼跑來此地哭？究竟怎麼回事？他靠近一看，果然是秀雲。

「秀雲，是妳！」木生有點意外，外面風涼，秀雲她竟然會跑到這裏來。看來，她還是想不開的。

秀雲抬頭看看她哥哥，然後又垂首啜泣。一陣微風撩起她的髮絲，隨風起伏。木生看在眼裏，一股憐憫之心油然而生。他說：

「外面這麼涼會感冒，進屋裏去吧。」

秀雲沒有回腔，搖了搖頭表示不想進去。她的臉龐滿是淚痕，眼眶裏還汪著淚水。或許是今夜的月色淒涼，使她觸景生情吧。

「來！進去吧，有話慢慢說。」木生伸出手來扶她。

「我……」秀雲仍然蹲著沒有站起來：「我要在這裏透透氣，屋裏實在很悶。」

「可是妳會著涼的呀。」

「不，我不冷！」

秀雲固執的說，一副凜然的態度頗爲威肅。

「好吧，秀雲，」木生以安慰的口吻說：「我不勉強妳，不過妳可不能想得太多好不好，只要妳對，什麼都不怕。」

「可是他們爲什麼這樣一再的虐待我呢？難道我是好欺負的嗎？哥哥您說，我是個好欺負的女人嗎？我……」話未完，秀雲又抽抽搭搭的哭起來了，臉上的表情很複雜，一看就曉得有滿肚子的委屈。

說起來，秀雲被逼回娘家來已不止這一次了，曾經有過兩次記錄，而爲顧全大局，兩次都由他親自帶妹妹回婆家去；但是，這一次無論如何她都不肯再回去了。

前天中午，木生一家人正在午餐時，秀雲從門外突然伸頭進來，帶著一臉的愁容，她在門外羞怯地探望著屋裏的動靜，未敢立刻走進來。最先看見她的是木生的大女兒金蘭。

「阿姑回來了！」金蘭指向門外嚷。

隨著金蘭的叫聲大家往外看，什麼也沒有看見。

「在哪裏嘛，亂講。」

「沒騙你們。我明明看到阿姑在門外探頭呢。」

木生跑出去一看，果然是秀雲。她垂下頭悄然站在門外，一副憂鬱的樣子眞叫人同情。一定又是被婆家趕回來的吧，木生看在眼裏也爲她難過。

「秀雲，怎麼啦？又發生了什麼事？」

「他們罵我是掃帚星、剋夫命。還把我打成這個樣子。」秀雲把身上的傷痕展露出來給大家看。她的手脚和身體到處都有一塊塊凝血的痕跡。

「眞是沒有人性！簡直像畜牲。」月昭看了不由得咬牙切齒。

自從嫁過去賴家之後，秀雲就每天以淚洗面，沒有一天度過幸福的日子，成天不是咒罵便是毒打；秀雲被虐待了也只有挨揍的份兒，根本不得抗爭，主要原因是她的命中帶掃帚，不到三年就把前任丈夫剋死，是不是她眞的剋死了丈夫，姑且不談，至少她丈夫死於癌症是衆人皆知的；那麼就算秀雲剋死了丈夫吧，賴家當初何以要來提這門婚事呢？明知秀雲是第二度結婚的，爲什麼還要來下聘呢？既然娶過去了，又爲什麼還要拿這件事作爲挑剔的藉口呢？……這一切都叫木生感到氣憤的事。

秀雲的婆婆是個厲害的刁婦，秉性殘酷，待人苛薄，毫無人道；仗著錢財欺侮善良，常把秀雲當僕人任意驅使，而稍稍有過失便百般的刁難，毒打一番。遇到這種場合，秀雲總是百般的忍耐，一心要做個賴家的好媳婦；然而，人的耐力有限度，過分的忍耐往往會使人發狂。秀雲的情況便是如此。

還有更糟的一點是，秀雲的丈夫賴銘祥是個軟弱的獨生子，缺乏果斷，事事都得遷就他母親，每當見到這種場面，他不僅不加以勸阻反而也參加一份。這就叫秀雲傷心欲絕了。夫妻應是一體的，賴銘祥不願替妻子求情可以，何以還要給她難堪？這種丈夫可以依靠嗎？跟著他過一輩子有保障嗎？會幸福嗎？有快樂嗎？如果說秀雲是個亂七八糟的女人，是應該受訓斥的，可是她沒有過錯啊！秀雲雖然沒讀過多少書，一個女人應守的婦道，她樣樣都做得好，還有可挑剔的餘地嗎？假如眞正要挑剔起來，那也就是她沒有爲賴家生下一子半女的問題了；可是生育這個問題是雙方面的事兒啊，怎麼只能怪罪秀雲呢？

唉……說來說去，應該怪他們自己沒有眼光——木生沉痛地想著：當初，如果知道秀雲的婆婆那麼厲害，如果能事先曉得賴銘祥是個窩囊廢，木生說什麼也要阻止這門婚事；只因爲一時失察又過於草率，才會有今日的遺憾。

上次帶秀雲回婆家是寒冷的隆冬季節，秀雲穿得不多，西北風把秀雲吹得直發抖；然而，秀雲發抖的眞正原因不是天冷，而是怕見到她那位狠毒刁滑的婆婆。那次，木生是費去九牛二虎之力，低頭道歉說了好多話，才勉強把秀雲留在婆家的。

木生不由得爲臺灣女性不幸的命運感到義憤，尤其像秀雲這樣缺乏求生能力，受環境支配而活著的女性，更是値得同情。在娘家和婆家兩邊都不得安居的她，究竟何處才是她永住之地呢？

風開始強勁了，該進屋裏去了。

「秀雲，」木生催促一聲：「咱們進屋裏去吧。」

「哥哥，」秀雲打破沉默突然仰首：「我非回婆家不可嗎？我眞不想再回去哩。」

「不是我做哥哥的不讓妳留下來，秀雲，假如可以的話，我很樂意讓妳一輩子住下來；但是一個女人一旦嫁了出去，無論如何都得回婆家去才好，這一點妳可明白嗎？」

「這個道理我懂，不過……」

「好啦秀雲，不要想得太多嘛，只要咱們問心無愧就能對得起祖先，對得起任何人。妳的容忍，妳對賴家所做的努力，總有一天會得到對方的諒解。」

「是這樣嗎？」

「嗯！是這樣。」

木生雖然如此的安慰他妹妹，不過他自己卻沒有十分把握。像秀雲的婆婆這樣刁滑的女人，即使秀雲再有忍讓的功夫，也得不到對方的諒解的。

秀雲還想要說什麼，但終於沒說就跟著木生走進屋裏去。

不久，月昭背著明輝回來了。面部的表情沮喪而焦慮。

「怎麼樣？」

「肺炎。」

「肺炎！」木生嚷出口來：「嚴重嗎？」

「醫生說要絕對安靜，打針吃藥，過了兩天再看情形？」

趕緊把明輝抱去床上，一切安排就緒，木生退出了臥房。

門外有一顆朦朧月，木生站在門口望著朦朧的月光，不由得熱淚滿眶。父親長期的病仍然毫無起色，秀雲與婆家的不和睦難以解決，而今兒子又病得如此嚴重……木生忍住著不讓眼淚掉下來。他向月亮合掌祈禱：

月娘啊！請您讓父親的病能夠奇蹟痊癒；請您讓秀雲得到婆家的諒解，能過著美滿幸福的生活；請您讓兒子明輝早日康復……。月娘啊！也請您給我勇氣，讓我跟坎坷的命運搏鬪……。

三

足足坐了兩個小時的火車，又換上了一班客運汽車才抵達K鎮。一路上，木生的心情頗為沉重。這次帶秀雲回婆家，情形跟上兩回都一樣，任務是：奉父命帶回秀雲向婆家道歉；如果可能的話，還要為秀雲討點公道回來。這個任務，對木生來說的確吃力不討好。對方滿口的髒話、一味地詛咒，這種毫不講理的言行令木生頭痛萬分，木生根本不是賴家母子的對手。木生是個篤厚的農家子弟，性情良善，一向拙於言談，這樣的一個人當說客，難怪不能夠說服蠻橫刁惡的對方了。

木生深深感覺婚姻對女人一生的影響有多大：女人如果在第一次結婚遭到失敗，便會成為她終生的不幸；而這種情形發生在男方時儘管不幸，畢竟不像女人那樣會將自己的一生導致破滅之路。至少，男人在婚姻失敗，仍有可能再得到幸福的婚姻生活；而女人一旦要再結婚，在社會上或道德上都得吃很大的虧。木生經常聽人家說，一些有教養的富家千金因為離了一次婚，就無法再找到理想的對象，或者因為耽誤了婚期，就不能不淪為後妻的境遇。這一切都證明著女人在婚姻上背負了苦難的十字架。

秀雲的婆家在K鎮郊外一座古厝。賴家在K鎮本是有名望的家庭，賴銘祥的父親在世時還當過助役（等於公所祕書職），可惜賴老先生過世後家道沒落了。賴家母子不僅沒有因家道沒落而有所反省，反而仗著舊日的名望欺辱弱小，令村民們不齒。尤其銘祥的母親更惹不得，凡是對她本身有利的事與物，都要佔爲己有，絕輪不到別人。假若賴老先生地下有知，必會落淚怨恨的。

在K鎮下車朝東方的郊區走，約莫二十分鐘的路程可到賴家。上次來是嚴寒的隆冬季節，到處都是一片冷落的蕭條景象；這次，正逢鳥語花香的春天，大地呈現著一片新氣象。路旁上碧油油的嫩草裏，野花探出了小小的頭，小鳥在樹梢上盡情地飛翔跳躍著。然而，春天儘管可愛，木生卻無心欣賞，走在路上，心事重重的像隻待宰的羔羊，其滋味很不好受。不知道這一去能否達成任務，完全在未知之數；萬一弄巧成拙，豈不是更糟更難收拾？——這麼一想，他越發難以邁步了。尤其是秀雲，從家裏出發就一直沒說過幾句話，始終垂首深思，坐在車上也保持著沉默。

秀雲此刻的心情木生很淸楚，她一定極不願意回到婆家去，但是女人出嫁，婆家才是她的歸處；即使再苦也得苦撐下去，這就是女人的悲哀。秀雲的情形更是如此。

假若這個婚姻再度失敗，那麼第三次的婚姻又是怎麼樣的情況，木生是瞭如指掌的。當然，他個人的意見是對方既然如此無理的話，就不需要再勉強去遷就；不過，父親則認爲與其令秀雲備嘗第三度不幸的結婚，倒不如讓她忍受目前的狀況，並且來找出些妥協之處較爲上策。

木生之所以會不顧自己的無能，斗膽承擔這個任務，用意也在此。起初，秀雲說什麼也不肯再回婆家去，但是由於父親一再的催促以及木生費盡口舌，才勉強使她答應下來。木生最感慚愧的是，身爲大哥未能助妹妹一臂之力的事，這實在叫他啼笑皆非呢。

上回帶秀雲回婆家致歉才總算將秀雲交給婆家；可是這樣對秀雲本身來說根本無補於事，就算把她留下來又有何用呢？成天生活在沒有愛只有恨的天地裏，誰敢保證不會再有第二次第三次發生呢？木生明知強迫秀雲回婆家並非最適當的處理辦法，但除此之外又能如何呢？他總覺得自己好像做了件虧心事似地心中十分的不安。

進入大門，經過一片寬廣的前庭，再穿過一道紅磚圍牆便是賴家的中庭。庭院裏雖有座花園，花類卻不多，顯然是缺乏整理的緣故。

賴家的擺設古色古香，頗有舊日富家財主的氣派，不過都太陳舊了，正廳還擺著幾張古老的紅木太師椅呢。

「有人在嗎？」木生在門口招呼一聲。

「誰呀。」從屋裏踱出來一位老太婆，她正是秀雲的婆婆。

「親家母，您好！我把秀雲帶回來了。」

她一看是秀雲，態度立刻轉變，僵立不動的瞪大眼珠敵視著兩位不速之客：

「回來幹麼？」久久才脫出口。

「親家母，眞抱歉，秀雲年紀小不懂事。」
「哼！都快要三十了，還說年紀小不懂事。」
「都是秀雲的不對，如果有得罪的地方，就請親家母再原諒她一次吧。」
「嗳喲——！」她拉高嗓子挖苦說：「我哪敢說秀雲不對呢！人家是有教養的小姐，我這老太婆算什麼嘛。」
「不，一切都是秀雲不好，請您別再爲難她好不好，我給您叩頭就是了。」木生耐著性子向她行個鞠躬禮。
「唷唷，我可承受不起呀，讓人知道了，會說我這個老太婆在欺負你們哥妹倆哪。」一開頭就以敵視的態度對待，盡說些諷刺的話語，使得木生眞拿她沒辦法。要對付這類狡猾的女人，木生的經驗實在不夠多，也太過於善良。木生這時不由得仔細看她一眼：倒豎的眉毛、細小的三角眼、尖銳的鼻子、瘦塌的臉蛋……一眼便知這些都是苛薄待人的特徵。她的厲害，木生已領教過兩次，一向純眞善良的秀雲難怪要任她隨意宰割了。木生忽然想起他今天來的目的，除交回秀雲還有個任務——替秀雲討回公道。於是乎，他立刻振作起來。
「親家母，秀雲不對您儘管教訓可以，但是請您千萬可別打她好不好？」
「哦——」她目光銳利的瞪了一眼：「你是來教訓我嗎？」

「我不敢。我是說，請您尊重秀雲的人格，她是您的媳婦，不是奴隸。」

「哦哦——不得了啦！可要造反了是不是？還會輪到你這個小毛孩子來教訓我呀！」

秀雲的婆婆怒髮衝冠，吊起眼眉，破口大罵。糟糕！萬想不到事情竟會演變成這種難堪的場面，木生本想替秀雲求情的，誰知這一出口反而把事情搞得更糟。他回頭看妹妹，只見她咬緊牙根一句話也沒說。她一定有很多話要說的，可是她忍住著不說，也許是怕說了出來會弄得更不可收拾吧。妹妹！哥哥對不起妳……木生在心中嘟囔著。

正在不知所措的當口，秀雲的丈夫剛好從外面回來了，這才使木生稍微放心。賴銘祥在農會當會計主任，一派斯斯文文的樣子，也許他還可以商量，木生把唯一的期望寄托在她妹婿身上。

「哦，哥哥，是你。」賴銘祥勉強的招呼一聲，還瞪了秀雲一眼，態度極爲不友善。

「銘祥，把秀雲交給你了。要好好相處，夫妻嘛，互相能體諒才好。」

「她不是說不回來嗎？」

「那是她一時的氣話隨便說的，千萬不要見怪。」

「哥哥，我請教你。做媳婦的能反抗長輩嗎？」

「當然不可以呀。」

「那麼秀雲爲什麼要反抗我母親呢？」

「不，你誤會了。銘祥，秀雲不是反抗，是在辯明她自己的立場。」木生耐心地說。「可是，我們賴家並不歡迎像她這樣不孝的媳婦呢。」賴銘祥毫不考慮的聲明了他們的態度。

咦——？到這個地步，木生才重新認識了賴銘祥。滿頭油髮，西裝畢挺，一派忠厚，乍看之下他似乎很明理的樣子，誰料那只是虛僞的外表而已，其實他是個比他母親還難對付的傢伙哪。

這時，銘祥的母親開口了：

「阿祥唷，你知道吧，剛才秀雲的大哥還來教訓我一頓哪。」

「哦——眞是這樣霸道？」銘祥惱怒的說：「哥哥，你自己的妹妹不管好，還要來訓別人。」

「不是訓，我是懇求親家母多尊重點秀雲的人格罷了，秀雲畢竟不是你們家的奴隸呀。」木生一時憤慨，理直氣壯地說。

「喲喲，你看！惱羞成怒就是這個樣子啦，明明是自己人不對，還要咬人一口咧。」銘祥的母親冷笑的諷刺著。

突然間，秀雲哭了起來，雙手掩著臉面哭得好傷心。眼見娘家和婆家之間的爭端都是因她而起，秀雲眞不想活了，最好在此刻馬上死去，免得拖累了哥哥，也可結束雙方的爭執。這麼一想，她越哭越傷心了，嗚咽聲越來越淒涼。

「哭哭哭！哭有什麼用！哭就能打動我們的心嗎！賴家被妳哭得倒霉透了。」

「告訴妳，再哭我們也不原諒妳了！」

「難道做婆婆的就不能修理自己的媳婦？豈有此理，我偏偏要打！」

「對，非打不可！」

簡直像在演相聲一樣，銘祥母子倆竟然你一句我一句的聯手咒罵了起來。何等目中無人的狂嘯啊！簡直是不把人當人的嘛！只見秀雲咬緊嘴唇，雙手緊握著，渾身打哆嗦。她沒有頂嘴，極力忍住著心中的忿怒，她必定有許多牢騷要發洩吧，大概是考慮到她哥哥的立場才沒有還嘴吧。木生看在眼裏心疼得不得了，要不是他父親一再叮嚀他千萬要忍耐，木生可眞受不了這種侮辱；但爲他妹妹的前途著想，他只好一味地忍受下來。這門婚事根本一開始就錯，賴家是有名望的家庭，而秀雲的娘家是歷代的農家子弟，門第並不相當，當初只憑媒婆的三言兩語就匆匆促成了。這是錯誤的選擇，也是秀雲踏上了不幸命運的第一步。

銘祥母子倆的聯手咒罵不但沒有停止，反而越說越難聽。

「哼！不要臉的東西！剋死了前任丈夫不夠，還要來剋死我家兒子。簡直貪而無厭嘛！」銘祥的母親用下流話罵人。

「可不是，這個爛貨我們賴家不稀罕，妳給我滾回去！」銘祥接上口。

眞是豈有此理！欺人太甚嘛。罵人也得要留個口德呀，怎麼隨便罵人呢！——木生無法再忍了，如果再忍下去，他會活活氣死的。

「那，既然認爲我會尅死丈夫，當初爲什麼要我！你們明明知道我是第二次結婚，爲什麼要來提親！爲什麼！爲什麼！爲什麼！」

秀雲終於忍不住的反駁了，熱淚滿眶，全身顫抖；因爲她被婆家罵得一文不值，爲要討回公道，只好挺身而出與婆家抗爭到底。她說得理直氣昂，毫不畏懼。

「噯唷——！你看你看，這個不羞恥的女人給天借膽啦，竟然敢說婆婆的不是哪。哦！天哪！請您懲罰這個不孝的媳婦吧。請您把這個女人從世界上消滅吧！」

秀雲的婆婆搥胸頓足瘋癲地狂叫起來，尖銳的罵聲響徹了四周。事情已到不可收拾的地步了，既然如此也就讓它破鑼破摔吧，何必再忍聲吞氣的窺伺對方的顏色呢！木生正要幫秀雲說話，突然看見銘祥抓來一根木棍撲過來。「打死妳！打死妳！」說時遲那時快，眼看著木棍就要擊落在秀雲頭上了。

「危險！」一個箭步，木生飛快地把秀雲推開，用他自己的肩膀來擋住木棍。

「走開！走開！不走開我就要打你！」

銘祥已經失去理智，露出令人害怕的獰猛形相拼命打過來。此地不能耽擱了，情況十分危急！如果再不離開，後果不堪設想。走了再說吧，至於走了之後會如何，那是以後的事。

「走！秀雲。回家去！」木生間不容髮地抓住秀雲的手朝門外衝，一溜煙地跑了出去。

是黃昏時刻了，天色已朦朧，小鎮上行人稀少。薄暮歸途，一望四周蒼茫，令人有無限感慨。一想起剛才那幕情景，木生的心悸依然撲撲跳個不停。好險哪！要不是木生動作敏捷而能及時把秀雲拖走，銘祥可不會饒了秀雲的。銘祥母子的狂妄以及自我獨尊的作爲使他寒心，即使勉強把秀雲留在賴家也是無濟於事，早晚還會出問題的；倒不如趁早了斷吧，免得後患紛沓。

在回家的火車上，秀雲的心情比往日開朗，可眞叫木生有點意外，相較之下，木生他自己反而不夠精神哩。這一回去，不知要如何向父親交代，倘若父親察知這次的事情，他老人家不知會何等的失望和悲傷。這麼一想，木生踟躕不前，心情鬱悶。

「秀雲，眞抱歉！哥哥把事情弄糟了。」木生感到愧疚，由衷地向妹妹致歉。

秀雲很坦然的說：

「哥哥，你不必難過，這樣子倒乾脆。」她朝哥哥微微一笑。木生突然覺得今晚的秀雲實在漂亮極了。

回到家裏，月昭不在家。究竟哪兒去了呢？大女兒金蘭告訴木生說：「爸爸，媽媽帶弟弟去住院，這裏有一張字條。」金蘭把她母親的留字交給父親。字條上面有醫院的名字和地址。

木生晚飯也沒吃就急急忙忙趕到醫院去。

外頭暗淡幽涼，暮色已經模糊起來了，堆滿晚霞的天空也逐漸歸於平淡，但是星光卻格外的明朗。木生在星光下快步走著，心情始終無法平靜下來。命運之神何以對他如此苛刻呢？爲什麼把這些不如意的事情都要加諸於他身上呢？難道這是神對他的考驗嗎？或者是命運的作弄呢？不管那是神的考驗還是命運的作弄，他都得拿出勇氣來克服才好。木生！振作起來！可不能輸啊！面對現實奮勇直前吧！——他向自己說。

爹的情人

一

朦朧中，我被一陣爭吵聲驚醒，睜開惺忪的睡眼一瞧，我發現娘又在哭泣了。端坐在爹身畔，娘抽抽啼啼哭得怪可憐，聲音是那麼的悽愴而悲傷，還不時的拿袖筒去揩淚；那副可憐兮兮的樣兒，叫我看了委實難受。

爹娘吵架，近幾年來常有的事，而因吵架哭泣，娘更是不止這一次。遠在三、四年前，不知何故，一向如膠如漆和睦相處的爹娘，忽然鬧翻了，鬧得天翻地覆，沒得安寧；而這一鬧，竟形成了一個開端，往後的次數可就多哩，像決堤的洪水，一旦湧進來再也無法堵住。

當初我還年小，根本不懂得其中原委，每每瞧見娘在悲咽，心裏總覺得娘實在可憐，老是流著淚兒；而對爹我更加抱著畏懼的心情。我始終覺得爹是在欺負娘，這種心理上的感觸牢植在我心底，以致於每當遇見爹的視線，我便藉故迴避；有時，他對我表示的幾次過分的親熱，也沒敢立刻去接受。

一天夜晚，爹娘又再吵架，我瞧見爹揮起的巴掌直向娘的肩頭擊落，嚇得連忙躲進被窩裏，提心吊膽的沒敢動一動。唉，爹爲什麼老愛欺負娘？娘有啥差錯？……蒙在被窩裏我想得淚兒都給擠了出來，畢竟還是沒能想通。

是的，爹爲什麼老愛欺負娘？娘有啥差錯？——現我可想通了。因爲我再非一個不懂事的孩子，三年有餘的歲月令我卸下孩提的無知，由於跟外界的接觸漸次多的緣故，我的確懂了不少世故。

現在，我已是一個十六歲的中學生，校徽戴在頭頂上，自然我不再是三四年前那個大惑不解的孩子了，當時不能了解的一些事兒，如今可以一目了然——雖然還稱不上完全領悟。

爹娘的吵架，當然不是出於娘的差錯，可是要把這責任全推在爹身上，未免太苛酷了吧，我想。要是爹不拗強，不固執，不秘密；而娘的胸懷倘能再曠達一丁點，這事則不會發生的。然而事情畢竟發生了呀！這樁事的造成，說起來確乎引咎於爹身上也不過分；因當初，爹並沒有事先向娘透露，她一直被蒙在鼓裏，直到事情鬧開，已成不可收拾的局面。

「她是我親友的孀婦啊，說起來也是我的一位遠親呢。如今她孑然一身，身世蕭條，站在朋友兼親族的道義上，也得照顧照顧她呀。」由於他的秘密被揭開，爹顯得非常尷尬，吃吃地辯解著。

「哼！照顧照顧她！」由口中噴出一肚子的怒氣，娘把「照顧」兩個字咬得特別響亮，恨不得一口把它呑進似地：「鬼才相信你要照顧她。」

「眞的嘛，淑貞！我沒有騙妳。不相信，妳可以去問問她。」

「啥？要我去問她？她拆毀了咱們的家還不夠，還要我去遷就她？」娘，氣得臉兒都漲紅，瞪著爹直打哆嗦。由於我躺著的關係，以致於娘那嬌小的身子在顫抖時，顯得更大更搖擺。

起先是這樣開端的，而後越鬧越不好聽，就在一去一返的相罵中結束了那一次爭吵。打那時候兒起，這個家可就一直沒得過開朗的日子，整天黑雲密佈，局面的僵冷相當嚴重。

這時，我微微睜開眼皮，縮頭縮腦地朝向爹那邊望過去，只見他一如往日，閉著雙眼微開唇肉打呼嚕，隨著鼾聲的震響，偌大的鼻翼忽張忽縮的，宛如滾開了的蒸氣一掀一掀的掀動著壺蓋。爹在假睡，我知道。這件事剛鬧開的頭一年，遇著這種場合，爹總是跟著娘辯論，和她爭個長短，偶而也會揮手打她幾拳；後來，幾次經驗告訴他，要避免她嚕嗦最妙的辦法，乃是假睡——我是這麼推想的。

現在爹又再使用它了，而娘並不會不知道。這種連我都會識破的「辦法」，使在娘身上，一點也不是「最妙」，偶而用用可以，次數多，效力不大。娘有的是耐心，她會以「持久」的戰法，慢慢兒折磨他，勸告他，使得爹有一天能夠改邪歸正，回頭是岸——當然這又是我的推斷。不過，娘的能耐是我所佩服的。

明明不是個最妙的辦法，爹仍是照做無疑，這就是爹的可愛處，也是跟他那爽朗戇直的個性有關。眞的，爹豪放磊落，富於俠義，有時戇直得近乎糊塗。譬如：有時一邀請就是七八個客人，害得娘忙裏忙外的忙個不輟還好，往往是七抓八拿的向近鄰湊錢來請客。

有次，爹邀來了公司的同事竟有十餘人之多，我還以爲是爹的什麼値得紀念的日子呢，等到客人個個醉了回去之後，娘才告訴我是爹的愛國獎劵中了一百塊錢。嗬！中了一百塊錢請了那麼多人！那一次娘總共花了四百三十七塊五毛錢，竟然倒貼了三百來塊之多，害得那個月份菜單上少掉了多次的肉丸湯哩。

這方面，娘是夠有度量的，儘管嘴裏絮絮叨叨的喋喋不休，其實她不是眞正的發牢騷，那是女人的天性，我曉得；況且娘也欣賞爹如此豪爽的作風呀。唯獨對女性方面的支付，無論如何不是她所能罷休的，我眞要懷疑一向有「仁慈」之稱的娘，事事表現得異常慷慨，何以在這樁事上面，顯出那樣的苛酷和吝嗇呢？即使爹眞正有那麼一回事，也可不必大驚小怪嘛，照顧別人是一種至上美德，何況「臭牛肉」——娘是這樣稱呼她的，又是爹的什麼遠親啊，可不是？不過這種頗爲奧妙的曲折，絕不是一個十來歲的孩子所能剖析得了的問題，惟有一點我可以斷言的是：倘若爹所「照顧」的人不是女的而是男的話，我敢打賭，百分之百的沒事兒。

我再把視線移向娘面部去，她正在用袖筒拭去淚兒。抽啼已止，許是感情的高潮過去了吧，我思忖著，然而不對呀！怎麼說也不對，當我瞧淸楚的時候，這才發覺娘的臉色多難看！缺乏血氣的面龐照映在五燭光的微光下，顯得多蒼白！豎起二根眉兒，咧咧嘴，娘正要說話的那副模樣可怕得令我不禁大吃一驚。娘，一向是美麗的：細長的眉毛，烏溜的眸子，高聳的鼻樑，小巧的嘴……那些所謂「美」的典型，娘都俱備齊全，據說結婚當初，不知羨慕了多少人；然而娘確乎老了，年未四旬，一頭黑髮已見白絲，而額上的皺紋再也掩不住歲月的無情。唉！跟著爹，娘也實在夠受了……正想其間，一陣話響打斷了我的思路，娘在說話，態度的堅決，異乎尋常。

「現在——」她說：「只有兩條路。要棄她或是丟我，由你選擇！」說著，一雙眸子直盯著爹不放。

爹，被逗得直跳起來，也忘了他在假睡，打從被窩裏爬起來：

「這是什麼意思？淑貞！我沒有說要扔棄妳呀！」

「有沒有反正都一樣。我受不了！」

「唉呀！妳想得太多了，淑貞，我只是……」

「這樣子，我可受不了！」爹的話還沒有響完，娘已經喊起來了，由於話音過分的大，使得爹怔怔的朝我標了一眼。

「與其這樣活受苦，倒不如死去的好！我要的是完整的，整個的，而不是分割的或殘缺的；你這樣子搞，對我簡直是長期的活受罪。」

「妳說得越不像話，我只是說，暫時把她接來家裏住住，你何必這麼認眞？難道妳一點同情心都沒有？」

「可是我受不了！」

「那麼？——妳要我怎麼做？」爹一骨碌坐起來了，盤著腿面向娘坐得直直的，恍若在等法官宣判的被告，展出一臉的頹喪和焦急。

「我說過。一刀兩段！」娘斬釘截鐵似地說著，突然把頭朝向我扭過來：「並且——你要知道健次也大了，他總不會不知道。」

被說到名字，我霍然一驚，立刻緊閉著眼睛，心臟卜卜跳動得蠻厲害，險些兒可要憋氣。屏住呼吸，我小心翼翼地留神著爹娘倆的動靜。幹麼把我抬出來！吵架還怕我知道？可是我早就曉得了，我再也不是個不懂事的孩子了啊！誰是誰非，還用說嗎？爹的「急公好義」是値得欽佩的，而娘的「家庭至上」也不能不讚揚；可是爹做得太神秘，娘的胸懷也太狹窄些，要是兩個人都相互讓步，並不是一樁大不了的事情……我心中暗想著，但沒敢喊出來，生怕爹娘窺破了我的秘密。

可怕的沉默，屋子裏的空氣沉甸甸的。外頭，點點滴滴落著春雨，敲在鉛簷上奏出勾人心弦的音響。好淒涼！

我雙眼睜開了一條縫，偷偷兒瞧過去，以爲爹娘還在看住我，可是不對呀！不知什麼時候，娘已鑽進被窩裏去了，脊梁對著爹，娘悄不聲兒的躺著了。至於爹，他呆頭呆腦的靜坐著，彷彿受了「定身符」，眼巴巴地望著娘發愣。

外頭，春雨綿綿。

已經是午夜了吧，但睡意早已離我而去。我翻身反側的再也無法入眠，直至天亮。

二

「阿健！我帶你去玩兒。」爹，樂嬉嬉的從洗澡間走出來，顯得好愉快。一把鬍鬚刮得乾乾淨淨的，與平日那副鬍子臉相形之下，判若二人。我眞要懷疑站在我面前的，是不是我的爹呢。我望著他出神。

「走！到后里去！你不是說想再去一趟嗎？」爹拍拍我的肩膀，現出一排灰黃的牙床。

聽到「后里」，我也咧嘴笑。多好啊！那年畢業旅行，學校帶我們去過：赤土的道路，羊腸的小徑，翠綠的山巒，悠長的溪流；有牧場，有寺院，還有路旁兩排並齊的由加利樹——那是我不能忘懷的地方，給予我的印象很深刻，我一直在懷念它。現在，爹說要帶我去，這該是個好消息。春假了，悶在家裏多無聊，去到鄉間吸吸好空氣，倒是最好的消遣。可是，爹怎麼會突然有這興頭呢？老實說，我有點兒受寵若驚，他一向很少在家，別說遊山玩水，就是經常談話的機會都少得可憐哩，並且對他，我始終懷著敬而遠之的心理。這次爭吵，娘在一氣之下跑回娘家還沒有回來，難道爹絲毫無動於衷的尚有興頭玩樂嗎？要是娘及時趕回來，豈不是更惹她生氣嗎？

「我不要去，爹！娘會罵。」

「不會。你娘不在家，不用怕。」

「她會回來……」我畏怯地。

「不會嘛，你娘的性子我最清楚，她今天還不會回來。」

「可是……」

「健次！」爹喊我一聲，神秘的笑著：「今天我還想帶你去一個地方呢。」

「什麼地方呀？爹！」我有點兒心動，嗓門也隨著大了起來。

「啊，我會慢慢兒告訴你的，走吧！把門兒鎖上。」

眞的把門兒鎖上，我跟爹走出了巷口。

一連幾天的濛濛細雨，落得路面很滑，到處都是水坑，我一雙新鞋子可要報銷了，走在前面的爹，那兩條褲管也泥巴巴的。

「爹，您的褲子髒了。」我說。

「沒關係。萬能褲子咧，水陸兩用。哈哈哈……」他哈哈大笑，笑得多愉快！

「今天天氣不好，其實不應該來的，也不是一個郊遊的好日子嘛。」

我還猶豫不決的朝爹瞄一眼。

爹，擺過頭來看我，他的臉部頓時變得好嚴肅，目光炯炯的射在我身上。

「阿健！我有話跟你談，你猜，今天我們去的是什麼地方？」

「是什麼地方呀？」眼見著爹一副嚴肅的面孔，我不由得又躊躇了。

「啊……去看一個人。」啊了半晌，爹才把話擠了出來。

「是誰？爹！」

「唔……是……」爹吞吞吐吐的欲言又止，臉上筋肉繃得越發緊張，我眞不曉得他究竟要告訴我怎樣的一件重要大事。

爹緩慢地走著，垂下頭似在沉思，又像在低吟，嘴裏喃喃有詞的自語著，終於站住：

「阿健，我帶你去看姑媽，好嗎？」

「哪一個姑媽？我從來沒有聽說過。」

「就是……喏，」爹吃吃地說：「不是親姑媽，是爹的遠親。她丈夫死了，沒有依靠……」話說到這裏，爹抽個冷子急步走去，走得好快，似乎有意要以快步來掩飾他心中的一份尷尬。

哦！我可明白了，原來是她呀！就是爹時常說要「照顧」的那個女人——娘喊她是「臭牛肉」。我實在後悔極了，我是不應該來的，要是讓娘知道，還以爲我是爹的「幫手」呢。

於是，我加快脚步追上去。

「爹，我不去，我要回家。」我膽怯地說。

「怎麼啦？」爹莫名其妙的注視著我，帶點不愉快的神色。

「我不敢去，讓娘知道了可不好。」

「噢——？那麼？你曉得了這件事？」爹好像覺得很意外似地拉長了臉：「怎麼曉

得呢？阿健，是不是你娘告訴你的？」

我搖搖頭：「我，我聽到您們在吵架。」

「那也好！」爹歪著腦袋沉思了好半晌，然後點了點頭說：「既然你知道，那更好辦，免得我嚕嗦一大堆。阿健，你眞不想去看看她嗎？」

「我怕惹娘生氣，爹！我想您也不去的好。」

「不，無論如何，今天得讓你去瞧個淸楚才行，看了她，你自然會明白她是怎麼樣的一個人，好讓這樁事兒有個交代。」

爹說得倒有道理呢，爹娘倆的吵架乃是由那位姑媽引起的，而每每都在娘的哭泣中結束，我實在想不通她畢竟有什麼大的本事讓娘受這樣大的委屈？是個怎樣的人呢？漂亮嗎？多大年紀啦？會不會很潑辣？……這些問題蟠踞在我心中已久了，我倒眞想趁此去瞧瞧也好。

到了后里車站，微微的雨絲已經飄搖下來。眼見一片迷濛，眺望過去，遠山和稻田都在層層煙霧中模糊，宛如一幅泡浸在水中的色彩畫。我就是喜歡這樣的景色，這樣的氛圍，我確乎有些兒忘神。

「阿健，再靠過來一點嘛！」爹撐起雨傘，左手把我拉過去：「到你姑媽家，還要走一段路，怕會淋濕。」

「她，她住在什麼地方呀？」彷彿從夢中給吵醒似的，我趕忙問了一句。

「就在下后里嘛，很近，十分鐘可以到。」

又是一陣沉默，這樣的沉默我可眞受不了。跟爹在一起，老覺得有一種壓迫感壓得氣都透不過來。難怪了，以往同爹在一塊兒的時光少，而這樣一起出遊的機會更是幾乎沒有過；尤其打從爹娘倆發生爭執的那時候兒起，對爹，我始終在敬遠他呢。

「阿健，你以爲你娘這樣子做，是對嗎？」

打破沉默，爹的嗓音又響，他一定察覺到我此刻心中的淒涼吧，而實際上如此煩悶得近乎叫人窒息的氛圍，委實爹也受不了。豪放磊落的他，平日極少有愁眉苦臉的場合。

「不，她的確過分了些，心眼兒窄。不過，爹！娘是爲家好的。」我不加思索的答腔。

「我曉得，」爹似乎很滿意我的答覆：「你倒有見解，我同意你的看法，所以我事事都讓她幾分咧。」

下后里在望了。走進街道時，爹提醒我說：

「你就喊她姑媽好啦。」

那位「姑媽」，住在營房的斜對面，一條曲曲彎彎的小巷子裏。一幢幢舊水泥瓦平房稀稀兒的並立著，一眼便可瞧出這一帶是所貧民地區：路上泥濘不堪，味兒難聞。

應門出來的，是一位年近三十的少婦，褐色的長褲子，上身著了件短袖的綠色毛線衣，長頭髮，俏面孔，肌膚很白——這是我的第一個印象。

看看爹，又瞧瞧我，她臉上泛出一副驚訝的神采。顯然她是在侷促了。

「她是你姑媽。」爹向我介紹，然後對她說：「就是阿健哪！」

「姑媽！」我喊她一聲。

「哦，歡迎你來！」她熱情地說著，連忙領了我們進去。

客廳裏的佈置很簡單：一張竹桌，四把竹凳子，除此之外，便是一架與這房子不相稱配的新款針車，其餘的什麼也沒有；可是屋內卻清理得一塵不染，倒予人有一份舒服感。

「這兒一帶，雨天就慘了，到處泥巴巴的不是味兒。」落坐後，姑媽就以分辯的口吻說，嗓音裏很有音樂節奏。我知道她是專對我說的，但我笨拙得連一句客氣話都說不出。

「妳倒整理得乾乾淨淨呀！」回答的不是我而是爹，四下裏瞧瞧，爹加以讚揚：

「怎麼樣？最近生意好不好？」

「嗯，好得多了。多虧表哥幫忙，不然，我眞不知怎樣辦。」臉上綻出一副玄奧而會心的微笑，她的聲調多好聽！不過，「表哥」這個音兒確實有點肉麻。

望著爹和姑媽談得意氣相投，我在心中想：難怪娘要生氣啦，爹就是這麼樣的無思慮！待姑媽，如此的無微不至。的確，姑媽是個天生的美人胎，一雙靈活的眸子配在秀美的面龐上，誰看了都會喜愛。雖將及三十，一身苗條的體態蠻有引人的魅力，再配上那股嗓音，別說爹啦，就是我也覺得挺舒服。

可是他們倆在談些什麼呢？姑媽究竟做著什麼「生意」？發覺我在狐疑，爹補充著說：

「你姑媽在替人家縫製衣服呢。」

縫製衣服？哦，對了，怪不得有那麼一架新針車，原來她還是值得讚佩的女人囉！我不由得再度瞧她一下。對於職業婦女我素來以另眼看待，她們不向環境低頭，憑一雙纖手開拓命運——這種百折不撓的奮鬪精神，委實令人尊敬。姑媽的丈夫亡故，她靠著雙手自食其力，對她，我有著萬分的敬意。

「姑媽，您是偉大的！」我不禁發出讚歎。

「你太誇獎了，阿健，我是一個不值得誇獎的女子。」她謙遜地說，和藹地笑著，漂亮極了，我真喜歡她。

這一天，姑媽給予我的熱烈款待，令我感激萬分；尤其在午餐時，還特地爲我燒了幾樣可口的好菜。雖僅不過是半天的接觸，我已經看出她擁有「外在」「內在」兩美兼具的一切條件：漂亮、大方、慷慨、謙虛、溫婉。

我對她佩服得五體投地。

姑媽送出了我們時，外頭的微雨，正不絕地落著，綿綿不止。

「下次再來呀，阿健！」揮揮纖手，姑媽依依不捨地叮囑著：「你可以自己來呀！」是的，如果有工夫，下次我眞想獨個兒跑來看她呢。我的心，這樣的呼喊著。

歸途中，雨絲飄得越加起勁。和爹合撐一把傘，我們把身子靠緊，誰都沒有說話，只聽見踏在泥水裏吱吱發響的脚步聲，爹似鑾有心事的把頭埋得很低。

突然，敲破沉默，爹開口：

「阿健！你覺得你姑媽的人怎樣？」

「她很好，值得欽佩！」我坦白地說出心底的感觸。

「噢！」爹噢了一聲，眼睛倏地亮光：「那麼——你喜歡她嘍！」說著，歪斜的把身子靠過來。

「我喜歡她，爹！」

「嗯，嗯，嗯，」爹頻頻地點頭，笑得多開心！險些兒把我擠入泥坑裏去。

我這句話，爹一定感到滿意，他樂得幾乎要發狂，倘若這時候趁機向他要幾百元零用，他必是樂意的。爹是多麼的渴望我喜歡姑媽呀！而這種期望的心理我可會明白，一家三口子，我正是爹娘爭奪的對象；我喜歡姑媽，爹當然是樂不可支的了。

三

走入巷口，我便預感到事情的不妙了。遠遠望去，家裏一片光亮，晃晃閃閃的閃動著耀眼的光芒。這就奇怪囉，早晨出門時，明明把燈光扭熄了，門兒也鎖得牢牢的，怎麼這時候又有燈光亮著呢？啊——必是娘回來了呀，一定是的！看來我的斷定不會有太大的錯兒，那就糟了。

我頓覺到一陣暴風雨將要臨頭。

跨進門檻，這才看清楚鎖是被擰開的，門扇狠狠地給推在角落裏，娘獨個兒坐著，把臉兒埋在手掌中，好像在哭泣，微微地抖顫著肩膊。

霍地，她抬起頭來。像觸到了電流，娘忽的放開手把頭抬高，眼光對準著我。娘在流淚！眞的！在一盞輝耀的燈光下，她的淚水被照映得亮晃晃，雙頰滴流下來的兩道淚痕還沒有拭去。娘望著我，眼光帶有幾分責備。

娘！我幾乎有奔過去抱她一哭的衝動。娘是寂寞的，我知道。打從第一次爭吵那時候起，她就沒有過開朗的一天。把自己關在家裏，她過的是囚人不如的生活。娘夠慘了，在我們的家，她背負的是十字架的重擔，爲了家她的苦也實在夠受了。我後悔此行。

「娘！」我眞喊了起來。

娘沒有回話，只眨了一下眸子，眼光顯得柔和了些，接著大顆大顆的淚珠，涔涔往下滑落下來。坐在籐椅上她沒有動，一味兒地流著淚，她的容貌崇高極了，崇高得叫人見了會打自心底發出讚歎的聲息。

「娘，我跟爹去看姑媽。」對娘，我不能瞞她，我照實的說了出來。

「哦，是嗎？她很好嗎？」娘掏出手絹揩去臉上的淚水，毫不經意的問著，面龐上沒有怒意，倒使我意外。

「唔——她，她，」我只管支吾，面對著娘，不知該說出怎樣的話語。

「阿健很喜歡她。是不是，阿健？你說說好啦，剛才你不是說過嗎？」一直悶著什麼話也不說的爹，開口了。回頭過去，我正碰著爹那道焦急的視線。

啊，啊，我究竟怎麼說好呢？她，我確實喜歡，可是我更愛我的娘呀！自從我呱呱落地，娘就一直把那愛灌入我生命裏，爲我操心，爲我勞苦，她是慈愛的。爲了家，這幾年來她雖常跟爹賭氣，但我曉得娘是深愛著爹呀！我怎能再叫她傷心？我知道此刻我必需有所抉擇了，我再也不能袖手旁觀；我的一句話，關係著全局。

一陣長長的靜默。

止住呼吸，娘挺起上身，目不轉睛的注視著我，那是一雙期望的眼光，彷彿在說：「說吧，阿健！你喜歡誰呀？」是的，我再也不能置之不理了，因爲我已不是一個不懂事的孩子，我應該有所表示。我要告訴她，我愛的是誰。望著娘那略帶皺紋的面龐，一股衝動促使我朝往她奔過去。

「娘！我愛您！我喜歡的是您呀！」

跪在娘的脚旁，我嗚嗚地大哭起來。

「噢！阿健！」娘喚了一聲，霍地投在我身上，抱得我緊緊，把熱燙的淚珠一顆顆一串串地掉落在我臉上……

一個死

水橋嫂的遺體已經被扛出來客廳大門外，擺放在一棵大榕樹下面供家人膜拜。一個星期以前還活跳跳的她，如今卻靜悄悄地躺在棺木裏僵硬不動，雙手一伸，雙腳一擺，走了！僵硬在那兒，雙手空空什麼都不擁有。何其悲哀的事兒呀，任你有多大權勢，有多大本能，死神一旦降臨在你頭上，任何掙扎都逃不過祂無情的摧殘。皇帝如此，無名小卒如水橋嫂這般苦命人更是不例外。

此刻，昆來正雙膝落地跪在棺木前叩首膜拜，一身的倦態，神色沮喪，毫無表情。母親的死對他不會產生多少悲傷，或許長年離鄉背井在外謀生，他什少與家人聯繫，又缺乏與父母溝通之故吧，父子之情淡如白水，沒有絲毫親情可言。

如今，昆來虛度了這半生，竟然這般的潦倒落魄，不僅沒有衣錦返鄉，簡直像個叫花子。怨誰？只怪他自己不爭氣，沒能大幹一番來光宗耀祖。

「卡緊，卡緊！攏總出來叩拜啊，嘖！大家攏無要無緊，實在有夠衰！」

一個肩上斜掛白布的長者高聲催促著，話聲響了許久，才瞧見零零落落的幾個男女，懶洋洋的移動脚步打樹下冒出來：他們有的牽著小孩，有的在擦汗，顯得好慵懶的樣子。

陽光炙熱得很！火辣辣的太陽從雲層裏直鑽，天空似乎也被蒸發得冒上陣陣的霧氣，馬路上面滾著高高低低的黃土，太陽給埋在黃土裏發著肉紅色，燒得可眞叫人承受不了。

水橋嫂的自殺身亡，是蔡萬全倒她三萬塊錢，一時想不開才走短路，投水結束了自己的一生。三萬塊錢是水橋嫂的全生命，她去討債，不但要不回來反而挨過一頓臭罵，她受不了啦，在投訴無門之餘頓生厭世的念頭。

那天上午，水橋嫂的屍體在十八瀧的水圳被撈起來，她的遺體掛在水閘流不走，叫一個附近的農夫給發現，才趕緊通知派出所來處理的。

當水橋嫂被撈在水圳岸上的時候，已經有嚴重的水腫，大概死了有半天之久吧，很難辨認死者的身分，不過由身上的裝束，不難猜出是家境不好的老婦人。管區的警員在她口袋中要找出能證明身分的東西，找了半天終於放棄。

「啊，伊就是水橋伯仔的牽手嘛，我知影伊咧。」剛好路過的年輕人突然叫道。

「你知影伊是誰？」警員問：「伊叫什麼名？住在叨位（哪兒）？」

「名我不知，不過水橋伯仔住在叨位我知影。」

「住叨位？」

「住在中和村。我去過伊的厝，也看過伊的牽手。」

「眞好，多謝你。」警員這才放心的說：「麻煩你去通知伊來認屍好不好？」

「我現在就去。」飛快地跑開了。

水橋和黑面發仔匆匆忙忙趕到現場，太陽正在頭頂上。水橋嫂的遺體擺放在圳岸的草地上，圍繞了二十來個來瞧熱鬧的好奇的人們。水橋嫂那張被水給泡漲的臉腫得好恐怖，微微地呈現出灰白色斑點；而一雙眼珠更是蹺得好嚇人，死也不瞑目。

「可憐的阿雲哪！我的心肝老伴啊，妳死得眞悽慘哦！」水橋邊嚷邊衝過來，推開人群旋即鑽了進去。

「噯喲，阿雲咧！妳是怎樣要這款的憨，死就可以解決一切嗎?!」

水橋哭得死去活來，一把鼻涕一把淚，雙膝落地，緊緊摟住他老婆哭個不停。

「不可衝動，」警員勸他：「人死了不能復生，你就減哭一點嘛。」

「你敢叫我不好哭？伊是我的牽手呢，怎樣那不好哭！」水橋狠狠地頂他一嘴。

「伊確實是你的牽手嗎？」

「呸！伊若不是我的牽手，我怎樣那著哭！」

「伊是爲什麼要跳水自殺，你知影無？」

「攏是乎〔給〕蔡萬全仔害死的啦，伊倒了阮牽手的錢，我要報仇，我要報仇！」

「不可衝動，」警員安慰他：「一切由法律來解決就好，相信法律會乎伊公平才對。」

「請問，阮現在可以領屍嗎？」黑面發仔打破沉默：「大熱天，眞容易爛去喲。」

「還不可以，檢察官來驗屍了後才能領轉去。」

警員抬起頭望天空，那太陽正如一股烈火曬在大地上，圳邊的水泥地熱得燙脚，蒸發出泥土的熱氣，使人噁心而且幾乎昏眩。沒有一點兒微風，一切樹木都彷彿垂死的掛著葉子。

「阿雲哪，有聽見無，妳若是有靈性，妳就做鬼來捉萬全仔去報仇哦——！」抽個冷子，水橋又嚎啕起來，死命地摟住心愛的老婆邊哭邊嚷：「阿雲哪！妳去了叫我要怎樣，要怎樣就好！」

鼻涕掉入他口中，他用嘴唇舔了舔，又瘋人似地哭著。或許，水橋嫂的靈魂有了應驗吧，就在這刹那間，水橋嫂的鼻孔淌出了兩道雲紫的血來了。

「七竅出血了！」有人喊叫。

「哦!古早人講的話一點攏無錯,現在已經應驗了。」黑面發仔的眼眶紅紅又濕濕。

二

那肩上斜披白布的長者,點燃一把線香高聲喊道:

「來來!卡緊來叩拜。」

其實用不著他招呼,一把線香分給了三、五個親戚,其餘的又丟入鐵桶裏燒去了。道士拼命敲響著銅鈸口中唸唸有詞的嘟喃著,在棺木四周繞了好幾圈,孝男孝女都爬在地上跟著道士繞圈。昆來的確想哭卻哭不出來,他曉得這種場合倘若不流淚是會被批評;然而他欲哭無淚,拼命裝著哭的模樣,反而造成極端的不調和。

水橋獨坐在廳堂上發呆,他這樣的坐著已經有好些時候了。他的眼睛充滿血絲,雙眉緊蹙,像是已不堪內心的煎迫。此刻,水橋的心中所思的是他們一家人的過去,尤其跟他老婆攜手走過來的那段辛酸往事。好漫長的歲月啊!宛如是遠古的事兒啦,他跟老婆阿雲提攜共走了這許多艱辛的日子,有甘有苦有酸有辣,可以「歷盡滄桑」四個字來形容;而今,那另一半已不復存在了,怎不叫水橋悲慟萬分呢!

那天傍晚,阿雲打外頭回來就一直心事重重,愁眉不展。她彷彿是個判了死刑的罪犯一樣地感到絕望。她眞想痛快地大哭一場,但是在水橋面前又不得不裝得很平靜。然而她此刻的神情完全是木然了，她覺得這世界的殘忍，她恨人心的冷酷，她覺得周遭都是恐怖的魔鬼。沒有一個同情她的人，於是禁不住落淚了。

水橋發覺異樣便挨去探問。其實打剛才她踏入門框那一刹那，他就感覺不太尋常。

「阿雲，妳是怎樣？」

「我……」她抬頭瞟他一眼，呑呑吐吐的吐了一個字。

「妳怎樣嘛，有心事嗎？」

水橋嫂猛搖頭，然後又將頭垂得更低，一副極爲狼狽不堪的模樣。這種情形鮮少，莫非有了困難吧——水橋忖度著。

「到底發生什麼代誌〔事情〕嘛！無講出來哪會知影咧。阿雲，妳講啊，到底是什麼代誌？」

「………」阿雲欲言又止。

「講啊，阿雲！妳若無講出來，咱就不是尫某〔夫妻〕啦。」水橋氣憤的嗓子也高起來了。

這回，水橋嫂終於下定決心了，事情到了這田地，她總不能不說，水橋遲早會知道的；她於是霍然仰首，定睛凝視水橋好片刻，這才誠惶誠恐地說：

「我，我乎人〔給人〕倒三萬塊銀。」

「妳！妳乎人倒三萬塊！這呢多啊！」水橋驚呼一通：「乎誰倒去？蔡萬全是不是？」

「是……」

「妳那有這呢（這麼）多錢？」水橋實在搞不懂他老婆哪來這筆錢。

「是，是我……這一生的攝積（儲蓄），從嫁你到現在，我偷積來的錢，攏乎萬全仔吃去了。」水橋嫂的眼淚像斷了線的念珠似地滑落下來。

「咱的厝這呢散赤，要攝積這三萬塊實在不簡單咧。」水橋彷彿極其佩服他老婆的毅力似地誇獎一句，繼而又以責備的口吻：「妳既然有錢要借乎萬全仔，哪不給我講一聲呢。」

「我驚你會生氣，所以……」

「唉，眞正歹運，一生辛辛苦苦儉來的錢，按呢（這樣）就去乎人倒倒去，嘖！太便宜萬全仔咧。」

「我對不起你，阿橋，你會原諒我嗎？」

「代誌到這個地步，原諒不原諒有什麼路用嘛，我一定要找伊算帳！哼，萬全仔這個狗子，明明是欺負散赤人，實在吃人夠夠咧。」水橋理直氣壯的吼了幾句。

蔡萬全在H鄉是有頭有臉的人物，現任縣議員，協進塑膠公司董事長，萬國鐵工廠總經理，還有什麼理事監事一大堆，據說在暗處也經營地下錢莊呢！憑這麼多頭銜，赫赫威名，事業之順利乃是可想而知；孰料，像他這般有權勢的人物也倒債，是眞倒還是惡性的，唯有他本人才最淸楚，第三者的消息不過是臆測罷了。他倒了數千萬元，涉及的範圍相當廣泛，遂引起了衆人注目，才使調查局不得不出面調查這件事。水橋嫂背著水橋，偷偷將自己三十年來辛苦攢來的壓箱底兒錢借給蔡某而被倒的事，也因而被人談論。

一陣鑼鼓聲劃破了周遭的沉寂，響徹在燠熱的空中好響亮。好嘹亮的鑼鼓陣啊！領導的是黑面發仔，他們今天特別賣力，因爲敲大鑼的水橋死了老婆，他們義不容辭的來幫忙。

出殯了。葬列沿著曲曲彎彎的莊稼道路，以牛步進發指向墓場，一切都很懶散，而離開墓場還有一段頗長的路程要趕。先導的是一位老道士，斜披在肩上的紅色袈裟已褪色成白黃色了，雙手不停地敲著小銅鈸，極爲懶倦地走著。其次是一具粗陋的棺木由八個工人扛著，後面緊跟著數位孝男孝女，沒有素幛，沒有西洋樂隊，沒有花圈，也沒有送葬的人，情況極其寂寥；唯一的例外就是水橋嫂的阿兄金城，特地爲他那可憐的老妹多送一程。

接近中午，太陽更暴躁得發野了，恨恨的咬著人們的焦黑的背子，直透到人們的內臟。小白狗躺在陰處，張開嘴巴伸出長舌，不息的喘息著。

三

一週前，蔡萬全倒債的消息突然傳開，使得這一向極爲平靜的小鎮立時熱鬧起來。

「喂！蔡議員的塑膠公司倒了，你知影無？」

「我知影，聽講數目不少哦。」

「八千外萬咧，實在乎人想不到。」

「親像蔡萬全這種有頭有面的人亦會倒人的錢，好驚人啊！」

大家議論紛紛，把這一樁驚人的消息告訴別人。一時間，蔡萬全倒債八千多萬元的消息也就傳遍了全縣的每個鄉鎮去了。

水橋嫂著急得不得了。她好後悔將錢借給蔡議員；可是人家都說蔡萬全是協進塑膠公司的董事長又是萬國鐵工廠的總經理，況且又是現任的縣議員，既安全又可靠，絕對倒不了；天曉得一向被認爲是不倒翁的他，居然負了這麼多債款！

她急忙跑去蔡家討債。

「什麼啊，別人我欠伊四、五百萬都攏無來討，妳是算啥！才三萬塊就急到這樣！」

「我是和別人無同款（不一樣）哪，我的血汗錢，當然會著急啊！」

「別人就不是血汗錢嗎？」蔡萬全若無其事的點燃一根煙：「我蔡萬全不是彼款芭

樂尿〔不値錢〕的人，妳放心好了，我一定會還妳就是啦。」

「眞的?!你無騙我哦？」水橋嫂一線希望，以期待的目光望住對方問：「什麼時陣〔時候〕才會乎我呢？」

「到時，我自然就會乎妳啊。」

「到底是什麼時陣嘛，我總要知影確實的時間才會放心咧。」

蔡萬全是何等人物，在各界都很吃得開的他，要對付像水橋嫂這般鄉下婦女簡直是易如反掌的事，他根本沒將她放在眼裏。只見他慢條斯理的吐出一口濃煙，彷彿帶答不理的說：

「水橋嫂，妳實在也眞急性怎樣，這件代誌不是三工二日就會解決的問題啊，我也不知什麼時陣才有辦法還妳的錢。」

「照你這樣講，」水橋嫂更急了，霍地起身：「要提這條錢可能要等三、五年囉？」

「慢慢來嘛，妳才三萬塊嘛，急啥！歸尾〔最後〕總會輪到妳的份，總講一句，慢慢來就是啦——」蔡萬全宛如在欣賞對方的急相似地瞇瞇眼睛露出諷刺的微笑。

老奸！狗怪〔狡猾〕！實在吃人夠夠！水橋嫂火了，她從來沒見過像蔡萬全這種臉帶笑容的人竟是如此的老奸狡猾。曾經有人說過他是個扶強欺弱的男人，現在總算看清楚他的眞面目。於是，水橋嫂一怒之下，便將自己幾天來一直壓抑在心中的一股不名之火，不分皂白的衝向蔡萬全洩憤。

「你無好死啦！有一工會去乎雷公打死啦！明明是欺負散赤人嘛。三萬塊對你是無什麼，你若有誠意，就應該想辦法乎我啊！嘸免（不必）講到一大堆廢話嘛，肯不肯，講一句就好。」水橋嫂等待蔡萬全的回話。

那蔡萬全不慌不忙的起身，指著門口冷冷的叫道：「妳給我爬出去！我蔡某不是乎妳會隨便罵的人，哼！不知好歹的老太婆啊，若不是帶念妳有三萬塊在此，我的厝才不乎妳這款垃圾人（骯髒人）踏入來哪！」

「好好，蔡萬全，蔡董事長，蔡總經理，蔡議員，我才看你會紅到什麼時陣，你逼我走頭無路，我若死，做鬼也不放你煞啦！」

水橋嫂大聲咒罵一頓，然後頗不甘願地走出了蔡家。

回到家來，水橋嫂越想越氣，心中那股憤怒之火難以忍住。人家說他是個僞君子，她曾經還爲他辯護過呢！有夠衰。

「伊才無親像你彼款不見笑咧，伊是堂堂的議員先生，你不好黑白（隨便）講人的歹話哦。」

對水橋嫂而言，縣議員、董事長、總經理就是天神，就是權威，就是神聖不可犯的人物，怎會是個僞君子呢！如今，要不是親眼看見，她還會繼續爲他辯護到底呢。人面獸心——唉，這可不就是蔡萬全的寫照嗎？

水橋嫂徹夜不眠，痛苦得翻來覆去怎麼也睡不著覺。一想起自己省吃儉用的血汗錢就這麼輕易的被倒，她怎麼想也無法原諒對方。不錯，當初是自己心甘情願要借的，還特地勞阿明嫂送去給他；不過，說好是半年的期限，結果拖到現在。記得有一次她腹痛如絞，水橋說要去請大夫，但她爲要節省開支居然咬緊牙根給忍下來了；這樣辛辛苦苦一點一滴蓄存下來的錢，說倒就倒，誰能服氣？這麼一想，她又不能不痛恨蔡某的絕情了。

左思右想，整整思索了一個夜晚，水橋嫂終於下定決心了，如今她已走頭無路，唯一的路就是以死來謝罪她老伴；儘管水橋說要原諒她，可是從她老伴的目光中可以瞧出一股責難的眼神來。她的確很對不起老伴，三萬塊錢是她家的大數目，足可使家裏的生活立刻獲得改善。

「水橋，再見，我要來去囉……乎我在來世才來報答你就是啦。……」

事情發生的第二天，水橋和黑面發仔去找蔡某理論。

「奇怪啊，伊自己做的代誌，你二人來找我做啥！」

「若不是你倒伊的錢，阮某（我太太）伊怎樣那就去死！」

「笑科！」蔡萬全大聲吼叫，面目獰猛：「伊的死和我有什麼關係？也不是我逼伊去死的啦！」

「噯喲！」黑面發仔聽了禁不住說：「萬全仔，虧你也是一個堂堂的縣議員，這款話你那講會出嘴咧？阿雲仔明明是乎你逼死的，你是間接的兇手呢，還閣咧講大聲話！」

「發仔伯，我是尊重你是老前輩才對你客氣哪，你若是要來說教，我就請你二人給我出出去。」

「你要趕阮出去？」

「請！」蔡萬全扳起面孔不客氣的：「給我出去！」

「好！阮會出去。」黑面發仔氣抖抖的說：「不過，我要給你講幾句話，做人要憑良心，用欺騙、敲詐、搶奪的手段來吃人的錢攏抹得好死啦，一定會絕代！不信，你才去試看咧。」

四

葬列已經到了山上，水橋嫂的阿兄金城也回去了，送葬的僅剩她的子女和鑼鼓陣的成員。

陽光映得眼睛發刺。赤熱的火傘燒得馬路上沙土閃爍地生光。酷熱滿和在空氣中令人窒息。黑面發仔走在鑼鼓陣的前頭帶路，陽光燒著他黑亮的肌膚，汗珠一點一滴的打他頭上滑落，他不停地掏出毛巾來揩拭。鑼鼓陣的成員要算他最辛苦，他是領導人，一會兒照顧水橋的遺族，一會兒又跑來吹嗩吶，忙得團團轉。

今天的大鑼由一位年輕的小伙子替代水橋，水橋是挺好的鑼手，敲起鑼來不僅僅聲音響亮，抑揚頓挫也非常清楚，曾經是附近一帶有名的鑼王。今天要不是他老婆的葬禮，他眞要大幹一番呢。

長脚祥仔臉上毫無表情，只是機械地敲著小銅鈸。他瘦長的軀體走起路來像極了「謝必安」，又有點跛脚；因此，遠遠望去像似幽魂在飄遊。

大肥順仔健康一向很差，鬧的是肝病，前些時候還住過一陣子的病院，剛剛才回來不久就碰到水橋嫂的葬禮，只好抱病參加。何況要找人來替代又不是那麼容易。

阿敏和黑面發仔是嗩吶手，吹嗩吶的還有一個煌仔，但煌仔已經過世很久了，一直由他們倆來撐擔，倒也搭配得相當順心。阿敏在鑼鼓陣成員中雖是最年輕，不過也快到五十了，唯一的遺憾就是老婆早死，一直沒有機運續絃。

身爲鑼鼓陣的負責人，黑面發仔的感觸最多：時代進步致使這份行業大多由西洋樂隊和豪華的音樂車所取代，而幾乎面臨被淘汰的今日，已經不能全靠它來吃飯。偏偏在成員中，水橋和大肥順仔就是全賴它來維持生計的，這麼一來，他們家的生活便得陷入三餐不繼的絕境了。誰知好久沒派上用場的這支鑼鼓陣，今天卻爲了自己人的葬事而亮相。

黑面發仔一路上惦記著阿雲的事。可憐的阿雲，想不到一個年邁的弱婦，居然會去投水自殺結束坎坷的一生，其勇氣可眞教人肅然起敬；不過，她是會的，以阿雲剛強的個性，這是必然會發生的悲劇。一個貧窮人家，三萬元是她的巨款，她一生的儲蓄，是她生命的全部。這筆血本一旦歸於烏有，她活不了。這比她性命還要貴重的三萬塊錢……唉！眞要命的三萬塊錢……

靈柩已經抵達了墓場。水橋嫂葬身之地就在一門豪華宏偉的墳墓之旁，一塊不到一坪的小小的草地上，極爲不顯眼。不錯，這地方很適合安葬一個無名小卒，一個平平凡凡的市井小人物；然而一個毫無社會地位和權勢的人就該死嗎？命運註定要倒一輩子的霉嗎？果眞如此的話，這世界再繁榮再進步，也不值得生存，就像水橋嫂，連死後也難以尋覓一處較寬敞較舒適的安息所。

水橋嫂的遺體就要落坑了，由八個抬棺的工人將它徐徐放進坑裏去，從此不再有人提她，永遠被世人遺忘。她丟棄了親愛的老伴水橋毅然離開人間，乃是她自己最適合的選擇，誰也無權干涉；然而她一生勞碌，爲生活而拼命工作，至少在陰府能夠幸福而獲得眞正的歇息才好，否則太委屈了她哩。阿雲哪！委屈妳啦，就忘掉那三萬塊錢的事，好好安息吧……黑面發仔噓唏的喃喃自語著。

現在，水橋嫂的靈柩被蓋上土塊，給弄成一座土堆。山上的風也死了，沒有人吭聲，連工人都懶得開口。一切都在無聲中進行，悄悄地……悽涼地……寒酸地……極為相稱窮苦人家的安葬。

太陽瞧得最清楚。

荔枝園

雖是三月，臺灣的春天很暖和，暖得有如炎夏般的感覺。一團火烘烤著大地，把烈日下的他那壯碩的身子，烤得通身是汗。

就這樣工作了一天啦，來福覺得疲倦，掏出毛巾拭去臉上的汗珠，像沒有望見什麼似地，茫然瞧著那塊荔枝園。

他把全生命灌注於這不足三分的園地，不！即使說：來福一家的生命，全繫於這塊狹小的土地，也不過火。

十二歲那年，已失去了母親的他，好容易才讀完國民學校，就像牛一般工作著。應當為一家臺柱的父親，打從喪妻後，忽然間換了人，變得很拗執；近年來，時常飲酒，喝得銘酊大醉。

眞是禍不單行啊——昨天，月里又突然發瘋了。

想到這，來福就心痛欲裂。他自咒命運，也埋怨上帝因何唯獨待他這樣刻薄。

「唉，整整二十年了。」來福感慨萬千地喟歎著：一幕幕如煙的往事，令他心碎。當時，他的父親經營著一宗規模相當宏大的生意，事業頗爲順利，簡直有如升日之勢。沒有祖產，又是個孤兒，單憑赤手能夠蓄了一筆小財產，確實是夠瞧的了。的確，他的父親是嚐盡千辛萬苦出了頭的：十五歲那年當米店的小差，而以此做起點一直跑他的路，跌倒了再爬起來，像一頭蠻牛，從未有過片刻休息。

就這麼樣地歷盡苦難，經過幾年之後，竟然有些小儲蓄了。添旺——他的父親，把這筆錢作爲資金奮鬪起來了。幾經挫折，憑他那股牛勁的獨特苦幹精神，很快地又蓄積了一筆很可觀的財產。那是十六年前的往事。

然而俗語說得對，好景是不會常在的；畢竟他也脫不了「盛者必衰」的輪迴規律。稍不留心犯的微末失敗，使他的狀況急轉直下地起了變化；以往一直順利的事業，到處挫折，在短短的歲月裏不單財產大減，也負了不少債。

多年的苦心付之流水，經過債權者的整理後，留下來的，除去一些零星的傢俱外，僅有一棟破舊不堪的房子而已。好快啊！從始至終，只不過三年間的變故。多可怕！他不由得寒顫起來。

他的父親，忽然老了好多，性子也變得好暴躁；一抓到錢，就自暴自棄地藉酒解悶，似乎不那樣，日子是過不了似地。

賣去房子，遷到現在的住所，是來福在國民學校四年級的時候。那時，已經對人生抱著悲觀態度的父親，意志消沉，幾乎喪失了做工作的氣力；成天自嘲地灌了酒，就要發牢騷。

不久，更悲慘的事情接踵而來了：素來不埋怨任何人而默默地工作，一面安慰丈夫，一面鼓勵他上進的慈母，終於操勞過度而撒手西歸了。

那一天，父親仍然不在家。母親伸出乾癟的手，無力地握住來福和月里，寂寞地昇天去。已經朦朧地了解「死」的來福，抱住母親的死屍「媽！媽！」的痛哭流涕；但只有五歲的妹妹——月里，卻不可思議地望著母親發獃，不會爲她媽媽的死而掉下一顆悲傷的眼淚。

打從那天起，兄妹倆便成爲孤兒一樣的境遇了。父親雖然健在，那是無濟於事的；在家，他只會飲酒、歎氣、發牢騷。在這種環境下成長的來福，年紀雖小，已經發誓將來一定要復興家業。

「哦——險些兒給忘了。」他彷彿從惡夢中醒過來，連忙收拾農具，立即趕回家。把鐵鍬丟在牆邊，來福便飛也似地奔進廚房，找妻子去。

「月里不要緊吧？」

「嗯，睡得很濃呢。」美玉歇了做活的手，悲痛地望望他。

「我來看一下。」來福點上油燈趕速地跨出門外，朝向農舍走去。隔著正廳約莫五十尺處，一間農舍，昨天打那兒搬出一切農具，淸掃了一天，就把發瘋的妹妹送進去。不，該說是把她監禁起來較爲恰當。他自問：「當哥哥的我，對待發瘋的妹妹，究竟盡了該盡的責任了嗎？」

四周昏暗，三尺前方已瞧不見東西了，順著恍惚的火光，他摸索地把脚步移動著；春風徐徐吹來，隨時都有把燈火吹熄的可能，他躡手躡脚，小心翼翼地捧著油燈向前移步走去。

倏地，一堵燻黑了的土牆攔在他鼻前，他立刻聞到那股令人難忍的霉味。啊，農舍就在眼前了。他擧高油燈，忙把身子挨過去，打從破落的窗口望進去，不由得喊了一聲。唉呀！那不是月里嗎？在一盞孤燈下，她睡得多可憐！多委屈！

「可憐的月里！」一陣鼻酸，他不覺自言自語。

月里緊身裹著一張薄棉被畏縮地側身子睡著，那端正的鼻樑與白皙的肌膚，正是她有受過相當敎育的憑據；但那披散的頭髮以及微開的嘴，卻顯示著她已非是一個正常的人了。儘管經過淸掃，由於過去堆放農具的緣故，裏邊的惡臭實在難以忍耐，然而在這樣的地方，也不說一句怨言乖乖睡著，他覺得太委屈了她。

月里打從棉被裏伸出一隻削瘦的脚，那是多麼的白！望著它，來福就不能不憶起爲著妹妹的學業，粉身碎骨地工作的一段酸苦日子。

孩提時代，來福確乎在酸苦中長大的；不過，縱然是苦，總會有幸福的一天——他時常這樣的勉勵自己。

國民學校畢業後，就如要割去身上的肉塊一般，他拼命地幹下去：像父親一樣跌倒了再爬起來，一股勁兒的磨鍊著自己。任何苦事，他都嚐過了：糖廠的臨時工、木匠的徒弟……等，他毅然地度過坎坷的人生，以期挽回厄運；領了工資就吝嗇地蓄積起來，積土成山，終於買了一塊園地。在那塊園地上栽植荔枝，則是去年春天的事。

歲月過得好快！幾經寒寒暑暑的變換，不覺中流逝了十餘年的光陰了。母親絕命時，還不懂事的月里，已經長得亭亭玉立，在學校裏唸高二。

去年，不曉得打哪個時候起，她和同校一個姓陳的同學，雙雙墮入於愛的漩渦裏；那確乎是焚身似的火熱愛情，但父親卻以同姓爲因，徹底地反對。

當時，幾乎變成廢人一樣的父親，探悉這件消息後，不知哪兒來的氣力，火氣沖沖，竟烈火般地發怒起來。

「想想看嘛，和同姓的人結婚，怎能對得住祖先？第一，怎麼樣向妳母親交代啊！」父親破口破罵，氣得把臉兒都漲紅了。其實，同姓問題只是藉口，在他心窩裏強烈地潛在著一種怨恨，那是專對他失敗時，未曾伸出援手的人們的詛咒。

「有錢有什麼稀罕！他們都給狗吃掉吧！可靠的是自己呀！」父親一喝了酒，就自暴自棄地咆哮、辱罵起來。純良的月里，只得心煩意亂地避在房裏傷心流淚，痛不欲生。從此她變了，掉在痛苦的深淵裏過著她悽涼的日子，學校也時常缺課。

這種情形下的月里，升了高三時，終於自己想不出辦法，而來向他求援。

「我並不介意。若果妳們以純潔的心眞正相愛，月里！我是不反對的。」來福勸慰著，並決心爲唯一的胞妹，不厭任何苦勞，盡其所能來排解一切；若可能的話，他是願意立即允諾她，因他深知月里是如何地焦慮著。

有一天，來福直率地向父親提出了意見。

「什麼話！你也說贊成嗎？嗯！我曉得了，原來你倆兄妹夥同一氣要愚弄我呀，你大概已覺得我是個累贅吧！」父親心頭火起地嘶喊來著。

「爸爸，那是您拗蠻的偏見呀，我不過是表示我的意見，您就火了。您實在太任性，一點兒也不想了解年輕人的輕重，畢竟把應對別人發洩的怒氣，移向自己的骨肉吐出！可憐的月里……從小就缺短父母愛而茁長的妹妹……爸爸，您不愛她嗎？即使犧牲月里也要饜足私情嗎？當然，同姓結婚在我國是稀罕的事兒，可是這種舊來的陋習，應該趁此打破才對哪！我想：祖先總會諒解的，爸爸！時代是不斷地進步呢……」來福怨艾地說著，忍不住淚水濕沾著頰部落下來。那與其說是對父親抗議，倒不如說是對父親這般舊腦筋的人們衷心的叫喚。

他的努力終歸徒勞。拗強的父親怎麼也不答應，且說：如果不顧一切的結婚的話，只有讓她一死；並且，宣告不再讓她上學校去。唉，這豈不等於是禁錮！孝順的來福，雖然覺得妹妹太可憐，卻無可奈何。

月里在她那小小的心田裏煩悶著，埋怨著父親的無情，從此菜飯難嚥，終日發呆。豐盈的身軀消瘦了，腮骨突出，兩顆瑩亮的眼睛也深窪了；變得面目全非，像個魂不附體的女鬼。

來福的心胸，有如萬針刺疼的難過，他雖很想替月里盡力，卻始終無法可施。自己連國民學校也馬馬虎虎地讀過的來福，爲了補償這個遺憾，他節衣縮食的替父母培養她——月里；然而那唯一的妹妹，終於瘋了，受不住一場痛苦的煎熬，竟而發瘋了。

「哦，可憐的月里……」來福一味地控制著險些兒就要溢出的眼淚，不能不想起昨天的事情。

昨天，門窗都關好了，正想要就寢的當兒，才發現妹妹不在家，首先發覺的是妻子美玉。每天在睡前，必到廚房刷牙齒的月里，昨夜竟一直沒有出現。美玉並沒有掛慮，因爲妹妹的晚睡是常有的事，但是今晚倒有些異樣，她的房間靜悄的沒有一點兒動靜。

美玉即刻奔去探望，可是太遲了，房間裏淒涼得只有一張冷清清的空床。就此起了一陣慌亂，忙壞了來福夫妻倆。父親又上街買醉去了吧，一直沒有回來。來福和妻子，便分頭搜尋去了；然而這般如深海似的暗夜，何處才能找到她呢？所謂「海底摸針」正是指這種場合吧，來福深深地體驗到。

四周暗黑如漆，夜靜更深。春天的晚上竟是如此的寂寞嗎？他仰望著漆黑無光的夜空，滿心酸楚，淚水自然地掉了下來。

「月里！」

「月里！」

他直呼著妹妹的名字，倏地一種不吉祥的預感，像冰塊滑過他的心臟，掠過他的腦筋內層。這麼寂寥得有點可怕的晚上，也許會使一個心煩意亂的人突然的發瘋吧，從背脊骨一陣冰涼，他不禁戰慄。

「月里！」他悲愴的呼聲顫動地響著，高響在一片死寂的空中，倍增夜之淒然。

找過良久了，來福失望地回到家裏，看見美玉已坐在廳頭歎息。

「到處都找遍了……不知怎樣，我的心跳得很兇……」美玉沮喪地說著，衷心抱歉地垂頭。

正當來福夫妻倆呆在客廳灰心喪氣，認爲或許要麻煩鄰居幫忙的時候，後院的雞窩俄然起了一陣騷動，眞是一件意料之外的事。

來福和美玉，不約而同地衝出去，剛跑到雞窩門口，卻被展現在眼前的一場奇景愣住了。他們瞧見兩隻鴨子在空中撓動著，並且給絞緊了頸子，正在掙扎、狂叫。

哦！是她！那是月里呀！

「喂！幹嘛？」他立刻上前去，奪下她手中的鴨子，然後抓住月里的肩膀用力搖撼。

「唔……唔」他發現妹妹張開嘴咕嘟著，也許要講話哩，他高興地把臉貼近去。驟然，一股臭味撲向他的鼻腔而進：哪，那是糞哪！鴨糞的味兒！

「傻瓜！」他厲聲叱道，使勁地給妹妹一記耳光，覺得一種難以名狀的劇痛在侵襲著他，好難受！來福有些後悔了，畢竟月里是個發瘋的人呀！我這樣子做是對的嗎？是不是當哥哥的人應有的風度？我不能待她以更赤心的態度嗎？她是我唯一的妹妹啊……他良心受呵責，心中一陣陣地作痛。

老實說，來福並沒有打罵妹妹的本意，他之所以剛才會如此衝動，就是出於其複雜的情緒，多少含著：「我這麼辛苦地供給妳讀書，而妳竟一點也不懂我的苦心，偏偏發瘋！」的意味。

驀然傳來一陣牛的吼叫，打斷了他的思路，這才使他發覺呆在這兒良久了；而手上的油燈也將要燃盡，只剩下那麼一絲兒的火光。

「月里！委屈妳了……」來福滿懷歉疚，爲妹妹蓋罷棉被，悄然地退出了農舍。

微風陣陣吹來，吹來炎熱後的涼爽。

落日的餘暉，燃紅了半片天，把黃昏的田野照得滿地通紅。

爲了趕辦一件事上街去的來福，由於妹妹的事兒惦記在心頭，很是不安，匆匆地辦完了便趕著路回來。剛踏上田畷時，一眼就望見妻子衝他急急忙忙地跑來了。

她是那樣的慌忙，喘著幾乎接不上的氣。瞬間，一種不安使他退縮地僵立起來。

「阿福！小姑……又……又不見了……」調節著動輒就會間斷的呼吸，美玉氣吁吁的說著。啊——他抱在心中一直無法驅除的暗影，竟成爲事實而出現了。他不由得長吁一聲。

「沒有在雞窩嗎？」

「找過了。」美玉把雙眉湊在一起。

「好！我就來。」把手上的東西丟給妻子，來福立即折回去。

他焦慮地跑著，腦子裏全是妹妹的影像。唉，妹妹妳眞是……他咕嘟著嘴巴，跑在一條崎嶇的小路上，小石子從他的脚底做著聲響在滾轉：那副模樣，與其說是跑，不如說近於滾。

月里，別怨我無情呀，妳再不聽話，我可眞的非買一具大鎖把妳關起來不可啦……

他氣抖抖地想著，不知跌交了多少次了，他卻不覺著，一味地在尋找。前天也是這樣找過呢，月里！妳實在辜負我太多了。妳究竟躲到什麼地方？妳要我在哪兒找？妳這樣子做對得起我嗎？對得起……妳這樣子……妳……令他難熬的絞痛，在咬嚙著他的心板，忽感一陣昏暈，他險些兒就栽倒下去。

跑累了，不覺中來福找到荔枝園來，他沒有懷著多大希望，希冀的只不過是偶然的啓示和漠然的期待。

荔枝樹，幽微地搖動起來了，抬眼望去，一頭披散的長髮映入他的眼簾。

「月里！」來福立刻衝過去，伸手拉住她的衣袖。月里吃驚了，掙開袖子猛然跑脫。他想抓住她而拼命趕過去，終而倆人鬮在一塊兒。

「月里，回去吧。」他扶起妹妹，拍去她身上的塵土勸她，但不知何故，她卻死命地一把擁住樹幹，不動一動。

「回去吧，月里，妳不餓嗎？」以最大的耐心，他像哄孩子似地說著，把臉貼近去。剎那間，他發現月里的眼睛裏在閃亮著晶瑩的淚光。

或許……？一股電氣般的流動掠過來福的腦際，他感到他的心田因此而舒暢起來。已經恢復正常了吧？她是不是對我有所請求？她死心塌地不肯離開此地，爲的是什麼？是呀，那幽怨的眼神和晶瑩的淚光，絕非是一個瘋人所能有的；現在，她絲毫沒有瘋人的徵兆呀！一點兒也不！

來福，樂極了，高興得幾乎要歡呼來著。

「月里！妳的病好了？」興奮之餘，他伸出喜悅的手。月里的眼球亮了，閃動了，似乎在說：「哥哥，我病得好苦啊！爲何不賣掉這塊園地，治療我的病呢？」他覺得發瘋的妹妹好像投以他幽怨的目光，在抗議似地。

現在，他明白應該如何去處理這椿事了。

「賣掉它吧！爲了不幸的月里，這片荔枝園算得了什麼！這塊土地雖然重要，妹妹的生命何嘗不重要？只要埋頭苦幹，我可以再買。」在心中，他這樣反覆地告訴自己。

「好！明天讓我和李金舍商討去；然而，月里！妳得立刻到醫院去。」向妹妹說了，他就感覺到盤據在心中的沉重也隨著輕鬆起來。

來福，彷彿看見月里在咧著嘴笑了。

秋之歌

一

天，很高，很藍。

蒼穹沒有一片雲彩，仰首一望，宛如一泓碧藍的潭水。

遠處重重疊疊的山巒，已在晨曦中脫下睡衣，而緊貼在山腳下那連緜的稻田，朝陽把它照得更加翠綠了。農莊像花蕊，稀稀疏疏的點綴在其間。

這是天高氣爽的季節。大好天，十月的風暖得很，習習拂過身上，有著無邊的舒適。要不是母親的事兒惦記在心頭，洪錬眞要高歌一曲山歌來呢——秋天是一個收穫的季節，也是一個令人感傷的季節。

穿過田埂走出河床，便是一望無垠的甘蔗園，蔗芒在風中輕輕搖曳，遠望過去像一片白茫茫的波浪。甘蔗收穫了，蔗身長得雙人高。蔗園裏，一群男女正在工作，嘻嘻哈哈的笑聲隨風飄盪，好熱鬧。

洪鍊曉得他來遲了。早晨正要出門，母親的病又發作，瘋瘋癲癲的摔東西，好容易等她恢復清醒，收拾就緒，已經花去了不少時間。母親的病，越來越兇了，近來幾乎成爲一個不折不扣的瘋人。想到這，他不禁歎息。

驀然間，劃開深邃的空中，遠遠飄來一陣男女歌聲。是伙伴們的合唱：

不怕風吹不怕雨打呀
不怕日曬不怕辛勞呀
大家一齊動呀動喲
衷心一意砍呀砍嘿
裝載甘蔗一大車呀
製成砂糖樂嘻嘻喲

那是一支山歌，他所熟悉的曲子。優美的旋律恍若一股起伏滾翻的浪潮。他不覺加快了脚步。

太陽出來紅又紅呀
山上小鳥叫又叫嘿
姑娘揮刀把蔗砍呀砍喲
看牛的伙子把頭探呀探嘿！

歌聲突然轉變，換了獨唱部分。悠揚悅耳的聲音時而高，時而低，如泣如訴，一陣陣一串串鉤起他的心弦，迅速地流入他體內的每個細胞。洪鍊知道那是秋妹得意的歌喉。修長的身材，圓圓的眸子，她，人長得很甜，這左近地方是個頂出名的美人兒；而唱起歌兒來，尤是嬌媚動人。他喜歡她。一曲歌聲，使他盤結在心頭的鬱積頓時消散了。邁開脚步，他趕了過去。

走進蔗園，大家正埋首採砍甘蔗。

歌聲戛然而止，秋妹發覺他來，立刻把身子扭轉過去，就像什麼也沒看見似地。

「來了！」不知誰呼的，一聲吆喝，一排斗笠不約而同的抬起，笠帽下出現幾張嘲弄的笑臉，那笑臉很使他感覺難受。毫無疑問，未來之前，他（她）們曾以他作談論的資料——洪鍊敏感的猜度到。

「喲！現在才到！也不怕太陽照破你屁股啊！」麗香第一個挖苦他。咧咧嘴，笑容很難看。她的嘴巴頂厲害。

「我們建議阿昌扣你工錢咧，他答應過嘍！」細妹說。瘦長的臉型，顴骨奇高，躲藏在斗笠下，很像一隻猴子。他就是不喜歡這張臉。

洪鍊連忙拿眼睛去搜尋阿昌的蹤影。阿昌是農場的監督，工人們的主宰，許多工人的命運全操在他手裏。他可以叫你立刻失去工作，也可使你一天之中獲得雙倍酬勞。

「你可別信她的，」陡地，碧娥挺身而出，以急促的口吻說：「她們瞎說！存心戲弄你！」

碧娥在她們之中是最純眞的一個，也最同情他，經常袒護他，爲他辯護。洪鍊知道她在偷偷地愛他，但不知爲什麼，對碧娥過分溫婉的友誼，他始終培不起一顆愛苗來，只是莫名的敬而遠之。

「喲！妳又要作對啦，是不是？妳是他的誰呀？情人？太太？唷——是那個吧？」麗香的一張嘴巴果眞厲害，罵起人來像機關槍，嘀嘀噠噠的掃個不停。

碧娥的臉頓時漲得通紅了。她分辯道：「我不是作對，我在說實話。」

「回嘴就是作對嘛，」細妹立刻插嘴：「根本沒妳的事，少管閒事好啦！」好冷！

「可是妳們不該把我罵得一文不值……」辯著，她幾乎要哭，眼睛裏紅通通的，怪可憐。可憐的碧娥，這句話算是她唯一能說出的最大抗議吧——瞧著她那副可憐兮兮的模樣，洪鍊實在不忍心，曉得自己闖出禍來了，趕忙上前賠個不是。

「沒有關係嘛，『知錯者不怪』，只要你痛改前非。」麗香說。奚落地。

「爬在地上學狗叫好啦！汪！汪！我錯了。汪！汪！我錯了。」比手劃脚，細妹咧嘴說著。

於是笑聲爆開。一堂哄笑令他難受得幾乎想上前摑她一巴掌。但他忍下來。

驀地，渾身覺得一股重力衝向他壓過來，擧眼，他正與一雙瑩亮而柔和的視線碰個正著。晶瑩的，關注的眼光。黑晶晶的眸子很迷人。奇怪，每次觸到秋妹這副瑩亮的眼光，他便會微微地抖索起來。他就是怕觸到這雙眼睛，她的眼光裏好像藏有一點什麼東西似的，但他說不出。每每遇到她的眼光，他內心裏有說不出的欣慰和痛苦，而痛苦的成分往往多於欣慰。現在他無助地瞟她一眼，覺得秋妹應該為他辯護的，但她竟一句也不說，只是關切地凝視著他站立不動。

遠遠地，阿昌高大的身子朝他走過來了。大眼、闊嘴、寬肩、魁梧。踏著蔗葉搖擺著身子，他洋洋自得地走過來。

「阿鍊！」阿昌斥道：「你又來遲了。」

「對不起……」洪錬慌恐地說。

「不是說句對不起就算了事。你知道，你沒來，工作給耽誤了多少！」

「我知道。」

「那，你爲什麼不早點來？」阿昌盤問著，眼睛裏掠過一道兇光。

「因爲……我母親……」說到這，洪錬頓然停住，嘴唇抿得很緊，不願意再說出來。母親發瘋的事，是大家共知的，明知故問，阿昌就是如此不近人情。

「啊，那是私事。公事公辦，我要扣你的工資了。你已經遲到了三次。」說罷，阿昌揚長而去。昂頭挺胸，邁開脚步，走得多威風！他是名符其實的主宰者，在他的支配下，任何人都得低頭。

本來，阿昌這樣的處理是合情合理的，扣減工資——他沒有第二句話。然而他知道，阿昌在意氣用事。阿昌愛秋妹，他並非不曉，而秋妹至今卻遲遲未作決定，乃是因了他的緣故。她處在他倆人之中，心理是微妙、複雜、矛盾的，由她種種擧止上，他能看出秋妹在冷眼旁觀，好由他倆之中選擇一方。

秋妹一聲不響，埋頭做著她的工作。她這種若無其事的態度很令他費解，爲什麼她不說一句話呢？正當麗香在爲難他的時候，正當細妹在欺負碧娥的時候，正當阿昌在指責他的時候，都有機會揷口辯護的，至少也得替碧娥說幾句才對啊！然而她竟一言不發，緘默得像一尊石膏像。難道她在爲了碧娥愛他而生氣？她的胸襟如此狹窄？她在吃醋？在賭氣？……偷偷瞥了秋妹一眼，洪錬不由自主的長吁一聲。

二

日頭快要沒入西海了，周遭一片靜寂。

遠處連緜起伏的山巒，已在晚煙中模糊不清，而山脚下那片蒼茫的稻田，在黃昏中像一片煙波浩渺的大海。一群歸鳥掠空而過，先是一陣嘈雜，而後，儘快地消逝在天的一角。昏黃的空中，煙霧瀰漫。

因爲早晨洪錬的遲到，所以他較別人收工遲了點兒。洪錬趕著路走回去；又惦記母親，他不由得加快了脚步。

早晨由於時間迫切，草草處理了事，很使他惶惶不安。他覺得良心在責備自己；縱然有一百個理由，也不應該有如此態度啊！當母親淸醒過來，他急忙將她按倒在床上，什至用激憤的口吻說：

「媽！您爲什麼要如此作難我？您把我的前途都給毀了！」

然後，幾乎以忿懣的舉動替她蓋上了被，便跳出家門。

多不孝啊！這是做兒子應有的態度嗎？即使母親有一萬個不對，做兒子的也得有一萬個的忍受，何況母親之所以會瘋又是與他有關的呀。父親喪亡那年，他只有八歲，一個中年女人一旦失去了伴侶，突然間像從溫室裏一下子給抛入了冷漠的曠野中，她，多徬徨多恐慌多無依！不難想像的，她心中多悲慟！

然而母親竟然挑起這重擔，悲慟了好一陣子，然後像一頭牛，她拼命地工作。淸還了一筆不小的負債，她什麼都幹過了：樵夫、採礦工……那些男人們都覺得吃力的工作，她樣樣挑在肩上做得蠻起勁。爲要飽暖她的兒子，她簡直在削去身上的骨肉，最後，由於負荷過重、操勞過度，神經逐漸不正常。這一切的一切都看在他眼中，難道他不曉得？而他竟對待她如此的苛薄……想著想著，洪錬的眼淚差一點掉出來。他自咒命運，也埋怨神爲何對他們母子倆這樣不仁慈。

走出山徑，轉進大路的時候，遠遠地看見一個熟悉的背影徘徊在路邊，定神一望，原來是秋妹啊！奇怪，每天這個時刻，她都是跟同伴一塊兒回去的，怎麼會獨自逗留在這兒呢？是不是他自己眼花看錯了人？或許是麗香？細妹？碧娥？噢，不，那明明是秋妹呀！一頭修長的黑髮，圓垂的肩膀兒，苗條而輕盈的體態，那些都是秋妹不同凡響之處。她確是秋妹無疑。

佇立於路旁，她一會兒朝東，一會兒朝西，顯出迫不及待的樣子，而發現他來，竟有如獲救似地雀躍著，衝他迎過來哩。這從未曾有過的事兒令他頓時感到困惑極了，連呼吸都覺得急促異常。嗬！簡直像情侶的幽會嘛！然而她要說些什麼話呢？若果秋妹眞正是他的情人多好！他亂七夾八的胡猜著，心中有種說不出的甜蜜感。他覺得秋妹今天格外地可愛。

「秋妹！」他呼著，甜蜜地，興奮地，關切地。

「嗯……」秋妹若有心事，嗯了一聲，頭埋得更低，頻頻擺弄著衣角，卻沒說出一句話。究竟怎麼一回事啊，唉，秋妹就是這樣的女子，說話不乾脆，老是呑呑吐吐的，往往話說了一半，讓你瞎猜下半句。的確，這是個很尷尬的場面，他感到非常的困惑。單獨跟異性碰面，在這樣的場合算是頭一遭，而對方又是他日夜思慕的女子。此刻，洪鍊委實感到茫然失措了，臉都紅了。

「怎麼到現在還沒有回去？是不是……有話要跟我說？」他訥訥地。

「嗯，」她一點頭，終於揚臉看他：「我要向你道歉。」

「向我道歉？」

「你不會介意吧？早晨的事……」

「啊，早晨的事——」於是，他又想起早晨的一幕情景來了。旋即，阿昌、麗香、細妹、碧娥的臉譜，如走馬燈在他腦膜裏迴轉，還有秋妹那張冷板板的面孔……。

「請你原諒我那時沒能爲你說句話，因爲我，……」

「啊，別提！我知道。」

「當大家在爲難你的時候，我多痛苦。阿錬，你曉得我爲你難過嗎？可是我怕，我怕阿昌無端的指摘，怕同伴無情的諷刺……」

「啊，別提，不要再說下去，我不會怪妳。」他激動得喜悅得要掉下眼淚：「我不會介意的，阿秋，我感激妳。」

僅憑秋妹這幾句話就夠了，沒有再比這段話令他欣慰。此時，他感到多開心哪；縱然有如何困難的事令他去做，爲了秋妹，他會水火都不辭的。

日頭完全沒入西海了。碧藍的天空繁星點點，月光下，修長的身子婷婷玉立，有如一尊高貴的雕像；而一張姣美的臉孔，銀光把它映現得越發俊俏；披肩的長髮烏黑而光潤，很撩人遐思。

「咱們回去吧。」他說。

「唔——」搖搖頭，她兩顆烏溜溜的眸子眨了幾下：「我很抱歉。」

「可別再提啦，秋妹！事情過去了。」

「不，你不知道……我……我……」她的話呑呑吐吐，欲言又止。

「怎麼啦？還有什麼事？」

「我……我已經……」

「妳怎麼啦?說啊。」洪鍊把臉湊過去,揣度秋妹下面要說些什麼話。

「我,我已經決定跟阿昌訂婚了。」話還沒有說完,眼淚早已掉在她的腮頰上。映在銀光下,亮晃晃的。

他險些兒暈過去,像突然間從萬丈高空一下子墜入千仞谷中似的感覺。她這句話有著千萬斤的重量,重重地敲擊他的頭顱,他渾身軟弱,整個身子就要癱倒下去。這有可能嗎?不,絕不可能!阿昌專橫無理,不近人情;他的爲人她極爲清楚,她是不會情願跟這樣的人過一輩子的……洪鍊喃喃自語著,覺得現在連最後的理智都要喪失了,他強迫自己堅強些,以免在秋妹面前失去男性的尊嚴。

阿昌愛秋妹,而她的雙親早就有這個計劃——他並非不知;但萬萬想不到會在這種場合由秋妹口裏親自道出來。現在,他明白他所處的立場了,原來他是在扮演著戲臺上那個讓人耍笑的小丑角色。他的自尊心令他再度站住了脚,適才那份甜美的心情煙消雲散了,什至懷疑眼前這個女子是不是秋妹?是不是他日夜思慕的那個純潔少女?

「我要恭喜妳啦。」他說,抖抖地。

「我知道你在挖苦我,可是世界上不如意的事多著哪。」

「他有錢有勢,人又長得很帥,怎麼說是不如意呢?」

「你!」霍地,她抬起頭,抬得高高,眼眉翹起來:「你不但不同情我,還來侮辱我！」

「啊，妳可知道，嫁給我註定一輩子的活受苦。只因我窮，受人管，並且家裏還有個神經不正常的瘋子。」

他也不曉得自己怎會說得如此順溜，就像小學生背誦課文一樣的順順當當。

「你！——你！」發狂似地呼了幾聲，她跑開了。雙手掩面，震盪著身子，她向山底下跑去，一眨眼之間，已消逝在大路的彎曲處。

三

回到家裏，燈火已亮；一盞如豆的油燈光，迷濛地照映著四壁。

母親正在修補破衣，看見洪鍊愣在門口不動，和容悅色的說聲：「阿鍊，你回來啦。」

「媽！」叫了聲，他舉步走過去。

樂嘻嘻的臉滿面歡容；心情極為快樂。母親衝著兒子說：「飯都涼咧，快點吃吧！」

愣巴巴的望著母親的臉龐，洪鍊整個兒的身子都獃住了。她沒有一絲兒瘋人的樣兒嘛！端正的面頰上，只是加多了皺紋。她立著，向他說話，沒有絲毫瘋顚的神態。洪鍊樂了，他簡直不敢相信自己的眼睛。是不是痊癒了？那麼樣執拗得簡直令他無從措置的病症，會在一日之間完全復元嗎？有可能嗎？果眞如此，哦，感謝神佑！母親恢復健康囉！洪鍊樂得伸出喜悅的手去握住她。

「媽！您好好兒休息吧，可別太累啦。」他興奮地。

「好的，阿鍊！咱們吃飯去。」笑著，母親進了廚房。

半年了。半載的光陰儘管短暫，在他是多麼漫長啊！他記得很清楚，母親頭一次發瘋是在桃花開滿了的四月裏。那天，他收工回來，跨進門檻的時候，便一眼瞧見母親頭上滿插著桃花，傻兮兮的迎向他笑著走來。

「阿鍊，你看漂亮不漂亮？」她說，把那滿頭的桃花得意的搖撓著。

「媽！快摘下來！這麼大年紀幹麼還戴花！」

他以爲母親在開玩笑。然而不對呀！怎麼說也不對！接著，她跳起舞來了，手舞足蹈著莫名其妙的怪舞！啊——母親瘋了！他也哭了，頭一次掉下淚來；至此，他才明白母親已經是個不折不扣的瘋人。剎那間，失望、痛苦、惱恨、恐慌像無數條毒蛇，咬嚙著他的心板。他孤寂，感到無助，覺得自己有如汪洋大海中的一片孤舟。

打那時候兒起，母親沒有一刻不在瘋癲。她的病症不單沒有起色，反而越重。抖落錢囊兒不過就是這麼倆個錢兒了，延請醫生只不過是敷衍，那兒來的錢呢？他十分相信只要有一筆足夠的款項，要治好母親的病症不會太困難。

然而，如今母親又恢復正常了，奇蹟似地不治而癒！哦，神佑！他激動得要跪下來感謝天恩。

晚餐的時候，心情極爲暢快；半年的許多苦勞都在這一瞬間煙消雲散。咀嚼著飯，他不覺問了聲：

「媽，您覺得舒服些嗎？」

「嗯，當然囉！我根本就沒什麼嘛。」她，母親應著，臉上不時流露出和藹的笑容。

可是，這場愉悅的氣氛畢竟沒能維持多久；當他吃過飯，洗好脚，正想跟母親聊聊之際，情形完全改變了。捧著衣衫，母親打補的並不是破洞處而是盡把領口處和袖口兒縫密！他愣住了，渾身的血液都逆流起來，他禁不住打了個寒顫。原來，母親的瘋病並沒有轉好，看來，越發嚴重呢。

「媽！不對呀！那是領口兒！」他驚叫起來。

「怎麼不對？破了這麼大孔，你看嘛！」母親說著，把衣衫拿在他鼻前，嘻嘻傻笑。

「那是領口兒！唉，媽！您瘋了？」

「我瘋了？」突然歛起笑容，她氣憤地：「我幾時瘋了？我沒瘋！」

「您就是連自己瘋了也不曉得的，媽！」

「阿錸！」母親喚他一聲，以責備的口吻說：「你這樣開口閉口儘說我瘋，我根本沒瘋嘛，瘋的是你自己。」

母親氣急敗壞的說，臉上全無血色，她，嘭地坐在床沿上，衣服索性不補了，喘著接不上來的氣兒。

或許母親的話是對的，他想：瘋的並非母親而是他自己。這幾年來，由於環境的惡劣以及情緒的不佳，幾乎把他搞瘋了；尤其最近跟秋妹的事情，使得他的情緒更加惡劣到極點，而近於瘋狂。他曾經計劃著換換環境，到別處去另謀發展；可是一旦想起年老而又精神不正常的母親，他不能不把這念頭打消，只好認命地埋怨著命運的不濟。

他悄然踱去了門口。屋外，夜氣很涼。走在煙霧瀰漫的田埂上，他整個身子都沐在夜氣裏，讓冷風儘情地吹拂臉面。這樣也好，叫風吹醒我那迷糊不清的心緒吧，我該省悟了。他喃喃自語。

秋妹捨他而就阿昌是個明智的抉擇，秋妹沒有錯兒，她是對的。誰願意來替他分憂？這個家，除非有足夠的生活基礎，誰都不願來的。再說，秋妹是個善良溫柔的女子，即使她願意，也未必挑得起這個重擔。好吧！既然她選擇了阿昌，明天起，就得疏遠她了，他想。

四

昨天，一連串所發生的事情，使他整夜翻來覆去的，沒能好好兒睡；早晨一爬起來，頭目暈眩，眼睛紅得像兩顆紅棗兒，母親的狂態……秋妹的哀怨……阿昌的蠻橫以及夥伴們的藐視……一大堆影子在他腦膜裏左旋右繞，無法驅散。

爲了不再引起伙伴們無謂的指責，他一大早便走出了家門。

繞過竹林，走出田畦，田間的小路上雜草很長。稻子快成熟了，一穗穗地承擔，把頭垂得好低。秋風吹過，刮起脚下一片黃金色的波浪。無論如何，不能再理睬她了——踏著朝露，他沉思著。秋妹已遠離他而去，她不再是他的意中人，因爲她決定許配於阿昌。好吧，秋妹！別顧慮我，就嫁給阿昌吧，除開祝福妳，我不會對妳有所懷恨的。

鑽進蔗園，時間還早，只見幾個男女工在園裏收拾蔗葉。阿昌揮動胳膊正在指揮，發現了洪鍊，像觸電似地僵直了，揮擧的手臂還吊在半空中。

「早安！阿昌哥。」他笑著挨過去。這瞬間的心理狀態是頗爲微妙的，連他自己也搞不清究竟爲什麼。阿昌是可恨的勝利者，在「愛情」的戰場上，他敗給他，還得向他道賀。

阿昌沒有迎過來，凝住在那裏紋風不動。扳著臉孔瞪著他，沒說一句話。

「阿昌哥，恭喜你！」他又次小心翼翼的說。

現在，阿昌迎過來了，緩慢地踱著步，面部的表情很難看。

啪！一記耳光打在他的臉頰上。洪鍊跟蹌的倒退幾步。

「我問你！」許久，阿昌才開口，狠狠地：「你昨天是不是跟秋妹在一起？」

哦，就是爲了這層事啊！原來阿昌在誤會。

「是的，」他應著，伸手摩挲著頰上的疼處。

「爲什麼在一起？」

「是她有話要跟我說呀。」

「談些什麼事？」

「她說，她決定跟你訂婚。」

「胡說！」阿昌猛地推他一把。

「沒騙你！你問她好啦。」

「你這傢伙！」阿昌的臉龐頓時繃得越發難看，一種似相信似懷疑的眼神流露在他面部：「你在騙我！」

繼而是一連串的毆打，拳頭像落雨點般的擊落在頭上、臉上，身上。他沒有反抗，他知道這個時候，即使反抗也無濟於事。

這時，四十來個工人都圍上來了，屏住呼吸圍觀著，沒有人敢說話。碧娥終於哭喪著臉說：

「阿昌哥！別打他啦。他有什麼不對嘛！」

這句話，無疑是給了阿昌一個話柄，他火上添油了，指著洪錬吼道：「噢？他沒有什麼不對？背著我偷偷和秋妹幽會，他沒有什麼不對？」

冷然間，又是一拳頭，重重地擊落在洪錬的鼻頭，他連翻帶滾跌了下去。鮮血從鼻孔裏汨汨而流。

「住手！」突然間，一聲吆喝，秋妹倏地鑽出圈外，怒目橫眉的罵道：「你這沒有人性的東西！你神氣什麼！」

「他欺負妳。」阿昌說，話聲裏有著驚慌失措的意味。

「他沒有欺負我，是我自動找他的。」

「他的態度傲慢！太不講理。」

「喲！虧你說得出！」秋妹力竭聲嘶：「他那一點傲慢？那一點不講理？你打他，他卻沒有反抗，任你擺佈，任你宰割，你還說他傲慢？」她惱怒得要光火了，聲音破啞而抖索。

這突如其來的場面，使阿昌一時無從應付，只得目瞪口呆的愣了好半天。

秋妹的雙眼垂落在地面上，剛巧與洪錬的眼光碰個正著。他承受著秋妹投來的一雙關注的眼光，那眼光裏有著一份愧歉。他用袖筒揩去臉上的血漬試著站起來，卻又暈暈沉沉的倒下，秋妹想上前去扶助他，但終而又止。

阿昌走了，垂下頭懊喪地走向另一個工作場去了。毫無否認的，秋妹這一著委實擊中了他的要害，令他哭笑不得，他心中必定不愉快的；可是阿昌沒敢發牢騷，因爲他愛秋妹，深怕得不到秋妹的歡心，爲了討好她，他只好認輸了。在阿昌的眼中，秋妹永遠是個美麗而高貴的公主。

洪鍊終於爬了起來，吃力地站立著，渾身的骨節疼痛不堪，腦袋發暈得幾乎站立不住。

「你是偉大的。」碧娥投他以欽慕的眼波。

他沒答腔，幽微地向她一笑，然後撢去身上的塵土，回到自己的工作崗位去。

「哼，沒出息！」背後飄來一聲辱罵，他聽出來是麗香的。

「活該！」細妹也附和著。

他弄不清她們所罵的對象是誰；然而無論是阿昌是自己，這似乎都無關緊要，因爲大家的眼睛是雪亮的，縱然有所誤解，畢竟有冰消瓦解的一天。此刻，他覺得欣然無比，心懷也豁然開朗了起來；因爲他深深體驗到「忍者勇也」的眞正意義。

五

光陰如同小貓的脚步無聲無息地悄悄溜過去，一個多月的時光就這麼樣地流逝了。

秋色愈加濃厚，天氣一天天的轉冷。遠處，那連緜起伏的群山，一片蕭條氣象，楓葉紅了，眺望過去，像一團拖曳在半空中的紅霞。近處，林木的樹梢上秋風蕭蕭刮過，落得滿地的乾葉子。

甘蔗的採砍工作正闌，業已進入鑼鼓緊密的階段。兩個月前那一大片廣大的蔗林，被採得剩下無幾，原先砍掉的地方早已長出了一尺來長的嫩葉。這些日子，大夥兒都忙得不可開交，工作時間無形中給拉長了：打早晨七點到傍晚五點多鐘，一天足足要忙上十來個鐘頭，弄得大家忙迫萬分，歌兒也越唱越起勁。

砍呀砍呀砍成一大堆呀
換取外匯報國家嘿
種蔗的農人收成眞不差呀
買牛又買田
年年勞苦有代價嘿

和著歌兒的旋律，大夥兒起勁的做著，在那胳膊一上一下之中，高大的蔗幹一支支的被砍倒在地面上。舉眼一瞧，洪鍊看見秋妹也正忙忙碌碌，只是那張嘴始終緊閉著，沒有參加他們的歌唱。

秋妹近來變了，老是愁眉不展，極少有過暢快的時候。她那得意的歌兒也不唱了，成天恍恍惚惚的顯得無精打采。他弄不清所以然來，照理她應該高興的，因爲她和阿昌訂了婚。

由夥伴們的談話中獲悉秋妹與阿昌訂了婚的消息，是在半個月前的時候。當時他非常激動，幾乎想大哭一場，什至要去跟阿昌拼一場死活。但這件必然會到來的結局，到底不致於令他摧殘自己；僅只瘋癲了幾天之後，他恢復了往日的平靜，只是比往常更加沉默罷了。他相信這層婚事，秋妹完全是被動的，她極不願意——他曉得。做爲這個封建社會的一員，她乃是一隻可憐無助的羔羊，她那能跳得出這堵無形的圍柵呢？

午休的時候，大夥兒並坐在路旁的樹底下吃飯包，算是一天中最難得而最快樂的一段時光；飯後，各自兒舒靠在樹下小憩，天南地北的閒聊——多麼的稱心暢快啊！

洪鍊坐在離她不遠處跟一位夥伴聊天，眼光不時的朝一群女工那邊望望，正瞧見秋妹依在一棵相思樹幹坐著，閉上眼皮似在沉思也像在假寐，愧疚之情油然而生。自從訂婚後她絕少跟大家處在一起了，老愛獨自兒躲在一旁，總不太喜歡加入她們的窮聊。

這時，樹蔭下傳來一陣叨叨聲：

「諾！怎麼不趕快過去啊！去吧。去吧。」麗香的嘴唇往上一翹，洪鍊知道她又開始戲弄碧娥了。

「唉喲！可憐死了。快去安慰安慰嘛！」細妹誇大其詞的說著，隨後衝著碧娥裝出一臉的哭相。她跟麗香是一對活寶，一瘦一肥，說起話來沒人贏得過，時常向碧娥說些肉麻的話，使她困窘。

碧娥不加理睬，假裝沒聽見似的跟一位較相好的夥伴談話；可是細妹死盯著不放，那尖脆的聲音愈說愈響。

「喲，聾子沒聽見是不是？我說呀，他已經自由了，正在等妳去賣俏呢！」

他正想著碧娥如何去應付這局面的當兒，卻聽見她說：「啊，謝謝妳，細妹，我知道。」然後碧娥起身走開了，走到另一棵樹下去。對於她如此的處理，他覺得很高明。可不是？左右是輸，莫若走開倒好！洪鍊看在眼裏，心中隱隱作痛，也非常難受，好像虧欠她什麼東西似的。唉，倘不是因了秋妹，說不定他與碧娥早已成了要好的一對哩。原諒我吧，碧娥！這是不得已的——他暗自道歉。

「噯呀！」

忽然，撕破午後的空間，飛來一聲尖銳的驚叫聲，猛一轉頭，他發現秋妹的臉兒頓時變成異常難看，雙手緊抓住右脚的小腿處，她翻了個觔斗。

「怎麼啦！秋妹——！」洪鍊飛跑過去。

「噯喲！蛇，蛇咬了喲！」趴在地上，她的五官緊湊在一起了，痛苦的忍住著，連連發出呻吟聲。

「蛇？那兒?!」

「在——噯喲！你看，還在那裏！」

隨著她的視線瞧過去，他看見一條黑白線紋的長蛇正搖著身軀指向對面的樹叢裏揚長而去。哦！他驚住了，渾身的血液都逆流起來。那是條毒蛇呀！被咬到會死的。他知道事情嚴重，慌忙掏出腰間的毛巾替她止血，可是下一個步驟究竟要如何的處置，他就不得而知了。在他的知識裏，被毒蛇咬到都會死，除非立即看醫生；然而那兒找醫生呢？這裏是山中。再說，下山找醫生至少也得花去一個鐘頭來長的時間啊，秋妹的生命能保得住嗎？據說雨傘節蛇的毒汁很凶辣，要是毒素流入體內，其結果是不堪設想的。他打了個寒顫，不由得朝秋妹呆望。

秋妹的呻吟還沒有息止，臉上幾乎沒有血色，咬緊著牙根，她盡著力兒忍住，嘴唇都給咬破了，身子扭轉不已。茫無頭緒的望著她受苦，他胸口有如叫一把利刃給猛刺了一般的疼痛，不由得對於自己的無能爲力感到羞憤異常。啊——我多無知！多無能！眼看自己心愛的人活活被蛇咬死，竟如此無計！他痛苦地叫著。

「哦！阿秋！」碧娥衝過去，厲聲喊道：「振作起來！阿秋！振作起來！」一把抱住秋妹，她自己倒嚶嚶地哭出來了。

「別耽擱啊！」

「快抬到醫生那裏去呀！」

「不，太遠啦，恐怕來不及咧！」

「喂！把腿砍掉再說，不然，毒會蔓延到體內啊！」

不知何時，男女工人都團團圍了上來，你一句我一句的嚷聲彼起此落，各個兒急得像熱鍋上的螞蟻，卻沒有一個人眞正曉得應該如何處置。

「阿昌來了！」一個男工喊著，立刻騰出一條縫兒讓他鑽進圈裏。

「對啦！阿昌是監督仔，他有經驗。」碧娥收住淚兒喜出望外的說。

「阿昌哥！快點兒嘛，秋妹被毒蛇咬傷了。」洪鍊焦急的說。

「那，那怎麼辦呢？這，這裏又沒有醫生。」吃吃地應著，阿昌只有呆站的份兒，卻沒有能爲她立時想出一個可救的辦法來。顯而易見，他也是無計可施的。

「除開找醫生，再沒有其他可行的辦法嗎？」洪鍊又問。

「嗯，對啦。好像聽說過，用嘴去吸或許可以除去創口的毒氣。」阿昌慢條斯理的應著。

哦！這就對啦。他依稀記得曾經在什麼書本上看過，被蛇咬最簡捷的辦法就是立即吸去傷口的毒汁，現在給阿昌這麼一提，他倒想起來了。眞糊塗！怎麼會一時忘記了呢？以致弄得手足無措，害了秋妹痛楚多時，而大家也眞笨哪，連這個起碼的常識也沒有……想到這，他對夥友們的無知反倒生起氣來。看情形，只剩下這麼一條路子可行了。

可是究竟要誰去做呢？本來嘛他可以做，但秋妹是阿昌的未婚妻，無論如何，由他自己來做是最適當不過的，免得又惹來一場麻煩。

「阿昌哥，快點！吸出傷口的毒汁，否則救不了了！」他幾乎以命令的口吻說。

「這！這怎麼行？太髒而且太危險。」阿昌皺皺眉頭，躊躇不敢上前。髒，倒是眞的，同時他也曉得這種方法未必可靠，萬一毒汁流進吸者的口中，不僅救不了傷者，就是連對方的生命亦有危險。然而，秋妹是他的未婚妻呀！難道阿昌沒有爲未婚妻冒死一試的勇氣嗎？眼見秋妹即將死去，他能袖手旁觀嗎？能見死不救嗎？他當眞如此無情？如此殘忍？洪錬惱怒了。

現在可不能再猶豫了，不管她是誰的未婚妻，也不管這樣做是不是骯髒是不是危險，總是救人要緊了，倘若再遲一步而措手不及，其後果眞是不能想像。他猛地伏趴下去，嘴唇立即貼在她小腿上的傷口處，用力的吸了起來。

她小腿上，腫脹而紫紅，傷口上有著許多黑色小斑點，顯然的，毒氣已開始發生作用了，吸去又吐，吐罷再吸……就這麼樣的一吸一吐之間，草地上早已染紅了，漬成一大片殷紅的血跡。

突地，一股血液特有的腥味撲進他的鼻孔而來，由於剛才過於緊張的緣故，他全然不覺得，現在聞來使他翻胃；不過還好，事情總算已經過去。他偷偷地瞟了秋妹一眼，她似乎舒服了許多，臉上的血氣也逐漸復元。當他與她的眼光接觸的瞬間，他確乎讀出了那雙眼光裏所含蘊的一種無盡的感激。

「哦，咱們幾個人把她抬下去吧。」阿昌這才如同從夢裏猛醒過來似的應了一聲。

他們──阿昌與洪錬等人──帶著秋妹下山去了，一團背影搖搖擺擺的沒入山脚下。麗香哼哼鼻孔：

「這下子，有戲可看咧！」

「可不是？阿昌太儍啦，白白錯過了一次機會哩。」細妹在冷笑。

六

穿過田畦，順著圳路走過去，約莫十來分鐘便是秋妹的家。

朝夕涼冷得多了，晚風寒冷沁骨，正是十一月的天。躑躅於圳岸的小路上，他躊躇不前。去呢？抑或不去？他可沒有堅決的主意；其實兩個月以來，他都在這樣矛盾的心情下送走日子。按理，他至少得去探訪秋妹一趟才是，因爲他們是近鄰，而秋妹算是他從小一直要好的朋友；何況她是他的夥伴，更重要的一點就是他愛她。憑這麼些理由，他可以排除一切顧慮，大放其心的去看她的；但不知怎麼，他總是提不起這個勇氣來，一想到她的歸宿，好容易鼓起來的決意，便會因此而萎縮下來。秋妹會歡迎嗎？就算秋妹歡迎，她的父母胸懷未必如此的豁達吧？還有阿昌呢？他會欣然同意他的情敵去看他的未婚妻嗎？他有如此的雅度？這一切的一切都在他顧慮之列，什至令他頑固的認爲這是絕不可能的一件事。要不是秋妹的父母差人來喚他去，洪錬做夢也沒想到他還會有此一趟呢。

早晨秋妹的妹妹來了，說是她的父母有話跟他談談，要他晚上去她家一趟。當時他非常激動，興奮了一陣子，隨即又不能不懷疑這句話的眞實性，還以爲這個小妮子說著玩兒的。

「眞的囉！一定要來呀！」秋妹的妹妹那麼肯定的叮嚀再叮嚀，然後蹦蹦跳跳的跨過田埂消失了。望著她離去的小背影，他足足愣了好半天，這才覺得事情有些兒離奇了。眞的，憑什麼理由她的父母要找他去呢？就算他是秋妹的救命恩人，這場恩債豈不是早已還清了嗎？（因秋妹受傷的當天晚上，她的母親曾經來道謝過一次。）那麼又有什麼事情可值得要他去一趟？……洪錬思索了好久，還猜不出原委。

晚風送來陣陣花香，還帶著一股濃郁的泥土味，這是鄉村特有的氣息，大地的味兒。

仰首一望，天空暗藍，星兒晃晃閃亮，他猛感到距離冬天已不遠了。是的，現在正是晚秋的季節，再過幾週便是寒冬；這種天，這種風，這種夜，豈不都是屬於晚秋的嗎？

過了座小木橋，向左拐個彎，一眼便見一幢瓦房矗立在田間，那就是秋妹的家。這是幢典型的臺灣農家房子ㄇ型的坐屋，寬寬的莊院，周圍竹林圍繞著，屋內的燈光不很亮。

進去嗎？他忖度：當然囉！是人家約你來的嘛！既然來了，還用猶豫？……鼓足勇氣，他邁步走進去。

秋妹的父母雙雙迎了出來，喜笑顏開，出奇的和氣。

「伯伯，伯母，您們好。」他尷尬的招呼一聲。

「哦——阿錬，你可眞來了。歡迎歡迎。」阿春伯頻頻頷首，露出一臉的喜悅。

「等你好久咧，」秋妹的母親樂嘻嘻的說：「我們以爲你不肯賞光呢。啊，坐坐，坐坐。」

「怎麼樣？路子好走嗎？你沒有帶燈火？」

「外面很亮，有星光。」他說，拘謹的坐著。

「啊，別這麼拘禮，輕鬆一點好啦，都是自家人嘛。」

「啊——」他搔搔頭。

「你也不是沒有來過，阿鍊，小時候，你不是跟阿秋頂要好的嗎？」

他們倆的話倒是眞的，年少時，他時常跑到這兒來找秋妹玩，而秋妹也很和他處得來，倆人進進出出的，倒像一對娃娃夫妻．只是後來由於年事稍大，相互懂得害羞之後，便拘泥起來了。那已是遙遠的一段回憶，他不免暗自苦笑。

「你母親怎麼樣？」阿春伯關切地探問道：「聽說最近不太好。」

「啊，時常的發作，眞傷腦筋。」

「沒關係，慢慢兒調養。這種病急不得，如果你不介意，我們想幫你點忙哪。」秋妹的母親臉上漾出熱切的關懷說。

不容置疑，今晚倆老人都顯出格外快活，老是和容悅色的樣子使他獲得不少感觸。他知道這一連串的話語，均是由衷之言，這可以由他們倆那眞摯的關切裏體會出來。打自父親死後，他們母子倆一直在赤貧如洗的日子中打滾，外界的接觸既不多，足資相互勉勵的朋友亦少，在這種情況下，默默地，孤寂地掙扎了這許多年，實在令他感慨萬千。因此對於秋妹的父母如此熱切的關注，他是萬分感激的，除了用「感激」的字眼，他實在也想不出更適當的話語。他感動了，心忖著必需向人家表示一點謝意才對，也該問點什麼——雖然他還弄不清這一趟的眞正目的。於是他說：

「謝謝伯伯、伯母的關懷，我非常感激……」

「別客氣，別客氣，鄰居互相幫忙是應該的。」阿春伯立刻接住他的話說。

「秋妹的傷口不要緊吧？」

「好多了。阿鍊，你眞行，我會報答你的。」說著，阿春伯轉向秋妹的母親：「妳領他進去吧，阿秋也許等煩了哩。」

「哦——是，是，」她像陡地想起了什麼似地：「差一點給忘了，眞糊塗！來來，我帶你去見阿秋。」

「嗯，」洪鍊尷尬的站了起來，忐忑不安的跟進去。

秋妹的房間在左廂房的一隅，裏頭昏昏暗暗的，要走進去幾乎得靠摸索，屋裏擺有一張紅漆木床，她平躺著，脊樑斜靠在床的一邊，看見他來，臉上旋即綻開一個會心的微笑。昏暗中，他仍可以看出她那一臉秀美的輪廓。啊！她確乎好得多了！——他心中這樣的喊著。

「你們好好兒談吧，我來弄點心。」秋妹的母親是個深通世故的人，她曉得這種場合她應該如何，響了一陣子之後，很識趣的逕自溜開。房間裏，登時恢復了原先的靜穆。

「秋妹！」疾呼一聲，他忙挨過去。

「阿鍊你來了，我眞高興。」秋妹伸出雙手握住他，他覺得她的手指更白更加柔美。

「妳可好？傷口不疼了吧？」

「這陣子好得多了，阿鍊，我感謝你！」

他無法形容此刻的感觸究竟是如何，只覺得心臟卜卜跳動，通身熱滾滾的，血液都要膨脹了：那是興奮和喜悅交織的熱流，他知道，他是多麼的激動！連相互握住的手也打著顫抖。他忙把雙手抽回來。

「你都不來看我，寂寞死了。」秋妹投以一個埋怨而含有指斥的眼光。

「啊，對不起！我一直想來看妳的，可是……」

「可是怎麼樣？」

「可是……因爲……妳是……」

「因爲我跟阿昌訂了婚，是不是？」秋妹幽幽地說：「阿鍊，我才是對不起你，現在總算明白我應該如何面對現實了。」

「妳是說，妳在後悔？」

「不僅後悔，我還恨死他呢！」秋妹的眸子裏透露出一道痛恨的光芒。他定定的審視她。

這有可能嗎？阿昌的家是富裕的，他又是堂堂的農場監督，對於這麼個對象，誰又不願意巴結？況且她和阿昌的訂婚，乃是經過多時的熟思而決定的，何以會後悔呢？然而秋妹卻對著他竟然道出這樣的話語來了。他左想右想，怎麼也想不通。

「妳在開玩笑，我知道。」他說。

「不！」她的身子挺直了，須臾間變得剛強起來。眉宇間有股懍然的堅決：「告訴你，阿鍊！我已決心退婚了！」

喃！又是一句駭人的話語！這確乎是青天霹靂，急驟的響在他耳邊，令他禁不住爲之一震。

是自己聽錯了吧？她會嗎？而且這有可能嗎？她和阿昌剛訂婚不久，就算秋妹果眞有如此決意，她的父母也未必能同意。他曉得這門婚事出於她父母的主意，那麼儘管秋妹有本事，這一關恐怕打不通。

「哦，秋妹，妳是說……」

「我說，我已決心跟著你同甘共苦，你願意嗎，阿鍊？」驀地，一抹紅暈籠罩住她的腮頰上，他隱約地看出在那眼珠裏閃亮的淚光。

「可是妳的父母呢？他們未必會同意吧！」

「也許你不相信。」秋妹說，肯定地：「當我受傷那一刻起，我就這樣決心了，我忽然明白了愛的眞諦。阿鍊，你知道的，他是我的未婚夫，正當我處於生死關頭，他不但未能搶救我，反而畏首畏尾的退縮起來，你說對這樣一個自私的人，我嫁給他，豈不是一輩子的活受苦?!因此，我向父母說了，他們倆也及時省悟過來。」

這段話，聽在洪鍊耳中，確乎非常的悅耳。他由衷的感激，這是他平生從沒有過的一次最大喜悅。秋妹是個聰明美麗的女子，外柔內剛是她的特性，在這芸芸衆生的社會裏，能夠與她同舟共濟，在坎坷的人生旅程上，跟她共同創出一幅美麗的遠景，乃是他夢想已久的企望；只因他家境不好，一直未敢有過太多的奢望罷了。

愣了片刻，他把心中的疑慮道了出來：

「我窮，妳受得了苦嗎？」

「窮與富都無關緊要的，阿鍊！眞誠的愛可以戰勝一切。」她斷然的說。

「可是，妳忘了我有位瘋癲的老母親。」

「我都想過了，我會照料她的，並且我父母也答應過願意幫助你。阿鍊！趁此機會，我盼望你另謀發展去吧，你是有作爲的，你不是曾經期望過到外處去嗎？就去吧！阿鍊，家裏由我來看管。」

不記得是怎麼樣跑出來的，也不記得是怎樣向她家裏告辭，當秋妹的母親雙手捧著點心要他吃的時候，他道了聲謝，便一口氣兒跳出她家了，因爲他無從抑住心裏那股熱烘烘的火團。

外頭，天高得很！月亮出來了，空中滿是星座。晚風迎面吹來，飄送陣陣的花香和泥土味。大地一片靜然！哦！可愛的月娘，可愛的星兒，可愛的風，可愛的大地，這是秋天，一個收穫的季節，也是一個令人興奮的季節。現在，他眞想要高歌一曲「秋之歌」呢！

張彥勳論
——記張彥勳的寫作歷程

葉石濤

當我們回顧這三十多年來臺灣文學發展的軌跡時，不得不沉痛地指出，我們曾經忽略及遺忘了許多作家。如果我們不健忘的話，當能記起鍾理和一生寫作不輟而終於咯血而死的一段往事。每當我想起鍾理和薄命的生涯時，我就禁不住心悸，自憐自怨起來。從臺灣新文學運動開展以來，臺灣作家的處境好像一直是如此坎坷而悲傷的。這也怨不得別人，既然你選擇了這條充滿荊棘之路，好歹你要走到底，證明你是經得起受難的勇者。

話雖這麼說，我們心裏卻有一份愧咎始終揮不去。如果鍾理和陷於困阨時，假定有人能適時悄悄地伸出一隻友誼之手予以援救，也許他能享有更長的生命，寫出更動人的小說出來。以《笠山農場》一作來說，似乎他的文學藝術還沒達到頂峰，他只表現了巨匠的一個雛型而已。且不說鍾理和的哀怨生涯吧，我們也知道晚年的姜貴爲了養活他自己孤單一個必須不斷地寫作，且必聽憑出版者刪改文章，或不得不按照編者的意思改寫小說。姜貴似乎也一笑處之，任憑別人處置；生活也許是這麼一回事吧；否則飯從那裏來？然而作爲一個作家，姜貴心裏所受的創傷又有多深？

臺灣戰後第一代作家除鍾理和以外還有鍾肇政、廖清秀、施翠峰、文心、鄭煥、張彥勳、李篤恭等小說家及陳千武、詹冰、林亨泰、陳秀喜等詩人較著名。其餘還有名不見經傳，但默默地奉獻心血的許多無名作家。如果我們翻開紀念光復二十年由文壇社出版，鍾肇政主編的省籍作家作品集，就會驚訝有這麼多作家曾經爲臺灣文學的未來遠景付出了這麼多的心力。

幾乎過了二十年之後的現在，這些作家之中，除去二、三位以外，已經被歷史所遺忘，文壇人士連想也很少想到他們了。誠然，現代社會是一個繁忙、冷酷、無暇於回憶的社會，但這並非從事文學工作的人可以完全不理會的事情；究竟他們曾經給我們臺灣文學帶來了或多或少的影響，也滋潤了臺灣文學的土壤，使臺灣文學向前跨出了巨步。可惜，這二十年來從沒有看到過有分量的論評文章出現，以定他們在臺灣文學史上的地位，闡明他們努力的方向、文學風格和規模。他們這些作家之所以未能繼續獲得應有的聲譽，最大的關鍵在於寫作中斷，或者未能適應時代社會激烈的改變之緣故吧？或者是拙於自我標榜，不能投好於大衆傳播媒介的瞬息變化；總之，這二十多年來的個人遭遇的滄桑也構成了決定性的因素。然而並非第一代作家都停筆不寫的；有些作家已改變寫作方向，轉入電視界去，有些作家回到本行的學術領域，有些作家變成專業性雜誌的主編；其中像廖清秀和張彥勳這一、兩年作品雖少，但也有一些頗具分量的作品出現。《文學界》一九八二年夏季號曾經刊載了一篇小說〈老鰥夫〉，即是出自於廖清秀之手。廖清秀這一、兩年來以老人的生活爲主題，探討了老人的性問題及家族中老人的生活適應方式，頗發揮了犀利的觀察眼和客觀性思考。張彥勳長久以來患了青光眼，不利於寫作，有一個時期轉向於兒童文學的創作，收穫頗豐，近年又恢復小說寫作，風格依舊，但留下了人生歷驗的深度。

張彥勳爲臺中縣后里鄉人。民國十四年生。畢業於省立臺中一中，歷任教職三十七年，現仍爲小學音樂科科任教師。由於他家爲中部著名的政治世家，父親且爲著名的抗日分子，從小目睹異族統治下的臺灣知識分子的慘狀，張彥勳的戒懼心什大。他從事文學活動時，言行謹愼，心態保守，跟時代潮流及文學動向保持適當的距離，始終是旁觀者；這樣的一個立場，使得他在小說藝術上未能突破種種禁忌和障礙，不像鍾肇政那樣有很大的號召力和廣泛的影響力。同時由於他跟文學主潮流保持不即不離的關係，所以小說世界始終保持著獨特的觀點和耽美的傾向，有濃烈的鄉土感覺。張彥勳的這種身世，在臺灣作家中並不是異例；如同屬第一代作家的李篤恭，父母皆爲日據時代著名的抵抗運動中的翹楚，第二代作家李喬的父親，一生以推翻日本殖民統治爲職志，終於身歿於政治動亂中。但是這三位作家在類似的家世和生長環境中的反應各不相同。李篤恭較爲奔放而進取，似乎並不掛念政治環境；其實他跟張彥勳一樣，政治對他仍是禁忌，他也小心翼翼地避免政治現實的反映。縱令描寫政治現實，也只限於日據時代的一些統治眞相。惟一能直戮政治結構核心的當是李喬，但李喬的小說世界所反映的政治現實，並不是直截了當的；究竟政治是民衆生活的一層，而並不能概括一切，同時小說既然是虛構的藝術，他把政治現實予以昇華，用藝術技巧去處理。

張彥勳同這兩位作家不同的一點，可能是年輕時候，身受政治的直接傷害，三次被捕坐牢有關。雖然三次都證明他是無辜，但在心坎深處所造成的創傷已未可挽回，他的消極和退縮，不爲世相所左右，這種處事立世的態度也就形成了。

嚴密地講起來，張彥勳也並不是光復後再出現的作家，他也是跨越兩個時代的屬於前行代作家。不過日據時代的作品大多爲詩作，而且不像陳千武那樣把詩完全發表在《新民報》，而是由一群愛好詩作的同仁，以油印本的體裁刊印了同仁雜誌。他所領導的詩人組織爲民國三十一年的「銀鈴會」，詩刊叫做《緣草》（ふちぐさ）；光復後更名爲《潮流》。至民國三十八年停刊。《緣草》和《潮流》我未曾看過，所以不知詩刊的內容如何，不過中部著名的幾位前輩現代詩人，似乎都跟它發生關係。在民國三十一年到三十八年中，他曾經出版了日文詩集《幻》和《桐樹葉飄落》（桐の葉落ちて）。不過我無緣看到這兩本詩集，也就對他底詩風格一無所知。

從民國三十八年開始到四十八年，大約有十年的時間，張彥勳幾乎沒發表過他的作品。據他的說明，這十年間的前半是封筆不寫，可能眞的沒嘗試寫文章吧，後半是掙扎時期，這十年大約是默默地在嘗試錯誤，也許有未發表的作品在。這種停頓和沉默對於第一代作家而言，並不稀奇。他們必須耐得住長久的陣痛，順利地完成從日文到中文的語言轉換的過程。像前行代的作家林芳年他的停筆更久，幾乎有四十多年之久，最近才恢復寫作生涯。這樣長久的沉默之中，生活的熬練，使得張彥勳的詩精神蕩然無存，他必然地從詩作轉到小說創作來。這也是陳千武所走過來的路線。究竟詩作一途，是無法描畫外面世界各種複雜的人類事務的，自有其限界存在。

從民國四十八年到六十年之間，張彥勳有幾本短篇小說集問世，依次爲《芒果樹下》《川流》《驕恣的孔雀》《海燈》《沙粒沙》《蠟炬》《仁美村》（長篇小說）《他不會再來》。民國六十年因罹患靑光眼開刀，右眼失明，左眼視力〇・三，以至於他無法閱讀和吸收新知識，只好轉向專寫兒童文學。從六十年到七十年陸續上梓《兩根草》（長篇）《獅子公主的婚禮》《阿民的雨鞋》《小草悲歡》（長篇）《玫瑰花與含羞草》等。這十年間的空白，可能是他的致命傷。他脫離了文壇，轉向兒童文學的領域，結果他遠離了最變化起伏的十年臺灣文學的滄桑時期，使得他未能跟隨時代的脚步，進一步地調整焦距，掌握臺灣文學所走的動向，以致於造成他小說藝術與時代脫節，揮不去陌生感和疏離。說起來這也無可奈何的事。人生不如意事十之八九，何況他眼睛幾乎失明了，要吸收繁複雜駁的各種資訊，實在也無能爲力。自古以來文人多薄倖，如前代作家王詩琅所寫的稿子，行行重疊幾乎辨認不出來，他晚年眼睛也幾乎盲了，然而他仍勤於寫作。對作家而言，負有創作的使命是一種負擔，何嘗不是「天譴」？

張彥勳從七十年開始又恢復寫作「成人」文學。這兩年之中大約有四篇小說問世。〈一株大波斯菊〉（《幼獅文藝》二月號）、〈鑼鼓陣〉（《文學界》第三集）〈命運〉（《臺灣文藝》七十七期）〈阿K和他兩個兒子〉（《文學界》第五集）。

當然這樣漫長的寫作生涯中，他也並不是沒有獲得應有的評價的。他曾獲臺灣文學獎（第一屆）、中國語文獎章（第十二屆）、教育部兒童文學獎（六十七年）。

他自稱他所心儀的作家爲日本吉田絃二郎、谷崎潤一郎、川端康成以及杜思妥也夫斯基和雪萊。吉田絃二郎擅長於描寫景物，散文與詩作俱佳，作品帶有濃厚的感傷性，可惜流於通俗，可能對青春期的青少年較具有魅力。張彥勳作品裏的感傷性（sentimentalism）顯著，他有強烈地表達詠歎，悲哀的傾向，這是師承吉田絃二郎的關係吧？張彥勳小說裏的風景描寫可算一絕，他的風景和小說中人物的心理過程互相呼應造成獨特的風格；這也許是得自吉田絃二郎之賜也說不定。谷崎潤一郎是日本的老大家以《細雪》一作著名。他的作品風格是唯美的、肉感的，難怪張彥勳曾獲得臺灣文學獎的〈妻的脚〉非常性感（sexual）又耽美。川端康成追求純粹的日本美，如空寂、古雅等。張彥勳也追求鄉土美，特別是臺灣風景四季轉移之美，不過由於臺灣的歷史文物只有三百多年，似乎還沒有構成傳統美感。因此張彥勳在小說世界裏表現的臺灣美，尚缺乏歷史的、哲學的、美學的闡釋。有時張彥勳的小說例如〈秋之歌〉等倒使我想起徐坤泉的〈靈肉之道〉等一系列的小說；不過這並不是說張彥勳的小說內容和徐坤泉相似，除去濃厚的感傷性略有相似之外，張彥勳小說的支架，乃是冷嚴的寫實主義和現代感覺較強烈的批判性。杜思妥也夫斯基的雙重人格式的衝突，在張彥勳小說裏不這麼顯著，不過在處理人物的造型和心理描寫的流程中，依稀可以看出張彥勳學自杜思妥也夫斯基的技巧痕跡。

張彥勳早期的傑作應是〈捕蛙父子〉。這篇作品早已被英譯，世人的評價頗高。這是篇鄉土色彩濃烈的，大約五、六千字的短篇。他以非常簡潔、優雅、正確的文字，描寫父子兩個人夜晚去捕蛙的故事。他在細膩地刻畫出父、子兩人捕蛙的動作，同時很巧妙地點出父親的落魄生涯和孩子的孝思和努力向上。這一切隱約地出現在捕蛙工作正在進行的情節中，而避免予以說明。文字的節省有助於這篇小說包容了深廣不見底的人生的悲哀。同時由於蛙的逐漸減少，也暗示了時代社會的背景。民國五、六十年代，正是臺灣從農業社會逐漸走向工商業社會的轉變期。這一篇小說好似是正確的歷史性記錄，用色彩濃淡恰到好處的畫面，留下臺灣農業社會面臨末期的景象。因此，這篇小說可以說是送葬農業社會的一闋動人心魄的輓歌。那捕蛙父子的形象，也就是農業社會溫馨、和諧的家族關係的象徵；這些都一去不再回來。在道德價值系統已崩潰的現代社會裏，再也看不到這種融洽的父子關係了。

〈鑼鼓陣〉為民國七十一年發表的作品。作品的舞臺仍然是設定在農村，但這農村已不同於〈捕蛙父子〉的農村，這是被現代工商業社會的鐵腕緊緊地、牢固地扼住的農村，往昔窮苦的一面還留著，但較早擺脫農村束縛的年輕一代，在城市的「森林」裏（取自王世勛長篇小說的題名）已有所獵獲，他們完全離棄了農村，什至很少回到老家來。留在農村裏苦苦支撐的是像小說裏出現的嗩吶手黑面發仔、打小鈸的長脚祥仔等人，都是年逾半百的老年人。他們這些人曾經因「鑼鼓陣」風光一時，無情的歲月把他們淘汰，終於到處碰壁，不管是喜事或喪事，再也沒有人請他們去奏樂了。這篇小說的題材類似黃春明的〈鑼〉、洪醒夫的〈散戲〉，正確地記錄下來農村社會沒落的過程。

然而，我以為這篇小說的缺陷顯著。在人物的刻畫、對話、風物的描寫方面，我以為張彥勳不愧是老作家，破綻甚少，但是小說裏處處透過主角的遭遇來說明舊農村的瓦解，作者的主觀性很強，闡釋太多，以致於失去由小說的發展，去說明時代背景的客觀性。張彥勳的感傷性在這兒打了敗仗，而在〈捕蛙父子〉獲得凱歌。如果換了一個角度來說，張彥勳也許急著要呈現批判性，但很遺憾的，赤裸的批判性倒破壞了整篇小說的自然性和純眞性。

張彥勳顯然已復活，從此以後，他的另一次戰爭又開始。以乙丑年生的將近六十歲的老作家而言，他的這一次開仗，不知會給他帶來多少折磨和險惡。但他並不退縮，以左眼〇・三，右眼全盲的視力，他還要勇猛地踏上征途，這位臺灣文學的老兵，似乎抱定決心走完這一程來日不長的路程。面對他這種不屈不服的作家精神，我們還有什麼話可說？如果套一句王禎和引用的話：「連舒伯特也有無聲的時候……」。我默默地沉思，回顧張彥勳的寫作生涯，只好肅然起敬，能做到的只是莊嚴地脫帽致敬而已。

也是臺灣文學的旗手

——試論張彥勳

彭瑞金

張彥勳是五〇年代後期出現的臺灣小說家。與出道較早的鍾肇政、鄭煥及稍後以中文再出發的，曾是日文作家的葉石濤，都同樣出生於一九二五年，這一年歲次乙丑，所以文友們戲呼為文壇四丑將。其實張彥勳與葉石濤的寫作歷程頗有相似之處，在慘綠愁黃的十八歲，葉石濤發表了〈林君寄來的信〉、〈春怨〉，張彥勳也出版了處女詩集《幻》。在日據時代張氏曾是臺灣新詩運動有力的擁護者之一。光復後亦曾與中部詩友合力辦過日文詩刊，終因語言、文字不合時宜而停刊。和同時代的臺灣作家一樣，大約經過了十年的努力，才克服了語言的障礙，以中文創作再出發。不同的是，一九五八年開始的中文創作，由詩而改絃更張寫小說，這或許和他這十年間的閱歷有關，他曾經捲入五〇年代的臺灣政治風暴中，數度進出牢獄。到一九七一年止，十四年間，大約發表了九十篇中短篇小說，分別結集成《芒果樹下》、《川流》、《驕恣的孔雀》、《海燈》、《蠟炬》、《他不會再來》等六部短篇小說集。一九七一年是張彥勳寫作生命的另一個轉捩點，這一年，他因青光眼入院，而「瞎了一隻眼睛」。病後致力於兒童文學的創作與迻譯，成果斐然；相對的，除了完成長篇小說《仁美村》外，短篇小說創作量銳減，直到一九八二年，這個不時與疾病奮鬪、掙扎的作家，又興致勃勃地試圖展現另一番新的面貌。

根據張氏自訂的年表看來，雖然他出生於日據時代的政治世家，但他本人除了光復那年短暫的，應徵當日本兵的服役經歷，和光復初年的牢獄經驗外，絕大部分的歲月都可以用教書、寫作二事來概括，是一典型的文士，市鎮知識分子，這個特性相當穩定而統一地反映在他的小說作品上。因此，就張氏作品的取材，我們除了依稀可以捕捉得到的，他本人當兵、坐牢、教書、寫作這些被搗碎後分散再現的個人生活影子外，我以爲張彥勳小說的取材空間、時間都相當拘謹虔敬地遷就他的經驗世界。他的筆下出現最頻繁的人物是教師、作家，依次是士兵、囚犯、農民、風塵女子、當然偶爾也有女工、乞丐、民間藝人，但是比較之下作者著眼、著力於中間階級人物的寫作旨趣是相當明顯的。小說人物階層的選擇對於小說作品的本質具有固定的影響力。至少，中間階級人物的煩惱與痛苦較爲有限，先決條件上他們已不是徹底缺乏生存條件的人，他們不太可能有瀕臨生命絕境掙扎的體驗，顯然以中間階級人物爲主要的描寫對象，注意他們的閒愁雅恨是最容易被誘引的寫作方向。張彥勳固守中間階層、保守而誠實的題材選擇，顯然是他刻意追求的風格，因此若干取材於下階層人物的作品，也被他提昇同化於他的階層據點上，例如描寫受工廠主管強暴未遂，怒而縱火的女工〈火焰〉，和寫民間藝人的〈小丑悲曲〉，都有機會觸及生存的困境、生命的苦處，但是這樣的題材，作者卻把作品的焦點分別放在法律常識、教育和高貴的同情心……這些非常中間階級趣味化的主題上，只要用「代表中間階級作家」一語便可概括。

由此我們便不難推究出爲什麼張彥勳寫農民〈守夜〉，寫的卻是有田產的農民；也寫乞丐〈夜雨〉，寫的卻是乞丐的戀歌；寫風塵女子〈訣別〉，但寫的是風塵女子的一段情；寫活寡婦〈寂寞的午後〉、寫歌女〈這是藝術〉、寫出賣肉體的母親〈娘的外出〉……，這些幾幾乎就要涉入生活條件的題材，根本上就是如假包換的入世人物，總又不免被作者的筆端輕輕地帶離、抛飛，成爲人間情愁與道德的傀儡。我以爲張彥勳關心人間的離愁別恨、道德操行便是他致力做個反映中間階層人物作家最明顯的一項證據。質是之故，我們不能不佩服張彥勳在其近百的短篇創作中，源源不絕出現的人物形象之多樣，而遺憾於他關心的心力之短暫。從題材與人物的選擇上看，張彥勳像個注意力不能集中的文學老頑童，新的題材、人物不斷出現，卻無法引起他駐足透視這些人物靈魂的興趣。

嚴格說來，張彥勳用來輻散他眞實人生、經驗的有效方式不是深挖苦掘，只是輻散轉移，而且途徑只有兩種，其一來自他早年浸淫詩運動沾取的浪漫氣味，使得一些十分樸實的題材由於滲入了浪漫的情節而增加了另種情趣。我以爲這是張彥勳有效地使他的小說普遍化、通俗化的手段之一，似乎也可以解釋他對小說的基本認識，我們很容易從他的作品裏找到爲載某種「道」而杜撰出來的浪漫故事。譬如標榜捨身取義的〈海燈〉、〈暴風雨〉；規過勸善的〈二〇五四犯〉；勸人仇恨宜解不宜結的〈烏拉河的船夫〉；爲了說明路遙知馬力，事久見人心的〈蠟炬〉、〈海怒〉……這些足以使人聯想到他後期轉向兒童、少年文學創作的「前因」，適足以說明張氏所抱持的典型傳統文士對文學的浪漫見解。其次，感染自日本和歌的感傷也是他輻散題材的常見方式。源自和歌感傷情懷影響較明顯的作品〈夜霧，歸來〉、〈夜露〉、〈白花曲〉、〈多美娜〉……，雖然這些作品刻畫了一些人間的無可奈何，卻不是認眞的，而且都有稍嫌勉強的喜劇性結局，固然可以說是作者不爲已什的性格體現，但骨子裏應該是中間階級作家唯美主義文學的自然反應。小說的基本力量來自於刻畫衝突與矛盾，不管是生活層面的、人性善惡的、自我內心的，卻絕不是散佈善意的謊言或有意的美化。張彥勳的小說卻有反其道而行的趨向，我們隨處都可以發現他這種善意，這二十多年來的小說創作，對人心、人性的挫敗從來無意放大到時代、社會變遷的透視鏡裏去觀測，始終像個賣力、耐心的人間風景素描家，滿懷希望，秉性正直地宣善佈道，不斷地替人肯定光明燦爛的遠景。偶有譏刺嘲諷或小怨尤，諸如揭露人性的鄙吝（〈海怒〉）、貪婪（〈守夜〉）、重利忘義（〈刑事爸爸〉）、背德（〈餌〉、

〈齊娘〉），但總不忘給予平反、報復，因此張彥勳文學的價值與其說他在用心描繪人間風景，記錄人生事況，不若說他是位苦口婆心的宣教師，耐心地將人間福音逐一編成故事，不斷地引人向善，或許還要正確些。綜觀張彥勳的小說創作，他不但是個文學觀念上極端的傳統保守主義者，這二十多年來的文學創作活動也有自封自閉的跡向。

衡諸我們前面提及的四丑將，鍾肇政以他的代表作《臺灣人三部曲》從歷史深入臺灣的心，葉石濤由浪漫主義的創作實踐而寫實主義的理論主義，鄭煥牢牢的抓緊農民，不但掌握了他們個人作品採掘不完的礦脈，似乎也都自發自覺地和臺灣文學的傳統掛了鉤，生了根，唯獨張彥勳所堅持的中間階級寫作路線落了空，仔細推究起來，他的「特立獨行」要顯得寂寞多了。其實張彥勳做爲作家的知識人特性和龍瑛宗有些接近，所缺的就是龍氏深刻的自省。因此我們似乎可以討論一下張彥勳小說中習慣性的外塑動作了，刻畫人物心理的小說在張氏的作品裏佔有相當的分量，〈手術臺上〉描寫替情敵手術的外科醫生的心理糾葛，〈海怒〉寫漂流荒島的一對難友心情的反覆，〈夜露〉是死刑囚犯的自白，〈夜霧，歸來〉寫戰亂人家弟娶兄婦，兄長忽然歸來的尷尬，〈迷霧〉寫夫妻間的感情風波……，這些被顯得十分突兀的光明結局橫刀斬斷的心理描寫，阻礙了張彥勳小說中上層樓推展的可能，無可置疑的，描寫中間階級爲對象的小說，向內、向心靈的世界開拓是最可靠的途徑，張彥勳在這些「內心戲」的刻畫上顯現的不爲已什的消極態度，的確錯過了他的小說不斷突破的機緣。

在前段的敍述裏，我肯定張彥勳作爲文藝工作者不厭其煩地規過勸善的衛道苦心，因此，捨身取義的典範〈暴風雨〉、〈海燈〉、〈獨木橋〉、急公好義的例子〈拓路〉、〈仁美村〉、兄友弟恭〈大地之子〉、鶼鰈情深〈無盡燈〉……，這些肯定、頌揚人性正面的主題反覆不已出現在他的作品裏，什至爲了遷就這一刻板的主題，使得情節顯得突兀不自然的例子也不少見。我認爲這是張氏爲自己的小說創作畫地自限，同時也因爲這些先入爲主的強烈主題意識，使得小說中的人物關係配置顯得單調、無機、簡單拘限在父子、兄弟、朋友、夫妻、婆媳、師生、情人……這些單線的人際關係上發展，幾乎看不到人物關係縱橫交集的作品。也許作者認爲小說重要的是在「道」的傳達而不在小說之成爲小說之趣味吧！不過這卻使得他的小說作品無論從主題上縱剖，或絃外之音上橫析，都顯得過分單薄。既然張氏的小說不是時代齒輪轉動的嘎嘎之音，也不是人間世的嘈雜聲，我認爲像〈捕蛙父子〉那種有自然主義傾向的作品便成爲張氏作品中的珠玉了。〈捕蛙父子〉用的是近乎瑣屑的方法忠實的記錄了一對父子間傳神的對話，逼眞的捉蛙夜景和父子間傳神的對話，描寫父子心境的轉化，隱隱中的生活壓力，都是配合得天衣無縫，完全不必借助於浪漫的主題，已是完整自足的藝術品。

〈捕蛙父子〉發表於一九六四年，和結集在《川流》（一九六六年實踐出版社出版）

這本小說集中的作品，都是張彥勳較早期的創作，細讀這些早期的作品，留給人的印象是：張彥勳不但有驚人的創作力，也是具備多種發展可能的作家。從《川流》所輯印的三十篇短篇作品分析起來，有浪漫、有寫實、有想像、有心理描寫、也有潛意識流的作品，足見作者是位擁有豐富現代小說技巧的作家；以作品的經驗範疇來看，有殖民地人民的被統治經驗、有戰爭經驗、有鄉土人物傳奇、有家庭倫理糾葛、有爲生活掙扎的小人物生活……，有相當寬廣的作品世界；和同時代的鍾肇政比較起來，鍾肇政在《川流》出版前後出版的兩本中短篇小說集《殘照》（一九六三年，鴻文出版社）、《輪迴》（一九六七年，實踐出版社）有相當近似的經驗世界。不同的是鍾肇政後來走了以臺灣近代歷史爲中心的長篇創作，他在那裏找到了更寬宏的天地，也在那裏尋獲了自己作品世界的根頭源泉；而張彥勳此後二十年間幾乎都是在這個基調上反覆吟唱，在這裏似乎分出了作家的幸與不幸。相同的殖民地人民經驗，鍾肇政寫出了數十萬字的《濁流三部曲》；張彥勳的《奔逃》，鍾肇政寫成了短篇集《大肚山風雲》，比較起來，張彥勳要保守消極許多，他沒有突破自己不再藉用實際經驗寫作的創作瓶頸；我以爲張彥勳在這麼多的短篇篇章裏編了許多的故事，但迄今爲止，一部代表他自己心靈成長與傷痕的故事還沒有寫出來，而且是可以預期的動人故事。

從寫作的歷程看來，張彥勳是臺灣文學陷入低迷時期出現的作家，舊的文學血流潛而不見，他和他同時期的文學伙伴們無法由臍帶的銜接裏吸吮臺灣新文學的乳汁、血液，他們被迫在充滿迷惘的時代鴻溝裏各自分頭摸索，在充滿雜質、異數的文學風信球下，他們要摸對了頭眞要憑幾分幸運呢！這是我們在評估這一代作家時，不能不列爲重要的考慮因素，如果沒有這些像傻子般的文學青年不計一切地投入文學，眞令人懷疑臺灣文學何時才能歸宗回流？嚴格說來，張彥勳文學冥冥中承續的只是臺灣文學中代表蒼白的知識分子，中間階級文學的一股支流而已，然而他落實於經營臺灣鄉下小市鎭各層面人物，也就是他親身經驗過的時代裏具有代表性人物的素描畫，由於都是植根於臺灣社會鮮蹦活跳的眞實人物，自有其歷史性的價值在，這和七〇年代臺灣文壇由刻畫小人物引發的文學定位省思運動連接起來看，張彥勳的文學創作的確做到了紮根立基的先行代作家責任。大約他和絕大多數默默耕耘的作家一樣，既不是搖大旗擎大纛的開文壇風氣的先鋒，又始終遠遠隔離文學的狂飆之外，我們輕易地從他同時代作家身上可以找到的現代主義文學影響，或晚近的鄉土文學爭論，並沒有在他的作品裏留下絲毫的感染痕跡，這說明了二十多年他篤志如一，甘於寂寞的創作生涯，是在他自訂的文學思想引導下開展。

當許多人以爲張彥勳的創作興趣已轉移到兒童文學，實際上無論譯作、創作都頗有成就，也屢屢獲獎後的一九八二年，他又突然積極走回小說創作的陣營中來，而且連續發表了幾篇風格迥異前期的作品。値得一提的是，這些小說不但突然注入了時代的感覺，而且人物也都滿身人間煙火味。發表在《文學界》的〈鑼鼓陣〉寫的是日暮途窮的民間藝人的困境，不但破天荒地以人道主義的悲憫心懷來寫飛動中的大時代巨輪下哀鳴的小人物，而且還寫的是具有自覺、勇於向命運抗爭的時光隧道中的畸零人。這種轉變是驚人的，使我們感覺這位避世隱居了二十多年的文學獨行俠忽然跑到文學紅塵來打滾，語言的徹底「鄉土」化，可以發現他是懷著歸隊的決心重現文壇的。發表在《臺灣文藝》的〈命運〉及稍後在《文學界》發表的〈阿K和他兩個兒子〉都可以做如是觀。〈阿K和他兩個兒子〉肯定性的嘲諷結局，〈命運〉結局中挑戰性的擔當，都是張彥勳過去的作品中所沒有的。在這一年的創作裏，張氏好像突然高大強壯了許多，原有的蒼白突然顯得頗有血色，這位資深臺灣文學作家老當益壯的奮戰精神令人敬仰不已。

不管怎麼說，張彥勳一輩的作家在臺灣光復後，毅然割捨已經使用純熟的日語，在一片迷惘中摸索、試探，爲臺灣這一塊土地的文學盡心盡力，使其生根發芽，且不必計較長得多麼稚嫩柔弱的株幹來，都是値得敬仰的，大概沒有其他的地方可以和我們這裏對待「文學」的奇特態度相比，在又嫉又愛、又敬又懼諸多矛盾心緒的夾縫中，我們的文學創作者花費在拿捏準確的斟酌，遠遠超過爲創作本身所需要的思考，張彥勳一輩的作家，在作品中常有驚弓之鳥所做的過度反應，我們不但不可以輕視它；相反的，我們應該向他們為文學所做的忍辱負重頂禮，張彥勳文學的整體觀無疑是臺灣文學發展史上的一滴辛酸淚。

——本篇原載《臺灣時報》副刊，一九八三年六月二十五日出版

披荊斬棘的拓荒者

——兼評張彥勳的〈鑼鼓陣〉

錦連

省籍作家張彥勳在沉潛了幾近十年之後再度復出，一口氣寫了〈鑼鼓陣〉、〈命運〉、〈阿K和他兩個兒子〉、〈野台戲〉等頗有分量的小說，這對於一向關心他動向的朋友來說確是一件令人興奮的事。說是沉潛其實也不然：自民國六十年因眼疾（青光眼）開刀之後，他的右眼即告失明，而左眼也僅存〇・三的視力而已；然而爲要保護其僅存的微弱視力，他只好放棄吃力的小說，改寫較不費力的兒童文學，在短短的十年間竟然出版了五本兒童文學專集，其毅力之堅強值得大家讚揚。〈鑼鼓陣〉便是他復出後發表在《文學界》的第一篇作品。

〈鑼鼓陣〉確是一篇成功的文學佳作，也是張氏在沉默了十年後傾力經營的一顆最豐碩的文學果實。首先，我非常佩服他以中文寫作居然能有如此流暢的文筆，不僅不覺生硬，其高水準的寫作技巧——包括題材、描述力等——更是爐火純青。

說起張彥勳學習中文的過程，確乎可謂爲充滿血淚，可譬之爲在荆棘滿地中揮汗渾淚的拓荒者，堅忍卓絕，令人肅然。光復當初，文字障礙有如一堵高牆矗立在他眼前，而從小接受日文教育長大的人，居然憑獨學自修，經過一番刻苦奮鬪，才奠定基礎；這好比就是披荆斬棘的勇者，在一片叢林中奮勇揮鋤，努力向前，若非有對文學的摯情在支撐，必然無法越過文字的障礙。因此，假如對張氏的寫作本能——特別是文筆運用方面——有人敢指摘它是生硬或不熟練並且加以輕視，我眞要以滿腔的憤懣來抗議那驕傲的無知。假若你是作家，你應該了解一個作家當他無法再以最熟悉的文字來發表創作時，那種忍受長期沉默與焦躁鬱悶的心情該有多痛苦；同時，你也會對他爲了要使用新工具而備受艱辛、嘗盡苦楚的不幸與悲劇，表示你萬腔的關懷和敬愛吧。

最近有不少大專的日文系畢業生在各地參與教授日語工作，這些包括大學研究院的畢業生在內，他們所接觸的日語環境充其量不過是短短十年而已；比起這些年輕人，張氏至少有四十年以上都在日文的大海中鑽營度過。然而由於環境的急劇轉變，使他不得不放棄銳敏的武器而改用完全陌生的中文來寫作，並且還要向文學作品挑戰，這種不遇的處境豈非是世界文學史上稀有的現象？那麼，對他所吃的苦所做的努力，誰又有資格以不遜的態度來面對呢！

細讀〈鑼鼓陣〉之後感慨頗深，使我不由得想起李商隱的一首詩：「春蠶到死絲方盡，蠟炬成灰淚始乾」。他是春蠶。他是蠟炬。的確，像張彥勳這樣的作家是極少數的特例，長年居於鄉間默默耕耘，甚至雙眼都快瞎了仍然努力不懈，倘不是有一顆不滅的文學魂在支撐可能就會崩潰；有了如此認識之後來讀他的小說就會覺得倍加親切。〈鑼鼓陣〉的完成與發表，其重要意義不僅是證實了作者的「寶刀未老」，更是表現了老一輩作家的奮鬪精神。茲將個人的感受和心得敍述如下。

一、描寫農村社會裏的人物生動活潑；小說一開始，在大榕樹下面大夥兒所談的對話，自然而然地融化在周遭的情景描寫之中，生動活潑毫無牽強之處；並且其純樸的話題、動作、心情等描述都正確地表現了生根於農村社會裏的人物之風貌。

二、情節的組合非常結實：自大榕樹下的對話開始，到人物的背景、葬列的行進、家庭的狀況，與水橋的友情和家境的對比等交錯縱橫的結構，以及處理農村的土豪地主等的情況，到最後一轉之下，以失望的主人公鬱鬱不樂的落寞感做爲結束的安排，其情節的組合非常結實，使得在一篇作品中，作者的感懷、思想、社會批判都能巧妙地渾然成爲一體。

三、筆力細緻、技巧成熟：沒有常見的所謂只急著趕故事進展的急躁，而能以細緻的筆力來掌握住內外兩面的描述使其均衡發展，這種頗有功力的手法，便是雄辯地說明了他寫小說確有精緻的技巧和成熟的思想。

四、題材的選擇甚佳，寫出了日趨衰亡的農村的哀愁與落寞感：作者將被時代的變革給遺棄而日趨衰亡的農村，以及在那兒生根的人們被時代的潮流給衝走所面臨的無力感與哀愁呈現在我們面前；而實際上，這些事實都在我們身邊不斷地發生，也正以難能抗拒的力量把這些葬於過去。作者能以這個角度作爲小說題材來探討，可見他是個覺醒的作家。

五、作者是農村社會的代言人：張氏長期間居於純樸的農村，在孤獨與寂寞中凝視自己內部過著極其靜寂的生活。因此，小說中的主人公——黑面發仔，與其說他是那個活生生的農民樸直的典型，莫如說是作者在藉著黑面發仔這個人物，來描述日漸衰亡的舊社會和文明的衝擊，以及他們對那個時代的懷念與摯愛所織成的歡樂和悲傷。

這兒附帶一筆，張彥勳係光復後第一代作家，一九二五年生的「文壇四丑將」之一（註二），曾獲臺灣文學獎、中國語文獎章、教育部兒童文學獎等。民國三十一年創辦「銀鈴會」，主編同仁雜誌《潮流》以提倡新詩，三十八年因語言文字的急變而停刊，封筆十年，掙扎十年，努力十年，終於學成祖國語文，於四十八年重握筆桿以國文寫作迄今，著作甚豐。

張彥勳小說評論引得

許素蘭　編

說明：

1. 本引得，依發表或出版日期之先後順序排列，以一九八九年十二月卅一日以前國內發表者爲限。
2. 若有遺漏或舛誤，容後補正。
3. 本引得承蒙國立中央圖書館張錦郎先生提供部分資料，謹此致謝。

篇名	作者	刊名	卷期	出版日期
1. 評〈妻的脚〉	錦連	臺灣文藝	二：七	一九六五年四月
2. 第一屆臺灣文學獎選後感——關於張彥勳〈妻的脚〉	吳新榮	臺灣文藝	三：十一	一九六六年四月
3. 〈兩根草〉評介	林桐	兒童月刊		一九七四年三月
4. 〈兩根草〉讀後	徐正平	國教世紀月刊	十四：三	一九七八年九月
5. 也是臺灣文學的旗手	彭瑞金	臺灣時報		一九八三年六月廿五日

6. 被遺忘的作家——記張彥勳的寫作歷程	葉石濤	臺灣文藝	八三	一九八三年七月
7. 披荊斬棘的拓荒者——兼評張彥勳的〈鑼鼓陣〉	錦連	文訊	三	一九八三年九月

張彥勳生平寫作年表

張彥勳　編

一九二五年　1歲　八月十四日生於臺中縣后里鄉墩南村，父張信義，母林純。父親參與臺灣文化運動，數度入獄。

一九三二年　8歲　入內埔公學校。

一九三八年　14歲　入內埔公學校高等科。

一九三九年　15歲　入州立臺中一中（舊制五年）。

一九四二年　18歲　創辦「銀鈴會」，主編同仁雜誌《緣草》，提倡新詩。

一九四三年　19歲　處女詩集《幻》（日文）由銀鈴會出版。
遷居同鄉墩西村。

一九四四年　20歲　三月，臺中一中畢業。
十月，因家境而放棄就讀臺南高工（即現今的成功大學），任內埔國民學校教師。

一九四五年　21歲　日本實施徵兵制，二月入伍，於屏東機場服兵役。
臺灣光復，九月復員返鄉。父任三民主義青年團中部分團主任，並任官派首屆臨時參議員。第二本日文詩集《桐葉落》由銀鈴會出版。

一九四七年　23歲　與中部詩人林亨泰、詹冰、蕭翔文等復刊同仁雜誌，並更名為《潮流》，擔任主編。

一九四九年　25歲　二弟行方不明。
《潮流》因語言文字問題而停刊。自本年起至一九五八年努力學習漢文，停筆十年，掙扎十年。

一九五〇年　26歲　六月，因案被捕七天。
十二月，再度被捕。

一九五一年　27歲　三月，經軍法處判決無罪。
四月，與陳桂葉女士結婚。
五月，任月眉國小教師。父任首屆民選鄉長。長女千鈴出生。

一九五三年　29歲　專事音樂。長子志卿出生。

一九五四年　30歲　三弟虧空公款，變賣房地賠償，無家可歸。
六月，父因案入獄。受父案亦被捕十八天。

一九五五年　31歲　父被判有期徒刑十五年。次女千黛出生。

一九五六年　32歲　遷入月眉國小宿舍。

一九五八年　34歲　開始以中文寫作，專攻小說。發表〈愛河之畔〉於《中華文藝月刊》，發表〈荔枝園〉於《野風》，發表〈輓歌〉於《民聲日報》。
八月，任月眉國小教導主任。

一九五九年　35歲　發表〈向日葵〉於《藍海文藝》，發表〈寬恕〉於《教師輔導月刊》。
參加板橋教師研習會四星期（音樂科）。同年次子志宏出生。

一九六〇年　36歲　發表〈灰色的鈕釦〉於《葡萄園》，發表〈美醜之間〉於《民聲日報》，發表〈芒果樹下〉

於《曙光文藝》。

一九六一年 37歲 發表〈達弟與我〉、〈白花曲〉於《野風》；發表〈阿美族的一夜〉、〈流星〉於《中華日報》；發表〈娘的秘密〉於《公教智識周刊》；發表〈感傷的夢〉於《民聲日報》。

八月，因派系被調往內埔國小。

一九六二年 38歲 發表〈栗林小隊長〉、〈棄兒行〉、〈某婦人的自白〉於《野風》；發表〈死影〉於《新生報》；發表〈重逢〉於《民聲日報》；發表〈約〉於《臺灣日報》。

一九六三年 39歲 發表〈娘與孩子〉於《中華文藝》；發表〈寂寞的午後〉於《自立晚報》；發表〈廟祝〉於《野風》；發表〈夜露〉於《新生報》；發表〈娘的外出〉於《中國語文》；發表〈常記心頭〉於《中央日報》。

九月，小說集《芒果樹下》由野風出版社出版。

一九六四年 40歲 發表〈夜雨〉、〈祭奠〉、〈暴風雨〉、〈葬列〉、〈妻的脚〉於《臺灣文藝》；發表〈夜霧，歸來〉、〈捕蛙父子〉於《中華日報》；發表〈鞭〉於《聯合報》。

三月，參加吳濁流創辦之《臺灣文藝》創刊紀念座談會。

五月，加入中國文藝寫作協會。

九月，加入《笠詩刊》。

一九六五年 41歲 發表〈爹的情人〉於《文壇》；發表〈春雨〉、〈奔逃〉、〈小丑悲曲〉、〈烏拉河的老船伕〉於《中華日報》；發表〈豹眼〉於《徵信新聞報》；發表〈夜霧茫茫〉於《創作月刊》；發表〈阿K的臨終〉於《臺灣文藝》；〈妻的脚〉獲第一屆臺灣文藝獎。

十月，小說〈夜雨〉、〈死影〉、〈荔枝園〉、〈娘的外出〉、〈暴風雨〉、〈捕蛙父子〉六篇選

一九六六年　42歲　入《本省籍作家作品選集》第二輯，詩作〈葬列〉、〈孑孑之言〉兩詩選入該選集第十輯。發表〈秋之歌〉、〈月光〉、〈雪〉於《文壇》，發表〈碎夢曲〉、〈川流〉、〈萩野少尉〉、〈灰燼〉於《中華日報》，發表〈殘夢〉、〈這是藝術〉於《徵信新聞報》，發表〈長脚坡〉以及《愛的十字架》於《臺灣文藝》，發表〈飛賊〉於《臺灣日報》。發表少年小說〈飯盒〉、〈賣豆腐的孩子〉於《小學生月刊》，發表〈溫暖的太陽〉於《國語日報》。

一九六七年　43歲　十月，小說集《川流》由實踐出版社出版。發表〈諒解〉、〈迷霧〉、〈久遠的家〉於《中華日報》，發表〈驕恣的孔雀〉、〈連心橋〉、〈餌〉於《文壇》，發表〈花下人〉於《徵信新聞報》，發表〈無盡燈〉、〈虎靈谷〉於《青溪雜誌》。

一九六八年　44歲　一～三月，長篇少年小說〈兩根草〉於《國語日報》「少年版」連載。二～四月，中篇小說〈白花曲〉於《臺灣日報》連載。發表〈背叛〉於《文壇》，發表〈姜楓旋風〉、〈賭賽〉於《中華日報》，發表〈故鄉，故鄉〉於《臺灣文藝》。

一九六九年　45歲　一～三月，少年小說〈友情〉於《國語日報》連載。小說集《驕恣的孔雀》由水牛出版社出版。五～六月，因肝病住院。發表〈海怒〉於《青溪雜誌》，發表〈大地之子〉、〈海燈〉、〈訣別〉於《中華日報》，發表〈刑事爸爸〉於《青年戰士報》，發表〈守夜〉於《臺灣文藝》，發表〈拓路〉於《中央月刊》，發表〈火葬場〉於《文壇》，發表評論〈斷了左觸角的蟑螂〉於《臺灣日報》。

一九七〇年 46歲
七月，任吳濁流文學獎基金管理委員。
八月，父出獄。
十二月，小說集《海燈》由臺灣商務印書館出版。
發表〈有情無情〉、〈買房記〉於《中華日報》；發表〈貓〉、〈鐘聲〉於《新文藝月刊》；
發表〈他不會再來〉與評論〈老當益壯吳濁流〉於《臺灣文藝》；發表〈插曲〉於《臺灣日報》；發表〈獨木橋〉於《文壇》。

一九七一年 47歲
十月起於《中堅月刊》專欄，每期撰寫「寫作教室」文稿至一九七三年止。
入「臺北歌壇」同仁。
九月，小說集《蠟炬》由恒河出版社出版。
發表〈手術臺上〉於《中華日報》；發表〈賣偽藥的姑娘〉於《青溪雜誌》；發表〈我瞎了一隻眼睛〉於《臺灣日報》；發表評論〈剛強堅毅鍾肇政〉於《臺灣文藝》。
九月，患青光眼住進臺大醫院手術。
一九七二年 48歲
發表評論〈兒童文學的特質與創作〉於《國教輔導月刊》；發表〈芥川龍之介論〉於《臺灣文藝》。
一月，小說〈捕蛙父子〉選入《中國現代文學大系》小說第一輯，由巨人出版社出版。
四月，小說集《沙粒沙》由王家出版社出版。
八月～十一月，撰寫長篇小說〈仁美村〉。
十二月，父親逝世，享年六十七歲。

一九七三年 49歲
發表〈泥沼〉、〈網〉於《臺灣時報》；發表〈巧遇〉於《中華日報》；發表評論〈多產作家林鍾隆〉於《臺灣文藝》。發表童詩〈媽媽的眼睛〉等十首於報刊，發表兒童文學作品〈小黑看家〉於《中興兒童月刊》，發表〈戴老頭和強盜〉、〈天堂和地獄〉於《兒童月刊》；發表〈國王的願望〉於《小讀者》，發表〈美女白露莎〉於《教育輔導月刊》，發表〈小黑炭〉於《中央日報》。

五月，長篇小說《仁美村》由臺灣省新聞處出版。

八月，長篇少年小說《兩根草》由聞道出版社印行。

十二月，童詩童話合集《獅子公主的婚禮》由國語日報社出版。小說〈捕蛙父子〉英譯，選入中華民國筆會春季號。童詩〈小麻雀的眼淚〉選入兒童文學創作選。

一九七四年　50歲

發表〈我家富利〉、〈黑豹〉於《臺灣時報》，發表〈從頭做起〉、〈阿寶的心願〉、〈新衣〉、〈驕傲的猴子〉、〈心鏡〉於《中華日報》，發表〈龍崗山上〉於《年青人》，發表〈秋收〉於《青溪雜誌》，發表〈聰明和愚笨〉、〈蜘蛛搬家〉、〈狐和狸〉、〈仁勇兼備〉於《兒童月刊》，發表〈善良和兇惡〉於《新生報》，發表〈小羊救媽媽〉於《小學生月刊》。

〈我家富利〉和〈獅子國王讓位〉分別選入兒童月刊叢書《少年小說集》和《兒童文學創作集》。

任《兒童月刊》編輯委員。

一九七五年　51歲

六月，小說集《他不會再來》由三信出版社出版。

發表〈羔羊〉、〈姐姐出走〉於《興農月刊》，發表〈萬善堂〉於《臺灣文藝》，發表〈報復〉於《青溪雜誌》。寓言〈烏龜賽跑〉等十篇選入現代寓言。童詩〈阿民的雨鞋〉選入中華兒童叢書，省教育廳出版。

一九七六年　52歲　二月，小說集《淚的抗議》；八月，文藝評論集《寫作教室》均由臺北益群書店出版。

發表長篇少年小說〈小草悲歡〉於《兒童月刊》連載。散文〈濃濃的愛心〉選入林煥彰主編《我的母親》散文集，由巨人出版社出版。童詩〈兩個心〉選入創作童話代表作集。

獲教育部兒童文學小說佳作獎。

一九七七年　53歲　譯兒童讀物《地底世界伯爾西達》、《宇宙戰爭》、《阿爾卑斯的少女》、《動物世界》、《山峰之王克拉克》五本，均由高雄大衆書局出版。

獲第十二屆中國語文獎章。

一九七八年　54歲　譯兒童讀物《信鴿阿爾諾》、《白色鬃毛的獅子》、《自由遊戲的指導》、《變小的老師》、《比古維克爾伯母》、《紅髮的安》、《阿拉丁與魔術燈》七本均由高雄大衆書局出版。續譯吉田絃二郎童話作品。小說集《驕恣的孔雀》改版仍由水牛出版社出版。

獲教育部兒童文學童話獎。

一九七九年　55歲　發表〈病床上〉於《民衆日報》。譯兒童讀物《棕髮的少女》、《世界妖怪譚》、《海底二萬里》、《世界笑話》、《尋母三千里》、《木偶奇遇記》、《科學質問箱》七本，由臺南野牛出版社出版。

十月，少年小說集《阿民的雨鞋》由長流出版社出版。

十二月，吉田絃二郎童話集譯本《媽媽的眼睛》由漢京出版社出版。

小說〈捕蛙父子〉選入《當代中國新文學大系》，天視出版社出版。詩作〈葬列〉選入《美麗島》詩集，笠詩社出版。

任《中國語文》特約撰述。

一九八〇年　56歲　十二月，胃出血住院。
發表〈包袱〉於《興農月刊》，發表〈跑完全程〉於《民衆日報》。
發表兒童文學作品〈母親的叮嚀〉、〈烏龜村長的計策〉於《兒童月刊》，發表〈一朵康乃馨〉、〈鵝媽媽帶路〉於《作文月刊》，發表〈失望的小蜘蛛〉於《中央日報》；〈鏡子〉於《中華日報》；〈門外的聲音〉於《少年週刊》。
譯兒童讀物《科學教室》、《畢諾奇歐》、《苦兒流浪記》、《長腿叔叔》四本，由臺南野牛出版社出版。

一九八一年　57歲　二月，童詩〈爸爸喝酒〉選入林煥彰主編《童詩百首》，由爾雅出版社出版。
譯兒童讀物《賣火柴的少女》由野牛出版社出版；長篇少年小說《小草悲歡》由成文出版社出版。

一九八二年　58歲　十二月，胃出血再度住院。
發表〈一株大波斯菊〉於《幼獅文藝》，發表〈命運〉於《臺灣文藝》，發表〈鑼鼓陣〉、〈阿K和他兩個兒子〉於《文學界》。

一九八三年　59歲　發表〈阿順仔從陰間回來〉於《文學界》，發表〈祈安求福〉於《臺灣時報》。
童話〈日日草〉選入《當代作家兒童文學之旅》，由書評書目出版。

一九八四年　60歲　發表〈斷崖〉、〈一個死〉於《文學界》，發表〈債〉於《臺灣時報》。改寫世界名人傳記《舒伯特》、《貝多芬》兩本，由臺北光復書局出版。

一九八五年　61歲　發表〈渴〉於《臺灣時報》，發表〈楊逵先生與我〉於《商工日報》。
七月，眼睛再度手術，暫停寫作。

一九八六年　62歲　三月，詩集《朔風的日子》由笠詩刊社出版。

一九八七年　63歲　二月，白內障手術。

九月自願退休，結束長達四十二年的教書生涯。

一九八八年　64歲　因眼疾暫停小說創作，恢復現代詩寫作。

四月，旅日十二天。

一九八九年　65歲　四月，偕妻往中國大陸觀光十八天，在上海與闊別四十年的二弟晤面。

一九九〇年　66歲　發表〈阿鳳婆的心事〉於《臺灣春秋》。

台灣宗教大觀

作者：董芳苑
書號：J163
定價：500元

透析台灣八大宗教的起源、教義、歷史以及在台發展現況！

原住民宗教／民間信仰／儒教／道教／佛教／基督教／伊斯蘭教／新興宗教！

蓬勃多元的宗教活動，不僅是台灣文化的重要特徵，更是欲掌握台灣文化精髓者無法迴避的研究對象。董芳苑教授深知這點，因此長期研究台灣宗教各個面向，冀望能更了解這塊他所熱愛的土地。原住民宗教、民間信仰、儒教、道教、佛教、基督教、伊斯蘭教、新興宗教，這八類在台灣生根發芽的宗教，其起源、基本教義、內部派別、教義演變，以及在台灣的發展狀況如何呢？它們究竟是如何影響台灣人日常的一舉一動以至於生命的終極關懷呢？這些重要的議題，不是亟需條理分明、深入淺出的解說，讓台灣人得以窺見自身文化的奧秘嗎？現在這部以數十年學力完成的著作，就是作者爲探究上述議題立下的一個里程碑，相信也是當代台灣人難得的機緣。願讀者能經此領會台灣文化的寬廣與深邃。

作者簡介

董芳苑　神學博士

1937年生，台灣台南市人。

學歷：台灣神學院神學士、東南亞神學研究院神學碩士、香港中文大學崇基學院研究、東南亞神學研究院神學博士。

經歷：前台灣神學院宗教學教授、教務長，前教育部本土教育委員，前輔仁大學宗教研究所兼任教授，前東海大學宗教學研究所兼任教授，台灣教授協會會員，長榮大學台灣研究所兼任教授。

著作：除《台灣宗教大觀》《台灣人的神明》《台灣宗教論集》（以上皆爲前衛出版）外，尚有宗教學與民間信仰等專著三十餘部。

近代台灣慘史檔案

作者：邱國禎
書號：J154
定價：500元

台灣在政黨輪替之前的歷史，是一頁又一頁的慘痛，台灣住民屈辱於外來政權統治下的命運，當然也是悲哀的。可是，把這種慘痛和悲哀以具體案例呈現的書並不多，以致漸漸流於空泛的吶喊。

本書是作者在民眾日報擔任主筆期間，以將近一年的時間蒐集資料，完成二百八十餘個代表性案例的記述，串起台灣從日治時期至蔣家王朝專制獨裁統治期間的慘痛史具象。

透過這些個案，我們可以看到時代的荒謬、逆流及統治者對待台灣住民的冷血、殘酷，提供我們很多椎心的省思，台灣住民應該從歷史的慘痛與悲哀中覺醒、站起來。

作者在1998年將這些個案逐日發表在民眾日報上，獲得非常廣泛的迴響，九年後在千催萬喚下才結集出版，實感於外來政權復辟勢力囂張，往昔是湮滅台灣悲痛歷史，近年則竭盡所能變本加厲地竄改史實，持續其洗腦台灣住民的黨國卑劣伎倆，台灣住民不容他們奸計得逞。

慘痛、悲哀已經過去，我們要把它銘刻在歷史的扉頁上，並且把它傳承給新的一代，讓他們記取教訓，努力地活出尊嚴偉大的台灣人。

作者簡介

邱國禎，資深媒體人（筆名：馬非白）。

從事新聞工作之前開設心影出版社，進入新聞界後，歷任民眾日報記者、專欄記者、新聞研究員、巡迴特派員、資訊組主任、採訪組主任、民眾電子報召集人、民眾日報社史館館長、編輯部總分稿、核稿、言論部主筆，以及短暫在民眾日報留職停薪去環球日報、中國晨晚報擔任副總編輯及主筆。民眾日報在1999年10月易手給「全球統一集團」，人事異動前即主動離去。

自2000年起專職經營南方快報（www.southnews.com.tw）。

談景美軍法看守所

作者：謝聰敏
書號：J155
定價：350元

瀕臨瓦解的獨裁政權，當它環顧四旁時，只會看到敵人。民意代表、學校教官、報社人員、民主人士、以及許許多多的平民老百姓，因爲獨裁者心中的恐懼而被判罪下獄，受盡折磨。

本書除記載這些被禁錮的政治良心犯外，還特別著重於特務機構內部的鬥爭。今朝橫行的特務可能明朝就被軍法法庭宣判爲匪諜治罪。透過這些前特務被刑求時的陣陣哀號，我們聽到了那個時代的黑暗與荒謬。

作者簡介

謝聰敏

1934年出生在彰化二林，當時日治下二林事件的餘波還影響著這個小鄉鎮，謝聰敏自不例外。之後目睹國民政府的種種作爲，讓謝聰敏自覺地效法林肯以法律爲受壓迫者辯護的理念。後來，經由更深刻的思考，發現台灣的基本問題在於極權統治。因此，在1964年與彭明敏、魏廷朝共同發表〈台灣人民自救宣言〉，宣言未及發送就被扣押判刑。出獄不久又被誣陷涉及花旗銀行爆炸案再度入獄。前後入獄計有11年又6個月。本書就是基於這些怵目驚心的獄中經歷所寫成的。

解嚴後，謝聰敏曾當選第二、三屆立委，政黨輪替後被聘爲國策顧問。除本書外，重要著作還包括《出外人談台灣政治》（1991）、《黑道治天下》（1995）、《誰動搖國本——剖析尹清楓與拉法葉弊案盲點》（2001）等。

高玉樹回憶錄

作者：林忠勝撰述、吳君瑩紀錄
書號：J156
定價：350元

高玉樹（1913-2005）是台灣政壇的傳奇人物，台北市人，曾任台北市長、交通部長、政務委員、總統府資政。

戒嚴時期以無黨籍台灣人身份當選並連任台北市長，長達十一年，無畏權貴，大刀闊斧，政壇所罕見。故有「開路市長」之稱，爲台北市民留下幾條美麗道路：羅斯福路、敦化南北路、仁愛路。蔣經國延攬入閣當交通部長，是第一個非國民黨籍出任要職的台灣人。

本書記述高玉樹家世、童年、母親，東瀛讀書、工作，三十八歲開始參選從政，宦海半世紀的精彩人生。在恐怖獨裁時代，爲台灣勤奮打拚，並與外來政權鬥爭，有血有淚，有挫折有勝利的忠實記錄，也是一部傑出的口述歷史著作。

作者簡介

林忠勝

台灣宜蘭人，1941年生，台灣師範大學歷史系畢業，曾任中學、專科、大學及補習班教職二十年，學生逾五萬人。現爲宜蘭慧燈中學創辦人，曾獲頒「十大傑出教育事業家」。

1969-71年間，於中研院近史所追隨史學家沈雲龍從事「口述歷史」訪問工作，完成《齊世英先生訪問紀錄》。1990年，與李正三等人向美國政府申請成立非營利的「台灣口述歷史研究室」，從事訪問台灣耆老、保存台灣人活動足跡的工作。

吳君瑩

林忠勝的同鄉和牽手，台北師專畢業。她支持丈夫做台灣歷史的義工，陪伴訪問、攝影和整理錄音成爲文字記錄的工作。

打造亮麗人生：邱家洪回憶錄

作者：邱家洪
書號：J157
定價：450元

邱家洪，艱苦人出身，沒有顯赫家世、學歷，完全以苦學、苦修、考試出脫，躋身地方官場三十餘年，毅然急流勇退，恢復自由身，矢志爲自己的志趣而活，爲自己的理想而存在。他的人生，全靠自己親手淬鍊打造，有甘有苦、有血有淚，樸實拙然，閃著親切又綺麗的溫馨亮光。

第一階段（1933-1960）乃流浪到台北，備嚐失學、失業的苦楚，只得回鄉，做少年鐵路工人，但又不願一隻活活馬被綁在死樹頭，乃再北上尋夢，巧任報社特約記者，結婚後，被徵召入伍到金門戰地，是「恨命莫怨天」的生涯。

第二階段（1960-1975）因緣際會「吃黨飯」十五年，擔任國民黨基層黨工，每日勞碌奔波、周旋民間，因是第一線與民眾及地方派系近身接觸，使他對台灣地方政壇見多識廣、閱歷豐富，對他而言，民眾服務站的歷練，無異是一所「公費的社會大學」。

第三階段（1975-1993）是轉職政界、流落江湖、宦海浮沉十八年的公務員生涯，歷任省政府秘書、台中市社會局長、台中市政府主任秘書，是他一生的黃金歲月。

第四階段（1993起）自公職退休，無官一身輕，「回到心織筆耕的原路上」，有如脫韁野馬，馳騁文學園地，自在快意，十餘年間寫下九本著作，尤其新大河小說《台灣大風雲》二百三十萬字一氣呵成，是台灣自1940-2000年一甲子的歷史見證，獲巫永福文學獎，文壇刮目相看。

出版有《落英》（長篇小說），《暗房政治》、《市長的天堂》、《大審判》（以上三書是台中政壇新官場現形錄）、《謝東閔傳》、《縱橫官場》、《中國望春風》、《走過彩虹世界》、《台灣大風雲》（新大河小說）、《打造亮麗人生：邱家洪回憶錄》等書，著作豐富。

台灣：恫嚇下的民主進展

作者：布魯斯·賀森松（Bruce Herschensohn）
書號：J158
定價：300元

「賀森松對台灣將來命運的觀察，不但冷靜審慎，而且正確。此書具有高度的可讀性。」— Hugh Hewitt，美國脫口秀 The Hugh Hewitt Show 主持人。

「每頁都充滿重要的見識。賀森松所知道的中國和台灣，比得上任何人，而他對兩者的見識，則比他們更明智。」— D. Prager，美國新聞專欄作家及脫口秀主持人

中國有了核子飛彈可以射達美國本土，使一個中國將軍即時問道：「美國會犧牲洛杉磯來防禦台灣嗎？」。卡特總統背叛了台灣，與台灣斷交而與中國建交。雖然美國和台灣至今保持良好關係，好戰的北京卻視台灣爲叛逆的一省。過去五年中，備有核武的中國，舉行了十一次軍事演習，模擬侵略台灣。在這同時，台灣關係法保證美國國會保衛台灣，這使美國是否會犧牲洛杉磯來保衛台灣，成了諸多政治情勢之一。 以賀森松常年在美國和台灣之間的公務關係，他在書中敘述爲何台灣會成爲美國在二十一世紀外交政策決定性的舞台。

作者簡介

布魯斯·賀森松，一九六九年，他被選爲聯邦政府十大傑出青年，獲頒過國家次高的平民獎，以及其他的優異服務勳章，後來受聘爲尼克森總統代理特別助理。賀森松在Maryland大學教過 「美國的國際形象」，在Whittier學院榮任尼克森講座，講授 「美國外交和內政政策」。1980 年，他受聘加入雷根總統交接團隊。賀森松 1992 年由共和黨提名，競選加州美國參議員，贏得四百萬票，光榮落選，比加州居民投給共和黨總統候選人的票數高出一百萬票。

賀森松是 「尼克森中心」外聘的副研究員，並且是「個人自由中心」（Center for Individual Freedom）的理事。

國家圖書館出版品預行編目資料

張彥勳集 / 張彥勳作. 彭瑞金編. -- 初版. --
台北市：前衛, 1991 [民80]
344面；15×21公分. --（台灣作家全集.
短篇小說卷, 戰後第一代：6）

ISBN 978-957-9512-81-7（精裝）

857.63　　81004073

張彥勳集

台灣作家全集・短篇小說卷／戰後第一代⑥

作　　者　張彥勳
編　　者　彭瑞金
出 版 者　前衛出版社
10468 台北市中山區農安街153號4F之3
Tel: 02-25865708　Fax: 02-25863758
郵撥帳號：05625551
E-mail: a4791@ms15.hinet.net
http://www.avanguard.com.tw
出版總監　林文欽
法律顧問　南國春秋法律事務所 林峰正律師
出版日期　1991年07月初版第 1 刷
2009年01月初版第 6 刷
總 經 銷　紅螞蟻圖書有限公司
台北市內湖舊宗路二段121巷28.32號4樓
Tel: 02-27953656　Fax: 02-27954100

Printed in Taiwan　ISBN 978-957-9512-81-7
定　　價　新台幣320元

3 名家的導讀

首冊有總召集人鍾肇政撰述總序，精扼鈎畫出台灣新文學發展的歷程、脈絡與精神；各集由編選人寫序導讀，簡要介紹作家生平及作品特色，提供讀者一把與作家心靈對話的鑰匙。

4 深度的賞析

每集正文之後，附有研析性質的作家論或作品論，及作家生平、寫作年表、評論引得，能提供詳細的參考。

5 精美的裝幀

全套50鉅册，25開精裝加封套及書盒護框，美觀典雅。